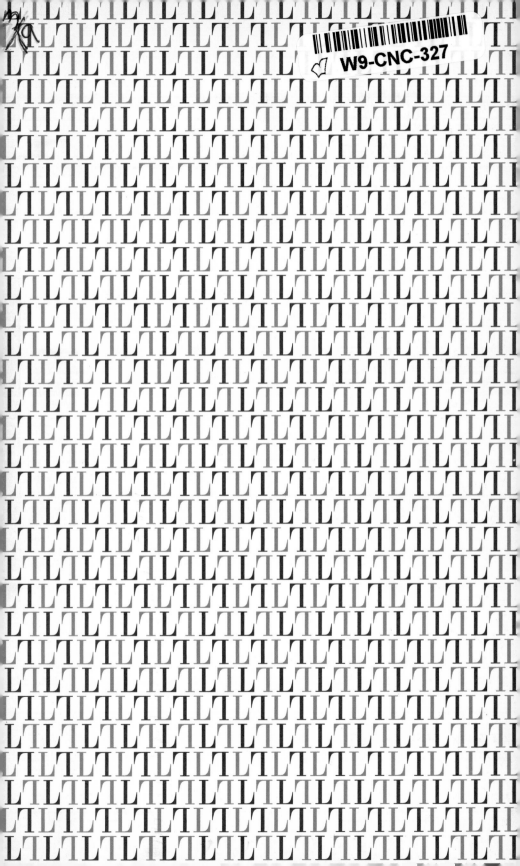

# La catadora

# La catadora

Rosella Postorino

Traducido del italiano por
Ana Ciurans Ferrándiz

Lumen

*narrativa*

Papel certificado por el Forest Stewardship Council®

Título original: *Le assaggiatrici*

Primera edición: octubre de 2018

© 2018, Rosella Postorino
© Giangiacomo Feltrinelli Editore Milano
© 2018, Penguin Random House Grupo Editorial, S.A.U.
Travessera de Gràcia, 47-49. 08021 Barcelona
© 2018, Ana Ciurans Ferrándiz, por la traducción

Printed in Spain – Impreso en España

ISBN: 978-84-264-0518-0
Depósito legal: B-16687-2017

Compuesto en La Nueva Edimac, S. L.
Impreso en Egedsa
Sabadell (Barcelona)

H 4 0 5 1 8 0

Penguin
Random House
Grupo Editorial

El hombre solo puede vivir
olvidando que es un hombre como sus semejantes.

BERTOLT BRECHT, *La ópera de tres centavos*

# PRIMERA PARTE

# 1

Entramos de una en una. Tras horas de espera, de pie en el pasillo, necesitábamos sentarnos. La sala era grande; las paredes, blancas. En el centro, una larga mesa de madera ya puesta para nosotras. Nos hicieron una señal para que nos acomodáramos.

Me senté y permanecí así, las manos entrelazadas en el regazo. Ante mí, un plato de loza blanca. Tenía hambre.

Las demás mujeres habían ocupado sus puestos sin hacer ruido. Éramos diez. Algunas estaban sentadas erguidas y con compostura, con el pelo recogido en un moño. Otras miraban alrededor. La chica que tenía enfrente se arrancaba las pielecitas de los dedos y las trituraba con los dientes. Sus mejillas tiernas estaban llenas de rojeces. Tenía hambre.

A las once de la mañana ya estábamos hambrientas. El aire del campo y el viaje en autobús no tenían nada que ver. Aquel vacío en el estómago era miedo. Hacía años que sentíamos hambre y miedo. Y cuando el aroma de las viandas nos embistió el olfato, las sienes latieron con fuerza, la boca se llenó de saliva. Miré a la chica de la cara con rojeces. Estaba tan ávida por comer como yo.

Las judías verdes estaban aderezadas con mantequilla derretida. No probaba la mantequilla desde el día de mi boda. El olor de los pimientos asados me azuzaba el olfato, mi plato rebosaba, no podía apartar los ojos. En el de la chica de enfrente, en cambio, había arroz con guisantes.

—Comed —dijeron desde un rincón de la sala, y fue más que una invitación pero menos que una orden.

Veían las ganas en nuestros ojos. Bocas entreabiertas, respiración agitada. Vacilamos. Nadie había pronunciado buen provecho, así que a lo mejor todavía estaba a tiempo de levantarme y decir gracias, las gallinas han sido generosas esta mañana, por hoy pasaré con un huevo.

Volví a contar a las comensales. Éramos diez, no era la última cena.

—Comed —repitieron desde el rincón, pero yo ya había chupado una judía verde y había sentido fluir la sangre hasta la raíz del pelo, hasta los dedos de los pies, había sentido el pulso acompasarse.

Qué banquete preparas para mí —son tan dulces estos pimientos...—, qué banquete, para mí, sobre una mesa de madera sin mantel, loza de Aquisgrán y diez mujeres; si lleváramos toca pareceríamos monjas, un refectorio de monjas que han hecho voto de silencio.

Empezamos con bocados comedidos, como si no estuviéramos obligadas a engullirla toda, como si pudiéramos rechazarla, esta comida, este almuerzo que no está destinado a nosotras, que nos toca por azar, pues por azar somos dignas de sentarnos a su mesa. Pero después se desliza por el esófago y aterriza en el vacío del estómago, y cuanto más lo llena, más grande se vuelve el vacío, y con más fuerza apretamos los tenedores. El *Strudel* de manzana está tan rico que de repente los ojos se me llenan de lágrimas, tan rico que me llevo a la boca pedazos cada vez más grandes, engullo un bocado tras otro hasta echar la cabeza atrás y tomar aliento, bajo la mirada de mis enemigos.

Mi madre decía que comer es luchar contra la muerte. Lo decía antes de Hitler, cuando yo iba a la escuela elemental del número 10 de Braunsteingasse, en Berlín, y Hitler no estaba. Me anudaba el lazo del delantal, me alargaba la cartera y me advertía de que llevara cuidado, durante el almuerzo, de no atragantarme. En casa tenía la mala costumbre de hablar sin parar, hasta con la boca llena, hablas demasiado, me decía, y yo me atragantaba justamente porque me daba risa su tono trágico, su método educativo fundado en la amenaza de extinción. Como si cada gesto que hacemos para sobrevivir nos expusiera a un peligro de muerte: vivir era peligroso; el mundo entero, una emboscada.

Cuando acabamos de comer, se acercaron dos soldados de la SS y la mujer sentada a mi izquierda se levantó.

—¡Siéntate! ¡Vuelve a tu sitio!

La mujer se dejó caer como si la hubieran empujado. Una de las trenzas que llevaba enrolladas a los lados de la cabeza se soltó de la horquilla que la sujetaba y se balanceó un poco.

—No tenéis permiso para levantaros. Permaneceréis aquí, sentadas a la mesa, hasta nueva orden. En silencio. Si la comida estaba contaminada, el veneno entrará en el torrente sanguíneo rápidamente. —El de la SS nos escrutó una por una para observar nuestra reacción. Nadie rechistó. Después se dirigió de nuevo a la mujer que se había levantado: llevaba puesto un *Dirndl*, el traje tradicional tirolés, quizá como gesto de respeto—. Una hora será suficiente, tranquila —le dijo—. Una hora más y estaréis en libertad.

—O muertas —apostilló su compañero.

Sentí una opresión en el pecho. La chica de las rojeces se cubrió la cara con las manos y reprimió los sollozos.

—Para ya —gruñó la morena que estaba a su lado, pero a aquellas alturas también lloraban las demás, como cocodrilos saciados; puede que fuera un efecto de la digestión.

—¿Puedo preguntarle cómo se llama? —le pregunté con voz queda. La chica no entendió que me dirigía a ella. Alargué la mano y le rocé una muñeca; ella dio un respingo y me miró con expresión obtusa; le habían explotado todas las venillas de la piel—. ¿Cómo te llamas? —repetí.

La chica levantó la cabeza hacia el rincón, no sabía si tenía permiso para hablar; los soldados se hallaban distraídos, era casi mediodía, empezaban a tener apetito. A lo mejor no estaban vigilándonos, así que masculló, como si fuera una pregunta, aunque era su nombre:

—Leni, Leni Winter.

—Leni, yo me llamo Rosa —le dije—. Dentro de poco volveremos a casa, ya lo verás.

Leni era todavía una cría, lo delataban sus nudillos regordetes; se le veía en la cara que nunca se había dado un revolcón en un granero, ni dejándose llevar por la inercia exhausta del final de la cosecha.

En 1938, después de la marcha de mi hermano Franz, Gregor me trajo aquí, a Gross-Partsch, para que conociera a sus padres: se enamorarán de ti, me decía, orgulloso de la secretaria berlinesa a la que había conquistado, la chica que se había prometido con su jefe, como en las películas.

Fue muy bonito aquel viaje en sidecar rumbo al este. «Verso est noi cavalchiam», decía la canción. La difundían por los altavoces, no solo el 20 de abril. El cumpleaños de Hitler se celebraba todos los días.

Era la primera vez que cogía un ferry y salía de viaje con un hombre. Herta me alojó en la habitación de su hijo, y a él le asignó el desván. Cuando sus padres estuvieron acostados, Gregor abrió la puerta y se metió en mi cama.

—No —susurré—, aquí no.

—Pues vamos al granero.

Se me nubló la vista.

—No puedo. ¿Y si se entera tu madre?

Nunca habíamos hecho el amor. Yo no lo había hecho nunca, con nadie.

Gregor me acarició despacio los labios, dibujando su contorno, después los apretó con las yemas, cada vez más, hasta dejar al descubierto los dientes, abrirse paso en mi boca e introducir dos dedos en ella. Sentí su aspereza sobre la lengua. Habría podido cerrar la mandíbula, morderle. A Gregor ni se le pasó por la cabeza. Siempre se fio de mí.

Durante la noche, no pude resistirme, subí al desván, y fui yo la que abrió la puerta. Gregor dormía. Acerqué los labios entreabiertos a los suyos, para unir nuestros alientos; se despertó.

—¿Querías saber cómo huelo mientras duermo? —Me sonrió.

Le introduje un dedo en la boca, después otro y luego uno más. Sentí su boca ensancharse, la saliva mojarme los dedos. El amor era eso: una boca que no muerde. O la posibilidad de morder a traición, como un perro que se vuelve contra su amo.

Llevaba puesto el collar de cuentas rojas cuando, en el viaje de vuelta, me cogió por la nuca. No sucedió en el granero de su casa, sino en un camarote interior.

—Tengo que salir —murmuró Leni. Solo yo me di cuenta.

La mujer morena que estaba sentada a su lado tenía los pómulos marcados, el pelo brillante, la mirada dura.

—Chis. —Acaricié la muñeca de Leni; esta vez no dio un respingo—. Faltan veinte minutos, ya casi está.

—Tengo que salir —insistió.

La morena la miró con malos ojos.

—No tienes ninguna intención de callarte, ¿eh? —La zarandeó.

—Pero ¿qué haces? —casi le grité.

Los de la SS se volvieron hacia mí.

—¿Qué está pasando?

Todas las mujeres se volvieron hacia mí.

—Por favor —dijo Leni.

Un soldado se colocó delante de mí. Agarró a Leni por un brazo y le susurró algo al oído, algo que no pude oír, pero que a ella le alteró el semblante hasta desfigurárselo.

—¿Se encuentra mal? —preguntó otro soldado.

La mujer del *Dirndl* volvió a levantarse:

—¡El veneno!

Las demás mujeres también se levantaron, mientras a Leni le daba una arcada; el de la SS se apartó justo a tiempo cuando ella vomitó en el suelo.

Los soldados salieron de la sala a toda prisa, llamaron al cocinero, le interrogaron; el Führer tenía razón, los ingleses quieren envenenarlo; algunas mujeres se abrazaron, otras lloraron contra la pared, la morena iba y venía con los brazos en jarras haciendo un ruido extraño por la nariz. Yo me acerqué a Leni y le sujeté la frente.

Las mujeres se llevaban las manos al vientre, pero no debido a los retortijones. Habían saciado el hambre, y no estaban acostumbradas.

Nos retuvieron allí más de una hora. Limpiaron el suelo con papeles de periódico y una bayeta húmeda; quedó un hedor acre. Leni no murió, solo dejó de temblar. Después se durmió con una mano en la mía y la cara sobre el brazo, apoyada en la mesa, como una cría. Yo notaba que el estómago se me dilataba y borboteaba, pero estaba demasiado cansada para preocuparme por eso. Gregor se había alistado en el ejército.

Yo no era nazi, nunca lo fuimos. De niña no quería entrar en la Bund Deutscher Mädel, la Liga de Muchachas Alemanas; no me gustaba el pañuelo negro que se pasaba bajo el cuello de la camisa blanca. Nunca fui una buena alemana.

Cuando el tiempo opaco y desmedido de nuestra digestión dio por finalizada la alarma, los soldados despertaron a Leni y nos pusieron en fila para que subiéramos al autobús que nos llevaría de vuelta a casa. Mi estómago ya no borboteaba: se había dejado ocupar. Mi cuerpo había absorbido la comida del Führer, su comida circulaba por mi sangre. Hitler estaba a salvo. Yo volvía a tener hambre.

# 2

Entre las paredes blancas del comedor, ese día me convertí en una catadora de Hitler.

Corría el otoño de 1943, tenía veintisiete años, cincuenta horas de viaje y setecientos kilómetros a su espalda. Había dejado Berlín para trasladarme a Prusia Oriental, donde había nacido Gregor, y Gregor no estaba. Hacía una semana que me había mudado a Gross-Partsch para huir de la guerra.

Se habían presentado el día antes en casa de mis suegros, sin previo aviso, diciendo buscamos a Rosa Sauer. No les oí porque estaba en el patio trasero. Ni siquiera oí la camioneta cuando aparcó delante de la casa, pero vi que las gallinas volvían en tromba al gallinero, empujándose unas a otras.

—Te buscan —dijo Herta.

—¿Quién?

Se volvió sin responder. Llamé a Zart, no acudió: era un gato mundano, se iba de paseo al pueblo a primera hora de la mañana. Después seguí a Herta pensando quién me buscará, aquí nadie me conoce, soy una recién llegada, Dios mío, ¿habrá vuelto Gregor?

—¿Ha vuelto mi marido? —pregunté, pero Herta ya estaba en la cocina, de espaldas a la entrada, obstaculizando la luz.

Joseph también estaba de pie, con una mano apoyada en la mesa, inclinado.

—*Heil Hitler!*—Dos siluetas oscuras lanzaron el brazo derecho en mi dirección.

Les devolví el saludo mientras cruzaba el umbral. La sombra se disipó de sus caras. Había dos hombres con uniforme gris pardo en la cocina.

—¿Rosa Sauer? —preguntó uno.

Asentí.

—El Führer la necesita.

Ni siquiera me conocía, el Führer. Pero me necesitaba.

Herta se secó las manos en el delantal y el de la SS siguió hablando; se dirigía a mí, me miraba solo a mí, me escrutaba para evaluarme, mano de obra en perfecto estado de salud; el hambre, claro está, me había debilitado un poco, las sirenas nocturnas me habían robado el sueño, la pérdida de todo, de todos, me había estropeado los ojos. Pero tenía la cara fresca, el pelo espeso y rubio: una joven hembra aria ya domada por la guerra, ver para creer, producto nacional al cien por cien; hacían un negocio redondo.

El de la SS se encaminó a la puerta.

—¿Puedo ofrecerles algo? —preguntó Herta con un retraso imperdonable. La gente de campo no sabe recibir a los huéspedes importantes.

Joseph se envaró.

—Vendremos mañana a las ocho, sea puntual —dijo el de la SS que hasta entonces había permanecido en silencio, y también enfiló el camino de la salida.

Los de la Schutzstaffel se hacían los modositos o no les gustaba el café de bellota tostada, pero puede que quedara algo de vino, una botella guardada en el sótano para cuando regresara Gregor; sea como fuere, no tomaron en consideración la invitación de Herta, tardía por otra parte, hay que reconocerlo. O puede que, sencillamente, fueran insobornables, que templaran el cuerpo en la renuncia; el vicio debilitaba y ellos poseían fuerza de voluntad. Gritaron *Heil Hitler!* alzando el brazo, dirigiéndose a mí.

Cuando la camioneta arrancó, me acerqué a la ventana. Las marcas de las ruedas sobre la gravilla trazaban el sendero de mi condena. Me desplacé a otra ventana, a otra habitación, rebotando de un lado a otro de la casa en busca de aire, de una salida. Herta y Joseph me seguían. Por favor, dejadme pensar. Dejadme respirar.

Según los de la SS, habían obtenido mi nombre del alcalde. El alcalde de un pueblo pequeño conoce a todo el mundo, incluso a los recién llegados.

—Se nos tiene que ocurrir algo. —Joseph se apretaba la barba con el puño, la estrujaba como si de ahí pudiera salir una solución.

Trabajar para Hitler, sacrificar la vida por él: ¿no era acaso lo que hacían todos los alemanes? Pero de eso a ingerir comida envenenada y morir sin más, sin que ni siquiera mediara un disparo de fusil, una explosión...; Joseph no lo aceptaba. Una muerte con sordina, entre bastidores. Una muerte de ratón, nada heroica. Las mujeres no mueren como héroes.

—Tengo que irme.

Acerqué la cara al cristal; procuraba respirar hondo, pero un pinchazo en la clavícula me lo impedía puntualmente. Cambiaba de ventana. Un pinchazo en las costillas, me costaba respirar.

—He venido hasta aquí para estar mejor, y en cambio corro el peligro de morir envenenada. —Reí con hastío; un reproche dirigido a mis suegros, como si tuvieran la culpa de que los de la SS hubieran ido a buscarme.

—Tienes que esconderte —dijo Joseph—, refugiarte en alguna parte.

—En el bosque —sugirió Herta.

—¿Dónde en el bosque? Para morirme de hambre y frío...

—Nosotros te llevaremos de comer.

—Faltaría más —confirmó Joseph—, no te abandonaremos.

—¿Y si me buscan?

Herta miró a su marido.

—¿Tú crees que se pondrán a buscarla?

—Bien no se lo tomarán, eso seguro... —Joseph no se comprometía. Yo era un desertor sin ejército, era ridícula—. Podrías volver a Berlín —propuso.

—Sí, podrías volver a casa —confirmó Herta—, no te seguirán hasta allí.

—Ya no tengo casa en Berlín, ¿o es que no se acuerda? ¡No habría venido hasta aquí si hubiera habido alguna alternativa! —Las facciones de Herta se endurecieron. En un instante había traspasado todo atisbo de pudor que nuestra relación, lo poco que nos conocíamos la una a la otra, imponía—. Lo siento, no quería decir eso...

—No importa —atajó.

Le había faltado al respeto, pero al mismo tiempo había abierto de par en par la puerta de la confianza entre nosotras. La sentí tan cercana que habría querido aferrarme a ella, sujéteme, ocúpese de mí.

—¿Y qué será de ustedes? —pregunté—. ¿Y si vienen a buscarme y al no encontrarme la toman con ustedes?

—Nos las arreglaremos —respondió Herta, y se alejó.

—¿Qué quieres hacer? —Joseph se había soltado la barba. No había solución.

Yo prefería morir en un lugar extraño antes que en mi ciudad, donde ya no me quedaba nadie.

El segundo día como catadora me levanté al amanecer. El gallo había cantado y las ranas habían dejado de croar de repente, como si el sueño las hubiera vencido a todas a la vez; en ese momento, después de haber pasado la noche en vela, me sentí sola. En el reflejo de la ventana me vi los cercos amoratados bajo los ojos y me reconocí. No era culpa del insomnio ni de la guerra, las ojeras siempre habían formado parte de mi cara. Mi madre decía cierra ya esos libros, mira qué aspecto; mi padre decía ¿no será falta de hierro, doctor?, y mi hermano restregaba su frente contra la mía porque ese roce como de seda le hacía conciliar el sueño. Mi reflejo en la ventana me devolvió los mismos ojos cansados de cuando era niña, y supe que habían sido un presagio.

Salí a buscar a Zart, que dormitaba ovillado al lado del corral, cual guardián de las gallinas. Por otro lado, no es prudente dejar solas a las señoras —Zart sabía que era un macho a la antigua—. Gregor, en cambio, se había ido: quería ser un buen alemán, no un buen marido.

La primera vez que salimos juntos, me citó delante de un café cercano a la catedral, y llegó tarde. Nos sentamos a una de las mesas de la terraza: el aire era más bien frío, a pesar del sol. Yo me distraje intentando descifrar una melodía en el trino de los pájaros y una coreografía en su vuelo, ejecutada expresamente para mí, para aquel momento que por fin había llegado y que se parecía al amor que había soñado de chiquilla. Un pájaro se separaba de la bandada; solo y orgulloso, descendía en picado hasta casi zambullirse en el Esprea, rozaba el agua con las alas extendidas y enseguida remontaba el vuelo: había sido un repentino deseo de fuga, un arranque de inconsciencia, el gesto impulsivo de una euforia embriagadora. Yo la sentía bullir en mis piernas, esa euforia. Con mi jefe, el joven ingeniero sentado conmigo en el bar, me descubría eufórica. La felicidad acababa de empezar.

Había pedido un trozo de pastel de manzana y ni siquiera lo había probado. Gregor se dio cuenta: ¿no te gusta? Yo reía: no lo sé. Le acerqué el plato para que lo probara, y cuando lo vi tomar el primer bocado, masticando deprisa, con avidez mecánica, también me apeteció. Así que probé un trocito y después otro más, y acabamos comiendo del mismo plato, charlando de todo un poco, sin mirarnos, como si esa intimidad fuera ya excesiva, hasta que nuestros tenedores se cruzaron. En ese instante nos interrumpimos, levantamos la cabeza. Nos miramos largamente, mientras los pájaros seguían revoloteando o se posaban cansados sobre las ramas, las barandillas o las farolas; quién sabe, quizá apuntaban al río con sus picos para arrojarse al agua y no salir a la superficie nunca más. Después, Gregor sujetó adrede mi tenedor con el suyo y fue como si me tocara.


Herta salió a recoger los huevos más tarde de lo acostumbrado; quizá tampoco había pegado ojo y le había costado levantarse a la hora de siempre. Me encontró allí, inmóvil en la silla de hierro oxidado, con Zart a mis pies; se sentó a mi lado, olvidándose del desayuno.

La puerta chirrió.

—¿Ya están aquí? —preguntó Herta.

Joseph, apoyado en el quicio, negó con la cabeza.

—Los huevos —dijo señalando con el dedo hacia la era.

Zart fue a su encuentro caminando de costado; eché de menos su calor.

El resplandor del amanecer ya se había retirado como una resaca, desnudando el cielo de la mañana, pálido y mortecino. Las gallinas empezaron a aletear, los pájaros a trinar y las abejas a zumbar en un trasfondo de luz que me daba dolor de cabeza, pero el chirrido de los frenos de un vehículo los acalló.

—¡Levántate, Rosa Sauer! —oímos gritar.

Herta y yo nos pusimos en pie de un brinco, Joseph volvió atrás con los huevos en la mano. Los había apretado con demasiada fuerza, había roto uno sin darse cuenta, de entre sus dedos se escurrían regueros viscosos de un anaranjado brillante. No pude evitar seguir su trayectoria: se despegarían de la piel y se depositarían en el suelo sin hacer ruido.

—¡Date prisa, Rosa Sauer! —me apremiaron los de la SS.

Herta me empujó con suavidad, me moví.

Prefería esperar a que Gregor volviera. Creer que la guerra acabaría. Prefería comer.


Ya en el autobús eché una ojeada y me senté en el primer sitio libre lejos de las demás mujeres. Había cuatro; dos se habían sentado cerca, las otras dos, cada una por su cuenta. No recordaba sus nombres. Solo conocía el de Leni, que todavía no había subido.

Ninguna de ellas me devolvió los buenos días. Miré a Herta y a Joseph por la ventanilla salpicada de gotas de lluvia secas. Ella, de pie en la puerta, levantaba el brazo, a pesar de la artrosis; él tenía un huevo roto en la mano. Miré la casa —las tejas oscurecidas por el musgo, el enlucido rosa y las flores de valeriana que brotaban en matas sobre el terreno desnudo— hasta que desapareció detrás de la curva. La miraría todas las mañanas como si fuera la última vez. Con el tiempo, dejaría de pesarme.

El cuartel general de Rastenburg estaba a tres kilómetros de Gross-Partsch, oculto en el bosque, invisible desde lo alto. Cuando los operarios empezaron a construirlo, contaba Joseph, a la gente de los alrededores le intrigó aquel ir y venir de furgonetas y camiones por el bosque. Los aviones militares rusos nunca lo habían localizado. Pero nosotros sabíamos que Hitler estaba allí, que no dormía lejos de allí, y que en verano quizá se removería en la cama intentando cazar los mosquitos que turbaban su sueño; que tal vez él también se rascaría las picaduras rojas, vencido por los deseos contrapuestos que causa el prurito: por insoportable que sea el archipiélago de habones sobre la piel, una parte de ti no quiere que desaparezcan para no renunciar al intenso alivio de rascarte.

La llamaban Wolfsschanze, la Guarida del Lobo. Ese era su apodo, el Lobo. Incauta como Caperucita Roja, acabé en su barriga. Una legión de cazadores estaba buscándolo. Con tal de cazarlo, me eliminarían a mí también.

# 3

Cuando llegamos a Krausendorf, nos encaminamos en una fila ordenada hacia el edificio escolar de ladrillos rojos ahora destinado a cuartel militar. Cruzamos el umbral con la docilidad de las reses; los de la SS nos retuvieron en el pasillo y nos cachearon. Sentir sus manos demorándose en las caderas, bajo las axilas, y no poder sino aguantar la respiración, fue terrible.

Hicieron recuento y apuntaron las presencias en una lista; descubrí que la morena que había zarandeado a Leni se llamaba Elfriede Kuhn.

Nos hicieron entrar de dos en dos en una sala que olía a alcohol, mientras las demás permanecían fuera a la espera de su turno. Apoyé el codo en el pupitre escolar, y un hombre de bata blanca me ató un lazo hemostático en el brazo y me dio unos golpecitos en la piel con los dedos índice y medio unidos. La toma de sangre sancionó de manera definitiva nuestra condición de cobayas: si el día anterior podía haber tenido el aspecto de una inauguración, de un ensayo general, a partir de ese momento nuestra actividad de catadoras era ya inderogable.

Cuando la aguja entró en la vena aparté la mirada. Elfriede estaba a mi lado, absorta en la visión de la jeringuilla que succionaba su sangre y se llenaba de un rojo cada vez más oscuro. Nunca he podido soportar la visión de mi sangre: reconocer ese líquido oscuro como algo que sale de mi interior hace que me maree. Por eso la miraba a ella, su postura de eje cartesiano, su indiferencia. Intuía la belleza de Elfriede, pero todavía no lograba verla —un teorema matemático a punto de ser demostrado.

Antes de que pudiera darme cuenta, su perfil se transformó en una cara adusta que me miraba fijamente. Dilató las aletas de la nariz, como si el aire no le bastara, y yo abrí la boca para tomar aliento. No dije nada.

—Apriete fuerte —advirtió el hombre de la bata haciendo presión sobre mi brazo con un algodón.

Oí el lazo hemostático de Elfriede soltarse con un chasquido y su silla arrastrarse por el suelo. Yo también me levanté.

En el comedor, esperé a que se sentaran las demás. La mayoría de las mujeres tendía a ocupar la misma silla que el día anterior; nadie se sentó en la de enfrente de Leni, desde entonces fue mía.

Después del desayuno —leche y fruta—, nos sirvieron la comida. En mi plato, un pastel de espárragos. Con el tiempo, comprendería que suministrar combinaciones distintas de alimentos a grupos de chicas diferentes era un ulterior procedimiento de control.

Estudié el comedor —las ventanas con las rejas de hierro, la salida al patio constantemente vigilada por un centinela, las paredes desnudas— como se estudia un ambiente extraño. El primer día de colegio, cuando mi madre me dejó en clase y se marchó, la idea de que pudiera pasarme algo malo sin que ella se enterara me llenó de tristeza. Más que la amenaza del mundo que se cernía sobre mí, me turbaba la impotencia materna. Que mi vida siguiera su curso mientras ella lo ignoraba me parecía inaceptable. Lo que le era extraño, aun sin intención por mi parte, ya era una traición. Busqué una grieta en la pared, una telaraña, algo que hacer mío, al igual que un secreto. Mis ojos vagaron por la clase, que me parecía enorme; después noté que faltaba un trozo de zócalo y me tranquilicé.

En el comedor de Krausendorf, el zócalo estaba intacto; yo, sola, y Gregor, ausente. Las botas de los soldados de la SS dictaban el ritmo de la comida, marcaban la cuenta atrás de nuestra posible muerte. Qué exquisitez estos espárragos, pero ¿el veneno no es amargo? Tragaba con el corazón en un puño.

Elfriede también comía espárragos y me observaba, yo bebía un vaso de agua tras otro para diluir la angustia. Puede que ella sintiera curiosidad por mi vestido; a lo mejor Herta tenía razón, aquel estampado de rombos estaba fuera de lugar, aquello no era una oficina y yo ya no trabajaba en Berlín; quítate de encima ese aspecto de chica de ciudad, me había dicho mi suegra, o todo el mundo te mirará mal. Elfriede no me miraba mal, o quizá sí, pero yo me había puesto el vestido más cómodo que tenía, el que más había llevado —el uniforme, como lo llamaba Gregor—. El vestido con que no tenía que plantearme nada, ni si me sentaba bien ni si me daría buena suerte; me protegía, incluso de Elfriede, que me escrutaba sin ningún disimulo, hurgaba entre los rombos con tal vehemencia que habría podido descomponerlos, con tal vehemencia que habría podido descoser el dobladillo, desatar los cordones de mis zapatos de tacón y alisar la onda marcada en mi pelo a la altura de la sien, mientras yo seguía bebiendo y mi vejiga seguía hinchándose.

La comida todavía no había acabado y no sabía si nos estaba permitido abandonar la mesa. Me dolía la vejiga, como en el sótano de Budengasse, donde mi madre y yo nos refugiábamos de noche con los demás vecinos cuando sonaba la sirena. Pero aquí no disponía de un cubo en un rincón, y no podía aguantarme más. Sin pensarlo dos veces, me levanté y pedí permiso para ir al baño. Los de la SS accedieron; mientras un hombre muy alto de pies muy grandes me escoltaba por el pasillo, oí la voz de Elfriede:

—Yo también necesito ir al baño.

Las baldosas estaban desgastadas; las juntas, ennegrecidas. Dos lavabos y cuatro puertas. El de la SS se quedó vigilando en el pasillo, nosotras entramos, me encerré en uno de los retretes. No oí cerrarse ninguna puerta ni correr el agua. Elfriede había desaparecido o estaba a la escucha. En el silencio, el sonido de mi orina me humilló. Cuando abrí la puerta, ella la bloqueó con la punta del zapato. Me puso una mano en el hombro y me empujó contra la pared. Los azulejos olían a desinfectante. Acercó su cara a la mía, casi con dulzura.

—¿Qué quieres? —me dijo.

—¿Yo?

—¿Por qué me mirabas mientras nos sacaban sangre? —Intenté zafarme, me lo impidió—.Te voy a dar un consejo: métete en tus asuntos. Mientras estemos aquí dentro, lo mejor es que nadie se meta donde no le llaman.

—Es que no soporto la vista de mi sangre.

—¿Y la de los demás, en cambio, la soportas?

Un fragor metálico contra la madera nos sobresaltó; Elfriede se echó atrás.

—¿Qué estáis tramando? —preguntó el soldado desde fuera, y entró. Las baldosas estaban húmedas y frías, o era el sudor en mi espalda—. ¿Qué, cuchicheando? —Llevaba unas botas enormes, perfectas para aplastar cabezas de serpiente.

—Me he mareado, debe de haber sido por lo de la sangre —murmuré tocándome el puntito rojo en el hueco del codo, sobre la vena en relieve—. Me ha ayudado. Ya me encuentro mejor.

El soldado nos advirtió que si nos pillaba otra vez en actitud íntima, nos daría un escarmiento. Bueno, dijo, en realidad se aprovecharía de la situación. Y, de manera inesperada, se echó a reír.

Volvimos al comedor, con el Larguirucho pisándonos los talones. Se equivocaba.

No había intimidad entre Elfriede y yo, sino miedo. Medíamos a los demás y el espacio que nos rodeaba con el mismo terror inconsciente de los recién nacidos.

Por la tarde, en el baño de casa de mis suegros, el olor a espárragos que desprendía mi orina me recordó a Elfriede. Seguramente, sentada en el váter, ella percibía el mismo olor. Como Hitler en su búnker de la Guarida del Lobo. Aquella tarde, la orina de Hitler olía igual que la mía.

# 4

Nací el 27 de diciembre de 1917, once meses antes de que acabara la Gran Guerra. Un regalo de Navidad después de las fiestas. Mi madre decía que Santa Claus se había olvidado de mí, pero que, ya de vuelta en el trineo, me oyó llorar, tan arrebujada en mantas que ni siquiera se me veía, y tuvo que volver a Berlín a su pesar: acababa de empezar las vacaciones y aquella entrega imprevista era un incordio. Menos mal que se dio cuenta, decía papá, porque aquel año fuiste nuestro único regalo.

Mi padre era empleado del ferrocarril; mi madre, modista. El suelo del cuarto de estar siempre se encontraba cubierto de carretes e hilos de todos los colores. Mi madre chupaba el cabo de la hebra para que fuera más fácil enfilarla por la aguja; yo la imitaba. Chupaba las hebras a escondidas y jugueteaba con ellas con la lengua, probando su textura en el paladar; después, cuando se habían convertido en un grumo húmedo, no lograba resistir la tentación de tragármelo para ver si, una vez dentro de mí, me provocaba la muerte. Pasaba los minutos siguientes intentando advertir las señales de mi muerte inminente, pero como no me moría acababa olvidándolo. De todas maneras, siempre guardaba el secreto, y a veces me acordaba de noche, convencida de que había llegado mi hora. El juego de la muerte empezó muy pronto. No hablaba de ello con nadie.

Por las noches, mi padre escuchaba la radio, y mi madre barría los hilos esparcidos por el suelo y se acostaba con el *Deutsche Allgemeine Zeitung* abierto, ansiosa por leer un nuevo episodio de su novela por entregas favorita. Mi infancia fue eso, el vaho en los cristales de las ventanas que daban a Budengasse; las tablas de multiplicar aprendidas de memoria antes de tiempo; el camino a pie hacia el colegio con los zapatos demasiado grandes primero y demasiado pequeños después; las hormigas decapitadas con las uñas; los domingos en que papá y mamá leían en el púlpito, los salmos ella y las Epístolas a los Corintios él, y yo los escuchaba desde el banco, orgullosa o aburrida; una moneda de un *Pfennig* escondida en la boca —el metal era salado, picaba, entornaba los ojos de gusto, la empujaba con la lengua hasta el borde de la garganta, cada vez más en vilo, a punto de caer rodando, y después la escupía de golpe—. Mi infancia eran los libros bajo la almohada, las cantilenas que entonaba con mi padre, la gallinita ciega en la plaza, el *Stollen* en Navidad, las excursiones al Tiergarten, el día en que me asomé a la cuna de Franz, me puse su manita entre los dientes y la mordí con fuerza. Mi hermano berreó como suelen hacerlo los recién nacidos cuando se despiertan, nadie supo lo que le había hecho.

Fue una infancia llena de culpas y secretos, y yo estaba demasiado concentrada en guardarlos para pensar en los demás. No me preguntaba dónde conseguían la leche mis padres, que costaba cientos y luego miles de marcos, si asaltaban las tiendas de comestibles desafiando a la policía. Ni siquiera me pregunté, años después, si también se sentían humillados por los Tratados de Versalles, si odiaban a Estados Unidos como todo el mundo, si se consideraban injustamente condenados como culpables por una guerra en que mi padre había tomado parte —había pasado una noche entera en una trinchera con un francés y, en un momento dado, se había quedado dormido al lado del cadáver.

En la época en que Alemania era una congestión de heridas, mi madre chupaba el cabo de las hebras con los labios hacia dentro, poniendo una cara de tortuga que me hacía reír, mi padre escuchaba la radio después del trabajo fumando cigarrillos Juno y Franz dormitaba en la cuna con el brazo doblado y la mano cerca de la oreja, sus pequeños dedos apretados en un puño de carne tierna.

En mi habitación, hacía el inventario de mis culpas y mis secretos, y no sentía ningún remordimiento.

# 5

—No entiendo nada —murmuró Leni. Estábamos sentadas a la mesa del comedor, ya recogida después de la cena, con los libros abiertos y los lápices que nos habían dado los centinelas—. Hay demasiadas palabras difíciles.

—¿Por ejemplo?

—«Alimá.» No, espera, «amilá» —Leni consultó una página—. «Amilasa salival.» O esta otra: «Pepsi...», mmm, «pep-si-nó-ge-no».

Una semana después de habernos convertido en catadoras, el cocinero se había presentado en el comedor y había distribuido una serie de textos sobre alimentación, invitándonos a leerlos: nuestra tarea era algo que había que tomar en serio, dijo, que debía ejecutarse con pericia. Se presentó como Otto Günther, pero nosotras sabíamos que todos le llamaban Krümel, el Miga. Cuando los de la SS lo nombraban, se referían a él con ese apodo, quizá porque era bajo y poca cosa. Cuando llegábamos al cuartel, él ya estaba manos a la obra con el personal, preparando el desayuno que tomábamos inmediatamente, mientras que Hitler lo hacía a eso de las diez, tras haber recibido noticias del frente. Más tarde, alrededor de las once, comíamos lo que él iba a tomar en el almuerzo. Acabada la hora de espera, nos acompañaban a casa, pero a las cinco de la tarde volvían a buscarnos para que probáramos la cena.

La mañana en que Krümel nos entregó los libros, una de las mujeres hojeó algunas páginas y resopló encogiéndose de hombros. Eran unos hombros anchos y fuertes, desproporcionados respecto a los tobillos finos que la falda negra dejaba al descubierto. Se llamaba Augustine. Leni, en cambio, palideció como si la hubieran avisado de un examen inminente y estuviera segura de que no lo aprobaría. Para mí, fue una especie de consuelo: no es que creyera que memorizar el proceso digestivo fuera útil ni que tuviera interés en quedar bien. Esos esquemas, las tablas, eran un modo de distraerme. Al reconocer mi antiguo gusto por aprender, podía hacerme la ilusión de no perderme a mí misma.

—Jamás lo lograré —dijo Leni—. ¿Crees que nos lo van a preguntar?

—¿Los soldados haciendo de profesores y poniéndonos notas? Venga ya. —Le sonreí.

Leni no me devolvió la sonrisa.

—¡A lo mejor el médico nos hace alguna pregunta trampa en el próximo análisis de sangre!

—Sería divertido.

—¿Qué tiene de divertido?

—Yo tengo la impresión de estar espiando en las tripas de Hitler —dije con una alegría incomprensible—. Haciendo un cálculo aproximado, hasta podríamos deducir en qué momento se le dilatará el esfínter.

—¡Qué asqueroso!

No era asqueroso, era humano. Adolf Hitler era un ser humano que hacía la digestión.

—¿La profesora ha acabado la lección? No, lo digo por saberlo... Así, cuando acabe la conferencia, aplaudiremos.

Fue Augustine, la mujer de hombros fuertes vestida de negro, quien habló. Los soldados no nos mandaron callar; por voluntad del cocinero el comedor volvía a parecer el aula de una escuela, y había que respetar su voluntad.

—Lo siento —dije agachando la cabeza—. No pretendía molestarte.

—Ya sabemos que estudiaste en la ciudad.

—¿Y a ti qué te importa si ha estudiado o no? —terció Ulla—. Con estudios o sin ellos, ahora está aquí, comiendo como nosotras: cosas riquísimas, faltaría más, eso sí, aliñadas con un chorrito de veneno. —Se rio sola.

El talle fino, el pecho alto, Ulla era un bombón, así la llamaban los de la SS. Recortaba fotos de actrices de las revistas y las pegaba en un cuaderno; a veces lo hojeaba señalándolas una por una: las mejillas de porcelana de Anny Ondra, casada con Max Schmeling, el boxeador; los labios de Ilse Werner: tersos y carnosos, que fruncidos silbaban el estribillo de «Sing ein Lied, wenn Du mal traurig bist» en la radio —porque bastaba con cantar una canción para no sentirse triste y solo, había que decírselo a los soldados alemanes—; pero la preferida de Ulla era Zarah Leander, con las cejas como alas de gaviota y los tirabuzones enmarcándole el rostro, en la película *La habanera*.

—Haces bien en venir tan elegante al cuartel —me dijo. Yo llevaba un vestido color granate con el cuello a la francesa y las mangas abullonadas, que me había hecho mi madre—. Si te mueres ya estás lista. Ni siquiera tienen que prepararte.

—¿Por qué seguís hablando de esas cosas horribles? —protestó Leni.

Herta tenía razón, a las chicas les daba rabia mi aspecto. No únicamente a Elfriede, que el segundo día había escudriñado los rombos de mi vestido, y que en ese momento leía con la espalda apoyada en la pared y el lápiz en la boca como si fuera un cigarrillo apagado. Parecía que le pesara estar sentada. Parecía como si siempre estuviera a punto de irse.

—¿Te gusta mi vestido?

Ulla titubeó, después me respondió:

—Es un poco austero, pero tiene un corte casi parisino. Desde luego, mejor que el *Dirndl* que Frau Goebbels querría obligarnos a ponernos —bajó la voz—, el que lleva ella —añadió mirando a la chica que se sentaba a mi lado, la que el primer día se había levantado al final de la comida. Gertrude no la oyó.

—¡Ay, cuántas tonterías! —Augustine golpeó la mesa con las palmas de las manos, como dándose impulso, y se alejó.

No sabiendo cómo cerrar aquella salida teatral de la conversación, se le ocurrió acercarse a Elfriede. Pero esta no levantó la vista del libro.

—Pero bueno, ¿te gusta o no? —repetí.

Como si le costara admitirlo, Ulla dijo:

—Sí.

—Muy bien, te lo regalo.

Un débil golpe seco me hizo levantar la cabeza. Elfriede había cerrado el libro y cruzado los brazos; el lápiz seguía en su boca.

—¿Y qué vas a hacer? ¿Te desnudarás delante de todo el mundo como san Francisco y se lo darás? —Augustine rio con malicia buscando la complicidad de Elfriede, que permaneció impasible.

—Mañana mismo te lo traigo, si quieres —dije dirigiéndome a Ulla—. Bueno, en cuanto lo lave.

Un murmullo se propagó por la sala. Elfriede se separó de la pared y se sentó enfrente de mí. Dejó caer ruidosamente el libro sobre la mesa, apoyó la mano encima; empezó a repiquetear con los dedos en la cubierta, escrutándome. Augustine la siguió, con la seguridad de que iba a descararse conmigo de un momento a otro, pero Elfriede calló, dejó de repiquetear.

—Viene de Berlín para hacer limosnas —dijo Augustine echando más leña al fuego—. Lección de biología y caridad cristiana: desea demostrar a toda costa que es mejor que nosotras.

—Sí, lo quiero —dijo Ulla.

—Pues es tuyo —le respondí.

Augustine chasqueó la lengua. Más tarde descubriría que siempre lo hacía cuando no estaba de acuerdo.

—Habrase visto...

—¡En fila! —ordenaron los centinelas—. Se acabó la hora.

Las chicas se apresuraron a levantarse. El número de Augustine les encantaba, pero las ganas de dejar el comedor eran más fuertes; volvían a casa, sanas y salvas, un día más.

Mientras me unía a la fila, Ulla me rozó un codo.

—Gracias —dijo, y me sobrepasó.

—No estamos en un colegio femenino de Berlín —dijo Elfriede, que estaba detrás de mí—. Esto es un cuartel.

—Métete en tus asuntos —rebatí para mi sorpresa, y la nuca ya me quemaba—. Me lo has enseñado tú, ¿no? —Sonó más a una disculpa que a una provocación.

Deseaba complacer a Elfriede en vez de irritarla y no sabía por qué.

—Lo mires como lo mires —dijo—, la pequeña tiene razón: esos libros no tienen nada de divertido. A no ser que te guste aprender cuáles son los síntomas de las diferentes clases de envenenamiento. ¿Te complace prepararte para morir?

Seguí caminando sin responder.

Aquella misma noche lavé el vestido color granate para Ulla. Regalárselo no era un acto de generosidad, y tampoco pretendía caerle bien. Vérselo puesto sería como plasmar mi vida de la capital en Gross-Partsch y, por tanto, disiparla. Era resignación.

Se lo di tres días después, seco y planchado, envuelto en papel de periódico. Nunca se lo vería puesto en el comedor. Herta me tomó las medidas y arregló algunas de sus prendas para que pudiera ponérmelas, estrechándolas en los costados y accediendo a acortarlas ante mi insistencia: es la moda, le decía, la moda de Berlín, replicaba ella mientras sujetaba los alfileres con la boca, como mi madre, aunque en el suelo de su casa de pueblo no había ni un hilo.

Guardé el vestido de rombos en el armario que había sido de Gregor, junto con todo mi guardarropa de secretaria. Seguía poniéndome los mismos zapatos —adónde vas con esos tacones, me reprochaba Herta, pero solo con ellos reconocía mis andares, por inciertos que ahora fuesen—. En las mañanas más nubladas, solía tirar de la percha casi con rabia, no había ninguna razón para que tuviera que mezclarme con las demás catadoras, no tenía nada en común con ellas, ¿por qué deseaba que me aceptaran?

Después me veía las ojeras en el espejo y la rabia se convertía en desaliento. Dejaba el vestido de rombos en la oscuridad del armario, volvía a cerrar la puerta. Las ojeras fueron una advertencia que no supe interpretar, para anticiparme al azar, para cerrarle el paso. Ahora que aquella postración, temida desde siempre, había sobrevenido, me quedaba claro que ya no había lugar para aquella chiquilla que cantaba en el coro del colegio, que patinaba por las tardes con las amigas, que les dejaba copiar los ejercicios de geometría. La secretaria que había hecho perder la cabeza a su jefe se había esfumado; en su lugar, había una mujer envejecida de golpe por la guerra, porque ese era su sino.

En la noche de marzo de 1943 que cambió el rumbo de mi destino, la sirena arrancó con su gemido habitual, un débil sonido ascendente que después se desataba, el tiempo justo para que mi madre saltara de la cama.

—Levántate, Rosa —me llamó—. Están bombardeando.

Desde que mi padre había muerto, dormía con ella para hacerle compañía. Éramos dos mujeres adultas que habían conocido y perdido la cotidianidad del lecho conyugal; había algo impúdico en la semejanza del olor de nuestros cuerpos bajo las sábanas. Pero quería estar con ella cuando se despertaba durante la noche, aunque no sonara la sirena. O puede que yo tuviera miedo de dormir sola. Por eso, cuando Gregor se marchó, abandoné nuestro piso de alquiler en Altemesseweg y me mudé a casa de mis padres. Todavía estaba aprendiendo a ser esposa cuando tuve que dejarlo para volver a ser hija.

—Apresúrate —me dijo al ver que buscaba un vestido que ponerme.

Ella se echaba el abrigo encima del camisón y bajaba en zapatillas.

La sirena era como las anteriores: un largo aullido que ascendía como si fuera a durar para siempre, pero que al undécimo segundo disminuía de tono, se debilitaba. Luego volvía a empezar.

Hasta entonces se había tratado de falsas alarmas. En todas las ocasiones habíamos corrido escaleras abajo con las linternas encendidas, a pesar de que estaba en vigor la orden de apagar las luces. A oscuras habríamos tropezado, chocado contra los demás vecinos que también se dirigían al sótano, cargados con mantas para los niños y cantimploras con agua. O bien con las manos vacías: aterrorizados. Siempre habíamos encontrado un rinconcillo donde sentarnos en el suelo, bajo la luz de una bombilla desnuda que colgaba del techo. El suelo estaba frío; la gente, amontonada; la humedad calaba hasta los huesos.

Apretujados unos contra otros, los vecinos del número 78 de Budengasse habíamos llorado, rezado e implorado auxilio, habíamos orinado en un cubo demasiado expuesto a las miradas ajenas o nos habíamos aguantado, soportando las punzadas de la vejiga; un chiquillo había mordido una manzana, otro se la había robado y le había dado todos los mordiscos que había podido antes de que se la quitaran de un guantazo; habíamos pasado hambre y permanecido en silencio, o habíamos dormido, y al amanecer habíamos salido con las caras arrugadas.

Faltaba poco para que la promesa de un nuevo día se derramara sobre el enlucido azul de un edificio señorial de las afueras de Berlín y lo hiciera resplandecer. Pero escondidos en aquel edificio, no veríamos toda esa luz, y en ningún caso creeríamos en ella.

Aquella noche, al correr escaleras abajo del brazo de mi madre, me preguntaba cuál era la nota de la sirena antiaérea. De niña había cantado en el coro del colegio, la profesora elogiaba mi entonación, mi timbre vocal, pero yo no había estudiado música y no sabía distinguir las notas. Y sin embargo, mientras me sentaba al lado de Frau Reinach, con su pañuelo marrón en la cabeza, mientras observaba los zapatos negros deformados por los juanetes de Frau Preiß, los pelos que le salían de las orejas a Herr Holler y los dos minúsculos incisivos de Anton, el hijo de los Schmidt, mientras el aliento de mi madre, que me susurraba tienes frío, tápate, se convertía en el único olor obsceno y familiar al que agarrarme, solo me importaba saber a qué nota correspondía el toque prolongado de la sirena.

El zumbido de los aviones barrió de golpe cualquier otro pensamiento. Mi madre me apretó la mano, sus uñas se me clavaron en la piel. Pauline, de tres años recién cumplidos, se puso de pie. Anne Langhans, su madre, intentó tirar de ella, pero la cría, desde la obstinación de sus escasos noventa centímetros de altura, se soltó. Miraba hacia arriba, echando la cabeza atrás y girándola, como si estuviera buscando el origen de aquel sonido o siguiera la trayectoria del avión.

Después el techo tembló. Pauline cayó al suelo y el suelo ondeó, un pitido agudo anuló todos los ruidos, incluidos nuestros gritos, su llanto. La bombilla se apagó. El estruendo ocupó el sótano hasta curvar las paredes, y la onda expansiva nos zarandeó de un lado a otro. En el fragor acuciante de las explosiones, nuestros cuerpos se sacudían, se retorcían y resbalaban mientras las paredes escupían cascotes.

Cuando el bombardeo acabó, los sollozos y los gritos llegaron atenuados a los tímpanos dañados. Alguien empujaba la puerta del sótano: estaba atascada. Las mujeres chillaban, los pocos hombres que había descargaron sobre ella una andanada de patadas, hasta abrirla.

Estábamos sordos y ciegos, el polvo nos había transformado las facciones, nos volvía irreconocibles hasta para nuestros padres. Los buscábamos repitiendo mamá, papá, incapaces de pronunciar otra palabra. Yo vi solo humo. Después vi a Pauline: le salía sangre de una sien. Arranqué el dobladillo de mi falda con los dientes y le taponé la herida, le até el trozo de tela alrededor de la cabeza, busqué a su madre, busqué a la mía, no reconocía a nadie.

El sol apareció cuando todos nos habíamos ya arrastrado fuera. Nuestro edificio no se había derrumbado, pero tenía un boquete enorme en el techo; el de enfrente, en cambio, estaba destechado. Una hilera de muertos y heridos se extendía por la calle. La gente, con la espalda apoyada contra la pared, intentaba respirar, pero la garganta ardía debido al polvo y la nariz estaba tapada. Frau Reinach había perdido el pañuelo, sus cabellos eran grumos polvorientos que brotaban de su cabeza como bubas. Herr Holler cojeaba. Pauline había dejado de sangrar. Yo estaba entera, no me dolía nada. Mi madre había muerto.

# 6

—Daría mi propia vida por el Führer —dijo Gertrude con los ojos entornados para conferir solemnidad a la afirmación.

Su hermana Sabine asintió. Debido a su barbilla huidiza, yo no sabía si era mayor o menor que Gertrude. La mesa del comedor estaba despejada, faltaba media hora para salir. Contra un cielo de plomo enmarcado en la ventana se recortaba la silueta de otra catadora, Theodora.

—Yo también daría la vida por él —confirmó Sabine—. Para mí es como un hermano mayor. Es como el hermano mayor que ya no tenemos, Gerti.

—Pues yo lo preferiría —bromeó Theodora— como marido.

Sabine frunció el ceño, igual que si Theodora le hubiera faltado al respeto al Führer. El marco de la ventana vibró: Augustine se había apoyado en ella.

—Podéis quedaros con él, con vuestro Gran Consolador —dijo—. Es él quien envía al matadero a vuestros padres, hermanos y maridos. Al fin y al cabo, si mueren, siempre podéis haceros la ilusión de que él es vuestro hermano, ¿no? O soñar que os casaréis con él. —Augustine se pasó el índice y el pulgar por las comisuras de la boca, se limpió la saliva blanca, espumosa—. Sois ridículas.

—¡Reza para que nadie te oiga! —se alteró Gertrude—. ¿O quieres que llame a los de la SS?

—Si hubiera podido —dijo Theodora—, el Führer habría evitado la guerra. Pero no tuvo otro remedio.

—Disculpadme, sois más que ridículas. Sois unas fanáticas.

Todavía no podía saber que, a partir de entonces, «Fanáticas» iba a convertirse en el apelativo de Gertrude y su camarilla. Lo acuñó Augustine mientras echaba espuma por la boca. Su marido había caído en el frente, por eso iba siempre de negro, me lo había dicho Leni.

Las mujeres se habían criado en el mismo pueblo, las que tenían la misma edad habían ido juntas al colegio: todas se conocían, al menos de vista. Salvo Elfriede. Ella no era de Gross-Partsch ni de los alrededores, y Leni me había referido que antes de ser catadora nunca la había visto. Elfriede también era forastera, pero nadie la acosaba por eso. Augustine no se atrevía a molestarla; se metía conmigo no porque yo fuera de la capital, sino porque se había dado cuenta de que necesitaba adaptarme al ambiente, y eso me volvía vulnerable. Ni las otras ni yo le habíamos preguntado a Elfriede de qué ciudad procedía, y ella no lo había mencionado. Que guardara las distancias inspiraba respeto.

Me preguntaba si Elfriede también había huido al campo en busca de tranquilidad y si la habían reclutado en cuanto llegó, como a mí. ¿Qué criterios habían seguido para elegirnos? La primera vez que subí al autobús creí que iba a encontrarme con un nido de nazis fervorosas, con cánticos, banderas y todo lo demás; pronto comprendí que el criterio de selección no había sido la fe en el partido, salvo quizá para las Fanáticas. ¿Habían reclutado a las más pobres, a las más necesitadas? ¿A las que tenían más bocas que alimentar?

Las mujeres hablaban sin parar de sus hijos, salvo Leni y Ulla, las más jóvenes, y Elfriede. Ellas no tenían hijos, como tampoco yo. Pero no llevaban alianza, y yo, en cambio, estaba casada desde hacía cuatro años.

En cuanto entré en casa, Herta me pidió que la ayudara a doblar las sábanas. Casi ni me saludó; parecía impaciente, como si llevara horas esperándome para doblar la colada seca y ahora que estaba allí no tuviera intención de concederme un minuto más.

—Coge el cesto, por favor.

Casi siempre me preguntaba cómo había ido, me decía descansa un rato, échate un poco, o me preparaba un té. Su brusquedad hizo que me sintiera incómoda. Llevé el cesto a la cocina, la puse sobre la mesa.

—Vamos —dijo Herta—, date prisa.

Tiré con cuidado de una de las sábanas para separarla de las demás sin volcar el cesto, apurada por la prisa que mi suegra me metía. Cuando di un último tirón para acabar de sacarla, un rectángulo blanco salió volando por los aires. Parecía un pañuelo; caería al suelo y mi suegra se enfadaría. Hasta que tocó tierra, no me di cuenta de que no era un pañuelo, sino un sobre. Miré a Herta.

—¡Por fin! —Se rio—. ¡Creí que no ibas a encontrarla nunca!

—Yo también reí: de sorpresa, de gratitud—. ¿Qué haces, no la recoges? —Mientras me agachaba, susurró—: Si quieres leer la carta a solas, vete a tu habitación. Pero vuelve enseguida y dime cómo está mi hijo.

Querida Rosa:

Por fin puedo responderte. Hemos viajado sin parar, dormido en los camiones, sin quitarnos el uniforme durante una semana. Cuantas más carreteras y pueblos de este país cruzo, más descubro que aquí hay solo pobreza. La gente está consumida, las casas parecen chozas; el paraíso bolchevique, el paraíso de los trabajadores..., qué ironía. Ahora nos hemos parado: te he puesto la dirección donde puedes escribirme al final de la carta. Gracias por escribirme tanto, y perdóname si te escribo menos, pero al final del día estoy agotado. Ayer me pasé la mañana paleando nieve de la trinchera, y esa misma noche hice cuatro horas de guardia (llevaba dos jerséis debajo del uniforme), mientras la trinchera volvía a llenarse de nieve.

Cuando, más tarde, me eché sobre el saco de paja, soñé contigo. Dormías en nuestro antiguo piso de Altemesseweg. Bueno, yo sabía que era nuestro piso, aunque la habitación no era exactamente igual. Lo extraño es que había un perro, un perro pastor, que también dormía, sobre la alfombra. No me preguntaba qué hacía en nuestra casa, si era tuyo; lo único que sabía era que debía tener cuidado de no despertarlo porque era peligroso. Quería echarme a tu lado, por eso me acercaba con sigilo, para no molestar al perro, que al final se despertaba de todas formas y empezaba a gruñir. Tú no te dabas cuenta de nada, seguías durmiendo, y yo te llamaba, tenía miedo de que el perro te atacara. En un momento dado, ladraba fuerte, saltaba, y justo entonces desperté. El malhumor que me dejó el sueño duró un buen rato. Quizá, sencillamente, estaba preocupado por tu viaje. Ahora que estás en Gross-Partsch ya me encuentro más tranquilo, mis padres cuidarán de ti.

Saber que estabas sola en Berlín, con todo lo que pasó, me angustiaba. He reflexionado acerca de lo mucho que discutimos hace tres años, cuando decidí alistarme en el ejército. Te decía que no hay que ser egoísta ni cobarde, que defendernos era cuestión de vida o muerte. Me acordaba de la posguerra, tú no, eras muy pequeña, pero yo recordaba la miseria. Nuestro pueblo había sido muy ingenuo, se había dejado humillar. Había llegado el momento de endurecerse. Yo tenía que cumplir con mi obligación, aunque eso significara alejarme de ti. Ahora, sin embargo, ya no sé qué pensar.

Los párrafos siguientes estaban tachados; aquellas rayas tan marcadas, que hacían las frases ilegibles, me inquietaron. Intenté descifrarlas en balde. «Ahora, sin embargo, ya no sé qué pensar», había escrito Gregor. Por lo general, evitaba decir cosas comprometedoras, temía que abrieran el correo y lo censuraran; sus cartas eran tan cortas que a veces me parecían frías. Seguramente debido a aquel sueño no había logrado dominarse, y después no había podido hacer más que tacharlas con violencia, el papel estaba agujereado en algunos puntos.

Gregor nunca soñaba, o eso decía, y se burlaba de la importancia que yo daba a mis sueños, como si fueran presagios. Había estado preocupado por mí, por eso había escrito una carta tan melancólica. Por un momento pensé que el frente me devolvería a un hombre cambiado, y me pregunté si lo soportaría. Me hallaba en la habitación donde él había soñado de pequeño, pero no conocía sus sueños infantiles, y estar rodeada de lo que le había pertenecido no me bastaba para sentirlo cerca de mí. No era como cuando nos acostábamos, en nuestro piso de alquiler, y él se dormía de lado, con un brazo extendido para cogerme la muñeca. Yo, que siempre leía en la cama, pasaba las hojas con una sola mano para no apartar la otra de la suya. A veces, mientras dormía, se sobresaltaba, sus dedos me la apretaban como accionados por un resorte, después los aflojaba. ¿A quién se agarraría ahora?

Una noche en que sentía el brazo entumecido, quise cambiar de posición. Lentamente, procurando no despertarlo, me solté de él. Vi sus dedos cerrarse como tenazas en la nada, agarrarse al vacío. El amor que sentía por él me hizo un nudo en la garganta.

Me resulta extraño saberte en casa de mis padres sin mí. No soy muy dado a emocionarme, pero en estos días me conmuevo si te imagino vagando por las habitaciones, tocando los viejos muebles, preparando la mermelada con mi madre (gracias por mandármela, dale un beso de mi parte, y saluda a papá).

Ahora te dejo, mañana tengo que levantarme a las cinco. El órgano Katiuska suena a todas horas, pero nos hemos acostumbrado. La supervivencia, Rosa, es resultado del azar. Pero no temas: ahora ya sé distinguir por su pitido si los proyectiles caerán lejos o cerca. Y además, en Rusia he aprendido una superstición, según la cual un soldado no puede morir mientras su mujer le sea fiel. ¡O sea, que cuento contigo!

Para que me perdones por el largo silencio, esta vez he escrito mucho, no te quejarás. Cuéntame lo que haces. Me cuesta imaginar qué hace una chica como tú en el campo. Pero al final te acostumbrarás, y verás como te gusta. Cuéntame también de ese trabajo, por favor. Me has dicho que ibas a explicármelo en persona, que preferías no hacerlo por carta. ¿Hay algo de qué preocuparse?

He dejado la sorpresa para el final: iré en Navidad, me dan unos diez días de permiso. La celebraremos juntos, por primera vez, en el sitio donde crecí, y estoy impaciente por besarte.

Bajé de la cama. Con la carta entre las manos, volví a leer: no me había equivocado, lo había escrito de verdad. ¡Gregor iba a venir a Gross-Partsch!

Todos los días miro tu foto. A fuerza de llevarla en el bolsillo, está cada vez más arrugada. Se le ha hecho un pliegue que te corta la mejilla como una arruga. Cuando vaya a casa tienes que darme otra porque en esta pareces mayor. Pero ¿sabes que te digo? Que estás guapa hasta de vieja.

GREGOR

—¡Herta! —Salí de la habitación agitando la carta, se la tendí a mi suegra—. ¡Lea lo que pone aquí! —Le señalé las líneas en que Gregor mencionaba el permiso. Solo esas, lo demás era asunto mío y de mi marido.

—Pasará aquí la Navidad —dijo ella con incredulidad. Estaba impaciente por que Joseph volviera para darle la buena noticia.

La inquietud que sentía unos minutos antes se disipó, la felicidad anegó los demás sentimientos. Lo cuidaría yo. Volveríamos a dormir juntos, y lo abrazaría tan fuerte que él ya no tendría miedo de nada.

# 7

Sentados frente a la chimenea, soñamos con la llegada de Gregor.

Joseph propuso matar un gallo para la comida de Navidad y me pregunté si ese día también debería acudir al comedor. ¿Qué haría Gregor mientras yo estuviera en el cuartel? Tenía a sus padres, se quedaría con ellos. Sentía celos del tiempo que Herta y Joseph pasarían con él en mi ausencia.

—A lo mejor puede venir a Krausendorf, al fin y al cabo es un soldado de la Wehrmacht.

—No —me dijo Joseph—, la SS no lo dejaría entrar.

Acabamos hablando de cuando Gregor era pequeño, sucedía con frecuencia. Mi suegra contó que hasta los dieciséis años fue un chiquillo regordete.

—Tenía los mofletes colorados hasta cuando estaba quieto, parecía como si siempre estuviera achispado.

—Así es —dijo Joseph—, una vez se emborrachó.

—¡Es verdad! —exclamó Herta—. De lo que haces que me acuerde... Escucha esto, Rosa. Debía de tener unos siete años nada más. Era verano, volvíamos del campo y lo vimos tumbado justo ahí —señaló el arquibanco de madera apoyado a la pared—, todo contento. Mamá, dijo, este jugo que has hecho está riquísimo.

—Y encima de la mesa había una botella de vino abierta —añadió Joseph—, mediada. Le dije: Pero por Dios, ¿por qué te la has bebido? Y él me respondió: Porque tenía mucha sed. —Y se echó a reír.

Herta también se echó a reír, hasta que se le saltaron las lágrimas. Se enjugó los ojos con las manos deformadas por la artrosis; las miré y pensé en todas las veces que habían acariciado a Gregor cuando se despertaba, que le habían apartado el pelo de la frente mientras desayunaba, en todas las veces que habían frotado la mugre de los pliegues de su cuerpo por las noches, cuando volvía agotado de las guerrillas al borde de la ciénaga, con el tirachinas colgando del bolsillo de los pantalones cortos. En todas las veces en que ella le había dado una bofetada y después, sentada en su habitación, se habría cortado la mano que la había escandalizado por pegar a alguien que antes formó parte de su ser y que ahora era otro ser humano.

—Luego creció de golpe —dijo Joseph—. Dio un estirón de la noche a la mañana, como si lo hubieran regado.

Me imaginé a Gregor como una planta, un chopo altísimo igual que los que bordeaban la carretera que conducía a Krausendorf, el tronco ancho y derecho, la corteza clara cubierta de lenticelas, y sentí ganas de abrazarlo.

Empecé a contar los días tachándolos con una cruz en el calendario; cada cruz acortaba un poco la espera. Para llenarla, me impuse una rutina.

Por las tardes, antes de subir al autobús, iba con Herta al pozo a buscar agua y a la vuelta daba de comer a las gallinas. Les dejaba el pienso en el corral y ellas se abalanzaban a picotearlo, con saltitos nerviosos. Siempre había una que no lograba meterse en el grupo y sacudía la cabeza de un lado a otro sin saber qué hacer, o, sencillamente, desesperada. Su cráneo esmirriado me turbaba. Emitiendo una voz sorda, profunda, la gallina daba vueltas para hacerse sitio, hasta que lograba abrirse paso entre otras dos, y lo hacía con tanta fuerza que acababa por echar a una de ellas. Después, el equilibrio volvía a cambiar. Había comida suficiente para todas, pero ellas nunca se lo creían.

Las miraba incubar en el nido, hipnotizada por el pico que vibraba, el cuello que subía bajaba y se inclinaba hacia un lado y hacia el otro, como dando tirones. De repente, ese cuello parecía quebrarse bajo el cacareo ahogado que abría el rostro de la gallina y sus ojos redondos y esmeraldinos. Me preguntaba si gemía de dolor, si sobre ella también recaía la condena de parir con dolor, y qué pecado estaría expiando. O si, por el contrario, sus gritos eran de triunfo: la gallina asistía diariamente a su milagro, yo nunca había obrado uno.

Una vez sorprendí a la más joven picoteando un huevo que acababa de poner; hice ademán de darle una patada, pero no fui lo bastante rápida y se lo comió.

—Se ha comido a su hijo —le dije alarmada a Herta.

Ella me explicó que podía pasar, que a veces las gallinas rompen un huevo por error y lo prueban por instinto. Como es sabroso, se lo comen.

En el comedor, Sabine le contó a su hermana Gertrude y a Theodora que una vez, al oír a Hitler en la radio, su hijo pequeño se había asustado. La barbilla empezó a temblarle, se le llenó de hoyuelos, y rompió en llanto. Es nuestro Führer, le dijo su madre, ¿por qué lloras? Además, al Führer le encantan los niños, comentó Theodora.

Los alemanes querían a los niños. Las gallinas se comían a sus propios hijos. Nunca fui una buena alemana, y a veces me horrorizaban las gallinas, los seres vivos.

Un domingo fui al bosque con Joseph a recoger leña. Entre los árboles sonaba una sinfonía de silbidos. Transportamos los troncos y las ramas con una carretilla, a fin de apilarlos en el granero que antiguamente había servido para almacenar el forraje de los animales. Los abuelos de Gregor habían cultivado la tierra y criado bueyes y vacas, como, por otra parte, sus bisabuelos. Pero en un momento dado, Joseph lo había vendido todo para costearle los estudios a Gregor y había encontrado un empleo de jardinero en el castillo de Mildernhagen. ¿Por qué lo has hecho?, le preguntó su hijo. Qué más da, le respondió él, somos viejos, no necesitamos mucho para vivir. Gregor no tenía hermanos: su madre había traído al mundo a otros dos hijos, pero ambos habían muerto, él ni siquiera los había conocido. Gregor llegó cuando menos se lo esperaban, cuando sus padres ya se habían resignado a envejecer solos.

El día en que les anunció que quería irse a estudiar a Berlín, su padre no disimuló su desilusión. Aquel hijo inesperado no solo había crecido de la noche a la mañana, sino que, encima, ahora se le metía en la cabeza abandonarlos.

—Discutimos —me confesó Joseph—. No lo entendía, me enfadé. Le juré que no se iría, que no iba a permitírselo.

—¿Y qué pasó? —Gregor nunca me lo había contado—. ¿No se escaparía de casa?

—Jamás lo habría hecho. —Joseph detuvo la carretilla. Contrajo el rostro en una mueca, se palpó la espalda.

—¿Le duele? Deje, la empujo yo.

—Soy viejo —replicó—, pero ¡no tanto! —Reemprendió la marcha—. Vino un profesor a hablar con nosotros. Se sentó a la mesa con Herta y conmigo y nos dijo que Gregor era muy buen estudiante, que se lo merecía. El hecho de que un extraño conociera a mi hijo mejor que yo hizo que me pusiera hecho una furia. La tomé con aquel profesor, fui brusco con él. Más tarde, en el establo, Herta me hizo reflexionar, y me sentí como un idiota.

Después de la visita del profesor, Joseph decidió vender los animales, a excepción de las gallinas, y Gregor se mudó a Berlín.

—Puso todo su empeño y consiguió lo que quería, una óptima profesión.

Vi a Gregor en su estudio, sentado frente al tablero de dibujo, en equilibrio sobre el taburete: desplazaba las reglas por el papel y se rascaba la nuca con el lápiz. Me gustaba observarlo mientras trabajaba, observarlo cuando hacía algo olvidándose de lo que lo rodeaba, olvidándome a mí. ¿Seguía siendo él cuando yo no estaba?

—Ojalá no se hubiera ido a la guerra... —Joseph volvió a detenerse, esta vez no se palpó la espalda. Miró hacia delante, sin hablar, como si necesitara repasar los acontecimientos. Había hecho lo correcto por su hijo, pero lo correcto no había sido suficiente.

Colocamos la leña en el granero en silencio. No fue un silencio triste. Solíamos hablar de Gregor, era lo único que teníamos en común, pero después necesitábamos callar durante un rato.

En cuanto entramos en casa, Herta nos advirtió que la leche se había acabado. Dije que al día siguiente, por la tarde, yo iría a buscarla porque ya había aprendido el camino.


El olor a estiércol me confirmó que había llegado mucho antes de que vislumbrara la cola de mujeres con botellas de cristal vacías. Llevaba conmigo un cuévano lleno de hortalizas, para cambiarlas.

Un mugido retumbó por el campo, como una llamada de socorro; parecía una sirena antiaérea, la misma desesperación. Fui la única que se puso nerviosa, las mujeres siguieron avanzando, charlando entre sí o en silencio, sujetando a sus hijos de la mano o llamándoles cuando se alejaban.

Vi salir a dos chicas, me resultaron familiares. Cuando estuvieron cerca, me percaté de que eran dos catadoras. Una llevaba el pelo a lo *garçon* y tenía la piel de la cara seca; se llamaba Beate. Ceñían el cuerpo y las anchas caderas de la otra una casaca marrón y una falda acampanada. Su rostro era un bajorrelieve; se llamaba Heike. Sentí el impulso de alzar un brazo para saludarlas, pero contuve el gesto inmediatamente. No sabía hasta qué punto nuestro encargo era secreto, si debíamos fingir que no nos conocíamos. Yo no era del pueblo, y nunca me había encontrado con ellas en aquel establo. Además, en el comedor jamás habíamos mantenido una verdadera conversación, a lo mejor estaba fuera de lugar saludarlas, a lo mejor no me devolvían el saludo.

Pasaron por mi lado sin hacer un gesto. Beate tenía los ojos rojos, Heike estaba diciéndole:

—Vamos a compartirlo, la próxima vez me darás un poco del tuyo.

Escuchar su conversación a escondidas hizo que me sintiera incómoda. ¿Beate no podía permitirse la leche? Todavía no nos habían dado el primer sueldo, pero iban a pagarnos por nuestro trabajo, así nos lo habían dicho los de la SS, sin especificar cuánto. Por un instante dudé de que aquellas mujeres fueran catadoras, a pesar de haberlas visto de cerca. ¿Cómo era posible que no me reconocieran? Las seguí con la vista esperando a que se dieran la vuelta; no lo hicieron. Se alejaron hasta desaparecer, y al poco llegó mi turno.

De vuelta a casa empezó a llover. El agua me pegó el pelo a las sienes y me empapó el abrigo; tiritaba de frío. Herta me había advertido que cogiera la capa, pero se me había olvidado. Con mi calzado de ciudad podía resbalar y rodar por el barro, o con la visibilidad limitada por la lluvia, equivocarme de camino. Eché a correr a pesar de los tacones. En un momento dado, cerca de la iglesia, vislumbré la silueta de dos mujeres cogidas del brazo. Reconocí la falda acampanada de Heike, o puede que reconociera su espalda, que veía a diario mientras hacíamos cola en el comedor. Si las dos extendían sus capas, podíamos guarecernos las tres. Las llamé, un trueno cubrió mi voz. Las llamé de nuevo. No se volvieron. A lo mejor me había equivocado, no eran ellas. Me detuve lentamente, permanecí inmóvil bajo la lluvia.

Al día siguiente, en el comedor, estornudé.

—Jesús —dijo alguien a mi derecha. Era Heike. Me sorprendió reconocer su voz más allá de la pantalla que formaba el cuerpo de Ulla, sentada entre nosotras dos—. ¿Tú también cogiste frío ayer?

Así que me habían visto.

—Sí —respondí—, me he resfriado.

¿No oyeron que las llamaba?

—Leche caliente con miel —dijo Beate, como si hubiera esperado a que Heike le diera permiso para dirigirme la palabra—. Si una tuviera leche en abundancia, sería la panacea.

Con el paso de las semanas, la desconfianza hacia la comida fue menguando, como un pretendiente al que le permites que vaya tomándose confianzas. Nosotras, las esclavas, a aquellas alturas ya comíamos con gusto, pero inmediatamente después la hinchazón abdominal atenuaba el entusiasmo, el peso en el estómago se convertía en un peso en el corazón, y a causa de ese equívoco la hora que seguía al banquete estaba llena de desazón.

El miedo a morir envenenada volvía a cernirse sobre cada una de nosotras. Se nos venía encima si una nube oscurecía de repente el sol a plomo del mediodía, o durante los instantes de desorientación que a menudo preceden al crepúsculo. Sin embargo, ninguna de nosotras lograba ocultar el alivio que le procuraba la *Griessnockerlsuppe*, la sopa de ñoquis de sémola que se deshacían en la boca, ni la absoluta devoción por el *Eintopf*, a pesar de que el potaje no llevaba cerdo, ternera y ni siquiera pollo. Pero es que Hitler no comía carne, y aconsejaba a los ciudadanos por radio que tomaran estofado de verduras al menos una vez a la semana. Quizá pensaba que era fácil encontrar verduras en la ciudad en tiempos de guerra. O que eso no era asunto suyo: un alemán no se muere de hambre, y si lo hace, no es un buen alemán.

Yo pensaba en Gregor y me tocaba la barriga, ahora que estaba llena y ya no había remedio. Lo que me jugaba en la batalla contra el veneno era demasiado grande para que las piernas no me temblasen cada vez que la saciedad me bajaba las defensas. Que no me pase nada hasta Navidad, al menos hasta Navidad, decía para mis adentros, y con el índice esbozaba una señal de la cruz clandestina en el punto donde termina el esófago —o eso creía yo, imaginándome que el interior de mi cuerpo estaba formado por una acumulación de piezas grises, como lo había visto representado en los libros de Krümel.

Poco a poco, las lágrimas nos parecieron patéticas, incluso a Leni; si era presa del pánico, le apretaba la mano, le acariciaba las mejillas llenas de rojeces. Elfriede jamás lloró. Durante la hora de espera yo oía su respiración ruidosa. Cuando algo la distraía y su mirada perdía la dureza, se volvía guapa. Beate masticaba con una vehemencia parecida a la que habría puesto al frotar las sábanas.

Heike se sentaba frente a ella, su vecina desde la infancia, me había dicho Leni, y, como era zurda, cuando cortaba la trucha con mantequilla y perejil le daba con el codo a Ulla en el brazo. Ulla, que seguía relamiéndose las comisuras de la boca, no reparaba en ello. Seguramente aquel gesto infantil, que repetía sin darse cuenta, era lo que hacía que a los de la SS se les cayera la baba. Yo observaba la comida en los platos de las demás, y la chica a la que ese día le tocaba lo mismo que a mí se convertía en alguien más próximo que cualquier pariente cercano. Sentía una súbita ternura por el grano que le había salido en la mejilla, por la energía o la desgana con que se lavaba la cara por las mañanas, por las bolitas de los viejos leotardos de lana que quizá se ponía antes de meterse en la cama. Su supervivencia era para mí tan importante como la mía, porque compartíamos un único destino.

Con el tiempo, los de la SS también se relajaron. Si estaban a buenas, durante la comida charlaban entre ellos sin hacernos mucho caso, y ni siquiera nos mandaban callar. Si en cambio estaban excitados, no nos quitaban ojo, nos diseccionaban. Nos miraban igual que nosotras mirábamos la comida, como si estuvieran a punto de hincarnos el diente; giraban alrededor de las sillas con el arma en la funda calculando mal el espacio, y las pistolas nos rozaban la espalda y dábamos un respingo. A veces se inclinaban sobre una de nosotras, por detrás: casi siempre sobre Ulla, su bombón. Extendían un dedo en dirección a su pecho murmurando: Te has manchado, y, de repente, Ulla dejaba de comer. Todas dejábamos de comer.

Pero su preferida era Leni, porque sus ojos verdes resplandecían en la piel transparente, demasiado fina para ocultar cualquier turbación que el mundo le causara, y porque parecía tan indefensa... Un soldado le hacía una carantoña y la adulaba con voz de falsete: ¡Ojazos!, y Leni sonreía, no por apuro. Confiaba en que la ternura que suscitaba en los demás la protegería. Estaba dispuesta a pagar el precio de su propia fragilidad, y los de la SS lo intuían.

En el cuartel de Krausendorf nuestras vidas peligraban todos los días —pero no más que las de cualquier persona. En eso tenía razón mi madre, pensaba mientras la achicoria crujía entre mis dientes y la coliflor impregnaba las paredes con su olor hogareño, consolador.

## 8

Una mañana Krümel nos dijo que iba a mimarnos. Esas fueron sus palabras exactas, «mimarnos», a nosotras, que creíamos haber perdido el derecho a los mimos. Nos haría probar los *Zwiebacken*, dijo, los biscotes dulces que acababa de sacar del horno para darle una sorpresa a su jefe.

—Le encantan, durante la Gran Guerra los preparaba hasta en la trinchera.

—Nada menos, seguro que en el frente era fácil encontrar los ingredientes —murmuró Augustine—. Producía la mantequilla, la miel y la levadura directamente con su cuerpo, sudando.

Por suerte, los de la SS no la oyeron, y Krümel ya había desaparecido en la cocina con sus ayudantes.

A Elfriede se le escapó un sonido por la nariz, una especie de carcajada. Nunca la había visto reír, y me sorprendió tanto que me contagió la risa. Me debatí para no reírme, pero al volver a oír ese breve gruñido solté una carcajada afónica.

—Berlinesa, ¿cómo es posible que no logres aguantarte? —dijo ella.

Entonces oí en el comedor cómo fermentaba una mezcla de gemidos y sollozos, que fue creciendo hasta la rendición.

Todas nos echamos a reír, ante la incredulidad de los de la SS.

—¿De qué os reís? —Los dedos sobre la funda—. ¿Qué os pasa? Un soldado dio un puñetazo en la mesa.

—¿A que os hago pasar las ganas de golpe?

Nos callamos como pudimos.

—¡Orden! —exclamó el Larguirucho cuando la hilaridad ya se había atenuado.

Pero había sucedido: nos habíamos reído juntas, por primera vez.

Los *Zwiebacken* eran crujientes y fragantes; saboreé la dulzura cruel de mi privilegio. Krümel estaba satisfecho; con el tiempo, yo descubriría que siempre lo estaba. Se trataba de orgullo, orgullo profesional.

Él también era de Berlín; había empezado en la Mitropa, la compañía europea que se ocupaba de la gestión de los coches cama y los coches restaurante. El Führer lo contrató en 1937 para que lo «mimase» durante los viajes en su tren especial. El tren iba armado con cañones antiaéreos ligeros, para responder a los ataques a baja altura, y, según contaba Krümel, estaba equipado con suites tan elegantes que Hitler lo definía bromeando como «el hotel del frenético canciller del Reich». Se llamaba *Amerika*, al menos hasta que Estados Unidos entró en la guerra. Después fue degradado a *Brandenburg*, que a mí me sonaba menos épico, pero no se lo dije. Ahora, en la Guarida del Lobo, Krümel preparaba más de doscientos cubiertos al día, y también nos mimaba a nosotras, las catadoras.

No nos estaba permitido entrar en la cocina y él solo salía de ella si tenía algo que decirnos o si lo llamaban los guardias, por ejemplo porque Heike notaba un sabor extraño en el agua y, por consiguiente, también lo notaba Beate. Las mujeres se levantaban de un salto —dolor de cabeza, náusea, regurgitaciones de angustia—. Pero ¡si era la *Fachingen*, la preferida del Führer! La llamaban el «agua del bienestar», ¿cómo iba a sentar mal?

Un martes dos ayudantes de cocina no se presentaron, tenían fiebre. Krümel vino al comedor y me pidió que le echara una mano. No sé por qué se dirigió a mí, quizá porque era la única que había estudiado los libros de alimentación, las demás se habían cansado enseguida; o quizá porque era de Berlín, como él.

Las Fanáticas torcieron el gesto ante aquella elección: si alguien debía tener acceso a la cocina eran ellas, las amas de casa perfectas. Un día oí que Gertrude le decía a su hermana:

—¿Has leído lo de una chica que entró en la tienda de un judío y la secuestraron en el acto?

—No, ¿dónde fue? —preguntó Sabine.

Pero Gertrude prosiguió:

—Imagínate que de la trastienda, se accedía a un túnel subterráneo. Pasando por allí, el dueño, con la ayuda de otros judíos, la llevó a la sinagoga donde la violaron en grupo.

Sabine se tapó los ojos estremecida, como si estuviera asistiendo a la violación.

—¿De verdad, Gerti?

—Claro —aseguró su hermana—, siempre las violan antes de ofrecerlas en sacrificio.

—¿Lo has leído en *Der Stürmer*? —preguntó Theodora.

—Lo sé y basta —respondió Gertrude—. Las amas de casa ya no estábamos a salvo ni siquiera cuando íbamos a hacer la compra.

—Es verdad —dijo Theodora—, por suerte han cerrado esa clase de tiendas.

Ella habría defendido con uñas y dientes el ideal alemán de esposa, madre y ama de casa, y por ser precisamente su digna representante pidió hablar con Krümel. Le contó que su familia había gestionado una fonda antes de la guerra: ella tenía experiencia en la cocina y quería demostrarlo. Convenció al cocinero.

Nos entregó un delantal y una caja de verduras. Las enjuagué en la amplia pila mientras Theodora las cortaba a cubitos o en rodajas. Aparte de reñirme porque todavía tenían tierra o porque había llenado el suelo de agua, el primer día no me dirigió la palabra. Estuvo todo el rato espiando a los ayudantes de cocina, como si fuera una aprendiza, tan pegada a sus espaldas que estorbaba sus movimientos.

—¡Apártate! —le ordenó Krümel cuando estuvo a punto de tropezar con ella.

Theodora se disculpó, y añadió:

—¡El oficio se aprende mirando! Todavía no me creo que esté trabajando codo con codo con un chef de su categoría.

—¿Codo con codo? ¡Te he dicho que te apartes!

Pero durante los días siguientes, convencida ya de ser ya un miembro en toda regla del equipo, estableció por deontología profesional tenerme en cuenta; al fin y al cabo, también yo era una colaboradora, es más, mi evidente incompetencia me convertía en su subalterna. Así fue como me habló de la fonda de sus padres, un pequeño restaurante de apenas diez mesas: «Pero encantador, deberías haberlo visto». La guerra los había obligado a cerrar: ella planeaba abrirlo de nuevo, cuando acabara, y con muchos más cubiertos. Las arrugas le dibujaban en la comisura de los ojos una minúscula aleta caudal que los hacían parecer dos pececitos. Sus sueños de restauradora la enfervorecían, hablaba con frenesí, y al hacerlo las aletas le coleaban tanto que me esperaba que de un momento a otro los ojos le saltaran de la cara y, trazando una breve parábola, se zambulleran en la olla de agua hirviendo.

—Pero si llegan los bolcheviques no podrá ser —dijo—, no abriremos ninguna fonda, será el fin de todo.

Las aletas se detuvieron de golpe, los ojos dejaron de nadar, eran fósiles milenarios. ¿Cuántos años tenía Theodora?

—Espero que no sea el fin de todo —aventuré—, porque no sé si ganaremos esta guerra.

—No te atrevas ni a pensarlo. Si ganan los rusos nuestro destino será la destrucción y la esclavitud, el Führer también lo ha dicho. Columnas de hombres en marcha hacia la tundra siberiana, ¿no lo sabías?

No, no lo sabía.


Recordé a Gregor en nuestro cuarto de estar de Altemesseweg; se había levantado de la butaca comprada en una tienda de segunda mano y acercado a la ventana suspirando:

—Hace un día de rusos. —Me había contado que entre los soldados usaban esa expresión porque los rusos atacaban hasta en las peores condiciones meteorológicas—. Son capaces de soportar cualquier cosa.

Estaba de permiso y me hablaba del frente, a veces lo hacía. Del *Morgenkonzert*, por ejemplo, el concierto de explosiones que el Ejército Rojo les ofrecía nada más despertar; lo llamaban así.

Una noche, en la cama, me dijo:

—Si los rusos logran llegar aquí, no tendrán piedad.

—¿Por qué dices eso?

—Porque los alemanes tratan a los prisioneros soviéticos de forma distinta que a los demás. Los ingleses y franceses reciben ayuda de la Cruz Roja, y por las tardes hasta juegan al fútbol, mientras que los soviéticos excavan trincheras vigilados por militares de su mismo ejército.

—¿De su mismo ejército?

—Sí, gente motivada por la promesa de un mendrugo o de una cucharada extra de caldo —respondió apagando la luz—. Si nos hacen lo mismo que les hemos hecho a ellos, será terrible.

Estuve dando vueltas en la cama, no podía dormir, y en un momento dado Gregor me abrazó.

—Perdona, no debí decirte esas cosas, no debes saberlas. ¿De qué sirve saber? ¿A quién le sirve?

Me mantuve alerta incluso cuando él se quedó dormido.


—Nos merecemos lo que nos hagan —dije.

Theodora me escrutó con desdén y volvió a prescindir de mí. Su hostilidad me ensombreció, aunque no había motivo para ello, no deseaba compartir nada con ella, y en realidad tampoco es que tuviera nada que compartir con las demás. Ni con Augustine, que me pinchaba («¿Has hecho una nueva amiga?»), ni con Leni, que se prodigaba en comentarios sobre la comida como si la hubiera preparado yo. No tenía nada que compartir con esas mujeres, salvo un trabajo que nunca hubiera imaginado que habría de desempeñar. ¿Qué quieres ser de mayor? Catadora de Hitler.

Y sin embargo, la hostilidad de la Fanática hizo que me sintiera incómoda. Vagaba por la cocina con más torpeza de la habitual, y me quemé una muñeca en un descuido: proferí un grito.

Ante el espectáculo de mi piel arrugándose alrededor de la quemadura, Theodora abdicó de su propósito de silencio, me cogió el brazo y abrió el grifo.

—¡Déjala bajo el agua fría! —Después, mientras los cocineros seguían con sus maniobras, peló una patata. Me secó el brazo con un trapo y me puso una rodaja de patata cruda sobre la herida—. Calmará la quemazón, ya verás.

Su atención maternal me enterneció.


De pie en un rincón, mientras me sujetaba la rodaja de patata contra la muñeca, vi que Krümel echaba un ingrediente en la sopa y acto seguido soltaba una risita para sus adentros. Al percatarse de que le había sorprendido, se llevó el índice a la boca.

—No es saludable privarse completamente de la carne —dijo—. Tú también lo has aprendido en los libros que os di, ¿no? Como el muy cabezota no quiere entenderlo, le echo tocino en la sopa a escondidas. ¡No sabes cómo se pone cuando se da cuenta! Pero casi nunca se da cuenta. —Se desternillaba de risa—. Si le da por creer que ha engordado, no logro que coma nada.

Theodora, que estaba echando harina en un cuenco, se acercó.

—Creedme, nada —dijo el cocinero mirándola—. ¿Los espaguetis de sémola con queso *quark*? Le sientan bien, pero no los quiere. El pastel bávaro de manzana, su preferido: mirad, se lo sirvo todas las noches con el té nocturno, después de la última reunión; pero, lo juro, si está a régimen no prueba bocado. En un par de semanas puede llegar a perder hasta siete kilos.

—¿Qué es un té nocturno? —preguntó la Fanática.

—Una reunión vespertina entre amigos. El jefe bebe té o chocolate caliente. Está loco por el chocolate. Los demás se ponen tibios de *Schnaps*. A él no le hace mucha gracia, pero digamos que lo tolera. Solo con Hoffmann, el fotógrafo, se molestó una vez: es un borrachuzo. Pero, en general, no se fija; escucha *Tristán e Isolda* con los ojos cerrados. Siempre dice: es lo último que desearía oír antes de morirme.

Theodora estaba extasiada. Yo me quité la rodaja de patata de la muñeca, la escoriación se había extendido. Quería enseñársela, esperaba que pusiera el grito en el cielo, que se acercara para volver a aplicarme la rodaja sobre la quemadura, déjala donde está y no te quejes. De repente, echaba de menos a mi madre.

Pero la Fanática estaba pendiente de Krümel, ya no me hacía caso. Por cómo él hablaba de Hitler, se notaba que al cocinero le importaba, y daba por supuesto que también nos importaba a los demás, a mí. Al fin y al cabo, estaba dispuesta a morir por el Führer. A diario, mi plato, nuestros diez platos en fila, evocaban su presencia como en una transustanciación. Ninguna promesa de eternidad: doscientos marcos al mes, ese era nuestro sueldo.

Nos lo habían entregado unas noches antes, dentro de un sobre de cartas, a la salida. Lo guardamos en el bolsillo o el bolso, ninguna de nosotras se atrevió a abrirlo en el autobús. Había mirado los billetes en mi habitación, sorprendida; era más de lo que ganaba en Berlín.

Tiré la rodaja de patata al cubo de la basura.

—El jefe dice que si come carne o bebe vino, suda. Pero yo le digo que suda porque es demasiado nervioso. —Krümel no podía dejar de hablar de él—. Fíjate en los caballos, me repite, en los toros. Son animales herbívoros, y son fuertes y resistentes. Fíjate en los perros, en cambio: basta una carrera y ya están con la lengua fuera.

—Es cierto —comentó Theodora—. Nunca lo había pensado; tiene razón.

—Bueno, no sé si la tiene o no. Pero también dice que la crueldad de los mataderos es insoportable. —A esas alturas, Krümel se dirigía solo a ella.

Cogí una hogaza de una cesta grande, separé la corteza de la miga.

—Una vez, durante una cena, les contó a los invitados que había estado en un matadero y que todavía recordaba el chapoteo de los chanclos en la sangre fresca. Imagínate que el pobre Dietrich tuvo que apartar el plato... Es un tipo sugestionable.

La Fanática rio a gusto. Yo hice una pelota con la miga de pan y la moldeé hasta obtener figuritas: discos, trenzas, pétalos.

Krümel me reprendió por haber desperdiciado el pan.

—Son para usted —dije—, son como usted, Miga.

Removió el caldo sin hacerme caso; le pidió a Theodora que vigilara la cocción de los rábanos al horno.

—Aquí todo es un desperdicio —proseguí—, nosotras somos un desperdicio. Nadie lograría envenenarlo con este sistema de control, es absurdo.

—¿Desde cuándo eres una experta en inspecciones —preguntó la Fanática— y, ya puestos, en estrategia militar?

—Basta ya —nos reprendió Krümel: un padre lidiando con sus hijas.

—¿Y cómo se las arreglaba antes de que llegáramos? —le provoqué—. ¿O es que antes no tenía miedo de que lo envenenaran?

Justo en ese momento entró un guardia en la cocina para llevarnos al comedor. Las migas se quedaron allí, secándose sobre la encimera de mármol.

Al día siguiente, mientras yo deambulaba entre la coordinación impecable de los pinches en acción y la diligencia de la Fanática, Krümel nos hizo un regalo inesperado: a escondidas, nos dio fruta y queso a Theodora y a mí. Él mismo me los puso en el bolso, el de piel que usaba en Berlín para ir a la oficina.

—¿Por qué? —le pregunté.

—Os lo merecéis.

Lo llevé todo a casa. Cuando Herta abrió los paquetes que Krümel me había regalado no daba crédito a sus ojos. Gracias a mí tenía esos manjares para cenar. Gracias a Hitler.

# 9

Augustine recorrió el pasillo del autobús tan deprisa que el borde de su falda oscura pareció espumar, apoyó la mano en el respaldo rozando el pelo de Leni, y dijo:

—¿Cambiamos de sitio? Solo por hoy.

Fuera estaba oscuro. Leni me miró confundida, después se levantó y se dejó caer en un asiento vacío. Augustine ocupó su plaza a mi lado.

—Tienes el bolso lleno —dijo.

Todas estaban pendientes de nosotras, no solo Leni. Beate y Elfriede también. Las Fanáticas no, estaban sentadas en las primeras filas, pegadas al conductor.

Los grupos habían surgido de manera espontánea. Nadie esperaba recibir afecto en uno de ellos. Sencillamente, se habían creado fracturas y acercamientos con la misma inexorabilidad con que se desplazan las placas tectónicas. En lo que a mí respectaba, la necesidad de protección que delataba cada pestañeo de Leni me había asignado una responsabilidad. También estaba Elfriede, que me había empujado en el baño. En aquel gesto había reconocido mi propio miedo. Era un intento de contacto. Íntimo, sí; puede que el Larguirucho tuviera razón. Elfriede había buscado pelea, como los chavales que se líen a puñetazos para saber en quién pueden confiar. El guardia había evitado la pelea, así que había una cuenta pendiente entre ella y yo, un crédito recíproco de proximidad corporal que generaba un campo magnético entre nosotras.

—¿Está lleno? Responde.

Theodora se volvió, una reacción automática a la voz ronca de Augustine.

Unas semanas antes, Theodora había dicho que el Führer se dejaba guiar por la intuición, que era un hombre de instinto.

—Sí, sí, es muy cerebral —había comentado Gertrude sujetando las horquillas con los dientes, sin reparar en que acababa de contradecir a su amiga—. Pero ni te imaginas la de cosas que no le cuentan —prosiguió tras sujetar concienzudamente la trenza enrollada a un lado de la cabeza—. No se entera de todo lo que pasa, no siempre es culpa suya.

Augustine había hecho ademán de escupirle.

Ahora estaba sentada a mi lado con las piernas cruzadas, una rodilla encajada en el asiento de delante.

—Ya hace días que el cocinero te da comida extra para llevar a casa.

—Sí.

—Pues bien, nosotras también la queremos.

¿A quiénes se refería con ese «nosotras»? Yo no sabía qué decir. La solidaridad entre las catadoras no estaba prevista. Éramos placas que flotan y colisionan, que se deslizan las unas al lado de las otras o que se alejan.

—No querrás ser egoísta. Le caes bien, dile que te dé más.

—Coge lo que hay aquí. —Le ofrecí mi bolso.

—No es suficiente. Queremos leche, al menos un par de botellas; tenemos hijos y necesitamos leche.

También tenían un sueldo superior al de un obrero no cualificado, no se trataba de necesidad. Se trata de justicia, habría replicado Augustine si así se lo hubiera expuesto, ¿por qué motivo deberías recibir más que nosotras? Pídeselo a Theodora, pude haber respondido, desafiándola. Sabía que Theodora se negaría. ¿Por qué, en cambio, confiaba en que yo aceptase? No era amiga suya. Pero ella adivinaba mi necesidad de ser aceptada, la había advertido desde el primer momento.

¿Cómo se llega a ser amigas? Ahora que reconocía sus expresiones, que incluso podía anticiparlas, los rostros de mis compañeras me parecían diferentes de los que había visto el primer día.

Ocurre en el colegio, o en los lugares de trabajo, en los sitios donde nos vemos obligados a pasar muchas horas de nuestras vidas. Se llega a ser amigas a la fuerza.

—De acuerdo, Augustine. Mañana intentaré pedírselo.

A la mañana siguiente, Krümel nos informó de que los pinches habían regresado y de que ya no nos necesitaban. Se lo dije a Augustine y a las demás que la habían elegido como portavoz, pero Heike y Beate no se conformaron. No es justo que hayas disfrutado de comida extra y nosotras no. Nosotras tenemos hijos. ¿A quién tienes tú?

Yo no tenía hijos. Cada vez que tocábamos el tema, mi marido me decía que no era el momento, que él estaba luchando en el frente y yo estaba sola. Se había marchado en 1940, un año después de nuestra boda. Me encontré sin Gregor en nuestro piso decorado con muebles de segunda mano, que comprábamos en el mercadillo donde nos gustaba ir a pasar los sábados por la mañana, aunque solo fuera para desayunar en la panadería que había allí cerca una *Schnecke* a la canela o un *Strudel* con semillas de amapola, que nos comíamos directamente de la bolsa, un mordisco cada uno, mientras paseábamos. Me encontré sin él y sin hijo, en un piso lleno de cachivaches.

Los alemanes querían a los niños, el Führer les acariciaba las mejillas en los desfiles y exhortaba a las mujeres a tener muchos hijos. Gregor deseaba ser un buen alemán, pero no se dejaba contagiar. Decía que traer un hijo al mundo significaba condenarlo a morir. Pero la guerra acabará, objetaba yo. No se trata de la guerra, respondía él, sino de la vida: tarde o temprano todo el mundo muere. Tú no estás bien, le acusaba yo, desde que te marchaste al frente estás deprimido, y él se enfadaba.

A lo mejor en Navidad, con la ayuda de Berta y Joseph, lograría convencerlo.

Si me quedaba embarazada, alimentaría al hijo que llevara en las entrañas con la comida del cuartel. Una mujer embarazada no es una buena cobaya, su estado puede alterar el experimento, pero los de la SS no tenían por qué enterarse —al menos hasta que los análisis o la barriga me delataran.

Correría el peligro de envenenar al niño, moriríamos los dos. O sobreviviríamos. Sus huesos friables y sus músculos tiernos, criados con la comida de Hitler. Sería un hijo del Reich antes que mío. Al fin y al cabo, todos nacemos con una culpa.

—Róbala —me dijo Augustine—. Entra en la cocina, distrae al cocinero con tu cháchara, háblale de Berlín, de cuando ibas a la ópera, invéntate algo. Y en cuanto se dé la vuelta, coge la leche.

—¿Estás loca? No puedo hacerlo.

—No es suya, no estás quitándosela a él.

—Pero no es justo, no se lo merece.

—Y nosotras, Rosa, ¿nos lo merecemos?

Las encimeras de mármol que los aprendices habían desengrasado brillaban bajo la luz.

—Los soviéticos acabarán cediendo, ya lo verás —dijo Krümel.

Estábamos solos; había mandado a los chicos a descargar las provisiones que llegaban en tren a la estación de la Guarida del Lobo, diciéndoles que se reuniría con ellos poco después, porque yo le había pedido algunas aclaraciones sobre el capítulo de un libro que estaba leyendo, un libro que él me había dado; no se me había ocurrido una excusa mejor para entretenerlo. Tras las aclaraciones —el papel de maestro le encantaba—, iba a pedirle dos botellas de leche. A pesar de que Krümel nunca me había regalado leche. A pesar de que yo sabía que era una grosería y una falta de tacto. Una cosa es recibir un regalo y otra exigirlo. Además, ¿para quién era? Yo no tengo hijos, nunca he amamantado a ninguno.

Krümel se había sentado a hablar conmigo: en pocos minutos se había animado, y ahora charlaba por los codos, como siempre. El desastre de Stalingrado, en febrero de aquel mismo año, nos había desmoralizado a todos.

—Murieron para que Alemania pudiera seguir viviendo.

—Eso dice el Führer.

—Y yo le creo, ¿tú no?

No quería irritarlo, de lo contrario no podría pretender un trato especial. Asentí con poca convicción.

—Ganaremos nosotros —dijo—. Porque es justo.

Me contó que Hitler cenaba de cara a una pared de la que colgaba una bandera soviética, requisada al principio de la Operación Barbarroja. En aquella habitación ilustraba a los invitados sobre los peligros del bolchevismo; las demás naciones europeas los subestimaban. ¿No se daban cuenta de que la Unión Soviética era incomprensible, oscura, inquietante como el buque fantasma de la ópera de Wagner? Solo un hombre obstinado como él lograría hundirlo, a costa de perseguirlo hasta el día del Juicio Final.

—Únicamente él puede lograrlo —apostilló Krümel echando un vistazo al reloj—. ¡Ay, tengo que irme! ¿Necesitas algo más?

Necesito leche fresca. Leche para niños que no son mis hijos.

—No, gracias. De hecho, ¿cómo puedo corresponderle? Ha sido usted tan amable...

—Pues podrías hacerme un favor: hay varios kilos de judías por desgranar. ¿Podrías empezar, al menos hasta que os acompañen a casa? Les diré a los guardias que has de quedarte aquí.

Me dejaba sola en su cocina. Habría podido contaminar las provisiones, pero a Krümel ni se le pasaba por la cabeza: era una catadora de Hitler, formaba parte de su equipo, yo también era de Berlín. Se fiaba de mí.

En fila hacia el autobús, con el bolso apretado contra el regazo, me parecía oír tintinear el cristal de las botellas, intentaba sujetarlas, caminar despacio, sin exagerar, para no levantar las sospechas de los de la SS. Elfriede estaba detrás de mí, a menudo lo estaba. Siempre éramos las últimas en ponernos en camino. No era indolencia, era dificultad para amoldarnos. Por más dispuestas que estuviéramos a adaptarnos a las reglas, a las reglas le costaba encajarnos. Como dos piezas de un material incompatible o de una medida equivocada, pero que son todo de lo que dispones para edificar tu fortaleza; encontrarás la manera de que se adapten.

Su aliento me cosquilleó en la nuca:

—Berlinesa, ¿te has dejado enredar?

—Silencio —dijo un guardia con desgana.

Apreté las botellas con fuerza a través del cuero. Caminaba con lentitud para evitar el más mínimo golpe.

—Creía que habías entendido que aquí es mejor no meter las narices en los asuntos ajenos. —El aliento de Elfriede era una tortura.

Vi al Larguirucho venir hacia mí, sin prisas. Cuando llegó a mi altura me escrutó. Seguí caminando detrás de las otras hasta que me sujetó del brazo, separándolo del bolso. De inmediato esperé oír el tintineo de los cristales al entrechocar, pero las botellas no se tambalearon, las había colocado de manera que no se movieran ni un ápice en el hueco oscuro del bolso, estaban bien puestas.

—Vosotras dos siempre cuchicheando, ¿eh? —Elfriede se detuvo. El guardia la sujetó a ella también—: Os advertí que si volvía a pillaros me aprovecharía de la situación.

El cristal frío contra la cadera. Si el guardia rozaba el bolso sin querer, me descubriría. Me soltó el brazo, me pinzó la barbilla con el índice y el pulgar, se inclinó sobre mí. La barbilla me temblaba, busqué a Elfriede.

—Hoy apestas un poco a brécol. Creo que lo dejaremos para otra vez. —El Larguirucho se puso a reír socarronamente, demasiado rato para que sus compañeros le secundaran la guasa. Ya habían superado la línea roja de lo permitido cuando él dijo—: No te pongas así, era broma. Aquí dentro hasta hacemos que os divirtáis. ¿Qué más queréis?

El intercambio tuvo lugar al amparo de los asientos. Augustine había traído una pequeña bolsa de tela. La barbilla seguía temblándome; un nervio de la cara se tensaba bajo la piel de la mejilla.

—Has sido valiente, y generosa. —La sonrisa con que me lo agradeció parecía sincera.

¿Cómo se llega a ser amigas?

«Ellos y nosotras.» Eso me proponía Augustine. Nosotras, las víctimas, las jóvenes sin elección. Ellos, los enemigos. Los prevaricadores. Krümel no era de los nuestros, eso quería decir Augustine. Krümel era un nazi. Y nosotras nunca fuimos nazis.

La única que evitó sonreírme fue Elfriede. Estaba concentrada en la extensión de campos y graneros que se sucedían al otro lado de la ventanilla. Todos los días yo recorría en aquel autobús ocho kilómetros de camino hasta la curva de Gross-Partsch, mi exilio.

# 10

Acostada en la cama de Gregor, reseguía los contornos de una foto suya que estaba metida en el marco del espejo de encima de la cómoda. Debía de tener unos cuatro o cinco años, no sabría decirlo. Llevaba botas de nieve y tenía los ojos entornados a causa del sol.

No podía conciliar el sueño; desde que estaba en Gross-Partsch no conseguía dormir. Tampoco podía en Berlín, cuando nos atrincherábamos en el sótano con las ratas. Herr Holler decía que hasta ratas llegaríamos a comernos, cuando se acabaran los gatos y los gorriones, exterminados también, y sin la gloria de un monumento a los caídos. Precisamente lo decía Holler, él, que tenía el estómago revuelto por la ansiedad y, si se retiraba al rincón donde teníamos el cubo, dejaba tras de sí un hedor insoportable.

Las maletas estaban listas para huir deprisa si se daba el caso de tener que hacerlo.

Después de que la bomba cayera sobre Budengasse, subí a casa: estaba inundada, las tuberías habían reventado. Con el agua hasta las rodillas, abrí la maleta sobre el colchón y busqué el álbum de fotos entre la ropa; no se había mojado. Luego abrí la de mamá y olisqueé sus vestidos. Su olor era demasiado parecido al mío. Ahora que había muerto, ese olor, del que solo quedaba yo como única responsable, como única heredera, me parecía aún más obsceno. En su maleta encontré una foto de Franz, enviada en 1938 desde América, pocos meses después de embarcarse. No veíamos a mi hermano desde entonces. No había fotos mías; si hubiéramos tenido que escapar, lo habríamos hecho juntas, eso creía mi madre. Sin embargo, estaba muerta.

Después de la bomba, la enterré y entré en las casas evacuadas; registraba los aparadores y me llevaba todo lo que podía, robaba tazas y teteras para revenderlas en el mercado negro de la Alexanderplatz, junto con el juego de porcelana que mi madre guardaba en la vitrina.

Anne Langhans me dio cobijo, dormíamos en la misma cama, con la pequeña Pauline en medio. A veces imaginaba que era la niña que nunca había tenido. Su aliento me consolaba, me era ya más familiar que el de mi madre. Me convencía de que un día Gregor volvería de la guerra, arreglaríamos las tuberías de casa de mi madre y tendríamos un hijo, o mejor, dos. Respirarían despacio y con la boca abierta mientras dormían, como Pauline.

Era muy alto, Gregor, cuando caminaba a mi lado en la Unter den Linden y los tilos ya habían desaparecido; la gente tenía que poder admirar al Führer marchando en el desfile, por eso los habían talado. Apenas le llegaba al hombro; mientras paseábamos por la avenida me cogió de la mano.

—¿No está un poco vista la historia de la secretaria y su jefe? —le dije.

—¿Si te despido tendré derecho a besarte? —me dijo.

Me hacía reír. Se había parado y estaba apoyado en el escaparate de una tienda; me atrajo despacio hacia sí, sofoqué una carcajada en la lana de su jersey. Después levanté la cara y vi el retrato en el escaparate: una aureola amarilla pintada alrededor de la cabeza, y la mirada ruda, como si acabara de expulsar del templo a los mercaderes. Nos besamos delante de él. Fue Adolf Hitler quien bendijo nuestro amor.

Abrí el cajón de la mesita de noche, saqué todas las cartas de Gregor, las leí una por una. Era como oír su voz, hacerme la ilusión de que estaba a mi lado. Las cruces marcadas a lápiz en el calendario me recordaban que pronto lo estaría realmente.

La mañana en que se fue me vio abatida en el umbral de nuestra habitación, con la frente apoyada contra el marco de la puerta. ¿Qué te pasa? No le respondí.

Me parecía que no había conocido la felicidad hasta que lo había encontrado. Antes de eso, nunca me creí con derecho a ella. Aquellos cercos alrededor de los ojos, como un destino. En cambio, era radiante, y plena, y era mía, una felicidad que Gregor me había ofrecido como un regalo, como si fuera lo más sencillo del mundo. Su vocación personal.

Pero después renunció a esa misión, tenía una más importante. Volveré pronto, dijo, y me acarició la sien, la mejilla, los labios, e intentó abrirse paso en mi boca con los dedos, a nuestra manera de siempre, nuestro pacto silencioso, fíate, me fío, quiéreme, te quiero, haz el amor conmigo —pero yo apreté los dientes y él apartó la mano.

Me lo imaginé moviéndose rápido en la trinchera, el aliento condensado en nubes de vapor en el hielo. «Hay dos personas que no se han enterado de que en Rusia hace frío —me escribió—. Uno es Napoleón»; al otro no lo mencionó por cautela. Cuando le pregunté por las acciones, adujo la obligación de respetar el secreto militar; a lo mejor era una excusa para no asustarme. Quizá en ese momento estuviera cenando delante del fuego, los soldados con la fiambrera de carne en lata sobre las rodillas, el uniforme cada vez más holgado porque habían adelgazado; y yo lo sabía, sabía que Gregor comía sin quejarse para que ninguno de sus compañeros lo considerara un peso. Siempre tuvo la necesidad de que los demás se apoyaran en él, para sentirse fuerte.

Al principio me escribió que le resultaba extraño dormir con desconocidos que, además, iban armados. Cualquiera, en cualquier momento, podía pegarle un tiro, por una discusión durante una partida de cartas, por una pesadilla demasiado vívida, por un malentendido durante la marcha. No se fiaba de ellos; Gregor solo se fiaba de mí. Sintió vergüenza por haber pensado esas cosas cuando se encariñó con ellos.

Había uno, pintor, que había perdido dos falanges y no sabía si podría volver a pintar. Odiaba a nazis y a judíos por igual. Al nazi ferviente, en cambio, le importaban poco los judíos, y estaba convencido de que a Hitler tampoco le quitaban el sueño. Decía que jamás bombardearían Berlín porque el Führer no lo permitiría. Después, la casa de mis padres fue destruida, y no sé si eso bastó para que su certidumbre se desmoronara. Hitler lo tiene todo calculado, decía su conmilitón; mi marido le escuchaba porque pertenecía a su misma unidad, y en la guerra, decía Gregor, los hombres se convierten en un solo cuerpo. Ellos eran el cuerpo del que se sentía parte, un espejo que reflejaba el suyo hasta el infinito. Ellos y no yo eran la carne de su carne.

También estaba Reinhard, que le tenía miedo a todo, hasta a las pulgas, y se pegaba a Gregor como si mi marido fuera su padre, aunque solo tenía tres años menos que él. Yo lo llamaba el Cagueta. En la última carta que llegó a Berlín, Gregor escribió que la mierda era la prueba de que Dios no existía. A veces le gustaba provocar, en el despacho todos lo sabíamos. Pero nunca había dicho nada parecido. «Aquí siempre tenemos diarrea —escribió—, debido a la comida, el frío y el miedo.» Reinhard se la había hecho encima durante una misión: un imprevisto a la orden del día, pero que para él había sido humillante.

«Si Dios hubiera creado realmente al ser humano —decía mi marido—, ¿crees que se habría inventado algo tan vulgar como la mierda? ¿No habría encontrado otro método, uno que no implicara ese repugnante resultado de la digestión? La mierda es una ocurrencia tan perversa que, una de dos: o Dios es perverso, o no existe.»

El Führer, por su parte, también luchaba contra los efectos de la digestión. Para Krümel se había convertido en una auténtica pesadilla: el régimen alimenticio que había establecido para Hitler era sanísimo y, sin embargo, el jefe vivía a base de Mutaflor. Se lo había recetado el doctor Morell, pero en los últimos tiempos ni siquiera este, su médico personal, sabía ya qué hacer. Eludía el problema prescribiéndole píldoras contra la flatulencia: el paciente se tomaba hasta dieciséis al día. Hitler había planeado un complejo sistema para que el enemigo no lo envenenara, y mientras tanto se intoxicaba él solo.

—Haría bien en no contarte todas estas cosas. Soy un chismoso —dijo Krümel con una risita—. Pero tú no se lo contarás a nadie, ¿verdad?

Yo seguía en la cocina después de comer, acabando de desgranar la montaña de judías que me había encargado. Theodora se había ofrecido a ayudarme; la cocina era su territorio, odiaba que yo lo habitara en su ausencia. Le había dicho que no era necesario, y Krümel estaba demasiado ocupado para hacerle caso. El cocinero se fue a la estación con su equipo y volvió a dejarme sola.

Me levanté de la silla con cautela para evitar arrastrarla por el suelo y, amortiguando cada paso —no debía hacer ningún ruido que pudiera llamar la atención del guardia que estaba al otro lado de la puerta—, saqué dos botellas de leche de la nevera. Al cogerlas, sentí una comezón en las manos. Y sin embargo, me sentía orgullosa de mi audacia, hasta el punto de que ni siquiera tomé en consideración que Krümel se daría cuenta de que faltaban dos, bueno, cuatro, o que se daría cuenta sin más, aun no sabiendo cuántas botellas faltaban. Seguramente, todo lo que había en la cocina estaba inventariado, seguramente él llevaba un registro de lo que entraba y lo que salía. Pero ¿por qué iba a sospechar de mí? También estaban los ayudantes de cocina, podían haber sido ellos.

Mientras estábamos en fila, el Larguirucho vino a mi encuentro y me abrió el bolso.

No fue un gesto espectacular, simplemente soltó el gancho del bolso y los cuellos de las botellas asomaron. El Larguirucho se volvió hacia Theodora, que dijo:

—Ahí están.

—No quiero oír volar una mosca —la cortó él.

Las expresiones de mis compañeras eran de alarma, de atontamiento.

Alguien fue a la Guarida del Lobo a avisar al cocinero. Nos obligaron a permanecer en el pasillo, de pie, hasta que llegó. Cuando lo tuve delante, me pareció aún más esmirriado, se me antojó quebradizo.

—Se las he dado yo —dijo.

Un retortijón en el vientre. No la patada de un niño, sino la perversión de Dios.

—Son una pequeña recompensa por el trabajo que ha hecho en la cocina. A Rosa Sauer no le pagan por eso, sino por probar. Así que me ha parecido correcto premiarla, porque además ha seguido trabajando incluso cuando los ayudantes de cocina han vuelto. Espero no haber creado problemas.

Otro retortijón. Nadie recibía nunca su merecido, ni siquiera yo.

—Ningún problema, si lo consideras justo. Pero la próxima vez, avisa.

El Larguirucho miró de nuevo a Theodora, ella me miró a mí. No pedía perdón, mostraba desprecio.

—Dejémoslo aquí —dijo el otro soldado. ¿Qué quería decir? ¿Dejemos de regalar comida a Rosa Sauer? ¿Dejemos de delatar a Rosa Sauer? ¿O bien deja de temblar, Rosa Sauer, por Dios?—. Adelante, andando.

Las orejas me ardían y tenía la vista empañada por las lágrimas, que habían subido a la superficie como agua en un terreno cribado. Si no pestañeaba, se quedarían allí, restañando en las cuencas de los ojos, y se evaporarían. No las dejaría caer ni siquiera al llegar al autobús.

Augustine no me alargó la bolsa de tela; las botellas viajaron conmigo hasta la curva de casa. En cuanto el autobús se alejó, volqué la leche en el suelo.

Era para sus hijos; no, era para Hitler. ¿Cómo podía desperdiciar semejante concentrado de calcio, hierro, vitaminas, proteínas, azúcares y aminoácidos? La grasa de la leche es diferente a todas las demás grasas, estaba escrito en los libros que me había dado Krümel;

resulta más fácil de asimilar, el organismo la incorpora al instante y con eficacia. Podría haber guardado las botellas en el frescor del sótano, invitar a Augustine, a Heike y a Beate, aquí tenéis: leche para vuestros hijos, Pete, Ursula, Mathias y los gemelos, son los dos últimos litros, siento que se haya acabado tan pronto, pero de todas formas ha valido la pena. Podría haberlas recibido en la cocina de Herta, ofrecerles un té. ¿Cómo se llega a ser amigas? Me pidieron que robara para ellas.

Habría podido entregar las botellas a Herta y Joseph, mintiendo acerca de cómo las había conseguido. Krümel es tan generoso, me adora... Tened, bebed leche fresca y nutritiva, todo gracias a mí.

En cambio, allí estaba, inmóvil, cabizbaja, mirando fijamente la leche que salpicaba la gravilla. Quería malgastarla, que nadie la bebiera. Quería negársela a los hijos de Heike, de Beate y de Augustine, negársela a cualquier niño que no fuera mío, sin sentir remordimientos.

No levanté la cabeza hasta que las botellas estuvieron vacías. Vi a Herta junto a la ventana. Me enjugué la cara con el dorso de las manos.

Al día siguiente me armé de valor para abrir la puerta de la cocina.

—Vengo a pelar judías —dije.

Había estudiado la frase, el tono, sobre todo: alegre sin exagerar, con un deje suplicante si uno se fijaba. Pero me salió una voz apresurada.

Krümel no se volvió.

—Gracias, pero ya no hace falta.

Las cajas de madera estaban apiladas en un rincón, disponibles. La nevera se hallaba en el lado opuesto; no tuve el valor de mirarla.

Me miré las uñas, se habían puesto amarillas, pero ahora que el trabajo había acabado volverían a ser como antes, uñas de secretaria.

Me acerqué a Krümel.

—Soy yo la que le da las gracias. Le pido perdón.

Mi voz no era apresurada, era intermitente.

—No vuelvas a aparecer por mi cocina —replicó, y se dio la vuelta.

No pude sostener su mirada.

Incliné la cabeza hacia delante varias veces para que supiera que obedecería, y salí olvidándome de despedirme.

## 11

Estábamos en pleno diciembre. Desde que la guerra había empezado, sobre todo tras la marcha de Gregor, la Navidad había perdido
para mí su atmósfera festiva. Ese año, en cambio, la esperaba con la
misma impaciencia que de niña, porque me traería a mi marido de
regalo.

Por las mañanas me ponía un gorro de lana tejido por Herta
antes de subir al autobús, que atravesando extensiones nevadas, entre columnas de hayas y abedules, me conduciría a Krausendorf,
donde con otras jóvenes alemanas participaría en la liturgia de la
celebración. Un ejército de fieles dispuestas a recibir en sus lenguas
una comunión que no nos redimiría.

Pero ¿acaso alguien habría preferido la vida eterna a la vida aquí,
en la Tierra? Yo no, desde luego. Me tragaba el bocado que podría
haber acabado con mi vida como si hubiera hecho un voto, tres
votos al día por cada día de la novena navideña. Ofrécele al Señor
el esfuerzo de los deberes, la tristeza por el patín que se ha roto o tu
resfriado, decía mi padre cuando rezaba conmigo por las noches.
Mira esta ofrenda, pues, mírala: te ofrezco mi miedo a morir, mi
cita con la muerte, en suspenso desde hace meses y que no puedo
anular; lo ofrezco todo a cambio de su llegada, papá, del regreso

de Gregor. El miedo entra tres veces al día, siempre sin llamar, se sienta a mi lado, y si me levanto me sigue, a estas alturas casi me hace compañía.

Te acostumbras a todo, a sacar carbón de las galerías de las minas, dosificando la necesidad de oxígeno; a caminar deprisa sobre la viga suspendida en el cielo, enfrentándote al vértigo del vacío. Te acostumbras a la sirena de las alarmas, a dormir vestido para marcharte rápidamente si suenan; te acostumbras al hambre, a la sed. Claro que me había acostumbrado a que me pagasen por comer. Podía parecer un privilegio, pero era un trabajo como otro cualquiera.

La víspera de Navidad, Joseph cogió un gallo por las patas, lo puso cabeza abajo y le retorció el pescuezo con una ligera presión de la muñeca. Un sonido seco, breve. Herta puso una olla en el fuego y, cuando el agua hirvió, sumergió el pollo tres o cuatro veces, aguantándolo primero por la cabeza y después por las patas. Al final lo desplumó, tirando de las plumas. Toda aquella crueldad, solo por Gregor, que estaba a punto de llegar. Por suerte, Hitler se había marchado y yo sería libre de comer con mi marido y sus padres.

La última vez que Gregor llegó de permiso a Berlín, mientras escuchaba la radio, sentado en el cuarto de estar de Budengasse, me acerqué a él y lo acaricié. Aceptó la caricia sin reaccionar. Parecía un reto, era distracción. No dije nada, no quería estropear las pocas horas que nos quedaban para estar juntos. Me poseyó mientras dormía, sin pronunciar palabra. Me desperté con su cuerpo encima del mío, su ímpetu. Medio dormida, no había opuesto resistencia ni lo había secundado. Después comprendí que Gregor necesitaba la oscuridad: necesitaba que yo no estuviera, para hacer el amor conmigo. Eso me asustó.

La carta llegó el día de la víspera, era muy breve. Gregor decía que estaba ingresado en un hospital de campaña. No nos contaba qué le había pasado, ni dónde lo habían herido, solo decía que estuviéramos tranquilos. Le respondimos inmediatamente, rogándole que nos diera más noticias.

—Si ha podido escribirnos —dijo Joseph—, no es nada grave.

Pero Herta ocultó la cara entre sus manos artríticas y se negó a comer el gallo que había preparado.

La noche del 25, desvelada como de costumbre, ni siquiera podía estar en su habitación; la foto de Gregor a los cinco años me resultaba desgarradora. Salté de la cama y deambulé por la casa a oscuras.

Tropecé con alguien.

—Perdone —dije reconociendo a Herta—. No logro conciliar el sueño.

—Perdóname tú —respondió ella—. Esta noche nos toca hacer de sonámbulas.


Sigo el camino que me marca la providencia con la precisión y seguridad de un sonámbulo, dijo Hitler al ocupar Renania.

Es una pobre sonámbula, decía mi hermano cuando de niña hablaba en sueños.

Mi madre decía no para de hablar, no se calla ni cuando duerme. Franz se levantaba de la mesa: extendía los brazos y sacaba la lengua, moviéndose como una marioneta y emitiendo sonidos guturales. Mi padre decía para ya, y come.

Yo soñaba que volaba. Una fuerza me alzaba del suelo y me elevaba cada vez más, el vacío bajo los pies, un viento estridente me lanzaba contra los árboles, las fachadas de los edificios, las esquivaba por un pelo, el estruendo era ensordecedor. Sabía que era un sueño, y que si hablaba el sortilegio se rompería y volvería a mi cama. Pero no tenía voz, solo una burbuja de aliento comprimida en la garganta —explotaba un instante antes del impacto, explotaba con un grito: ¡Franz! ¡Socorro!

Al principio, mi hermano preguntaba con la boca pastosa: ¿Qué pasa? ¿Qué te he hecho? Más tarde, se despertaba fastidiado solo para decir: ¿Se puede saber con quién la has tomado?

Yo lo llamaba el trance. No ante Franz ni ante mis amigos. Lo llamaba así para mis adentros. Y una vez se lo dije a Gregor, que me abrazó en la cama; yo estaba toda sudada. Murmuré: es el éxtasis, hacía años que no me pasaba. No me pidió explicaciones; murmuró: estabas soñando.

Gdansk acababa de ser ocupada.

Después de la bomba, pensé que el trance siempre había sido un sueño premonitorio. Pero, en el fondo, cada vida es una constricción, el peligro continuo de chocar contra algo. •

El 27 de diciembre era mi cumpleaños; había parado de nevar, y yo deseaba que el trance me engullera, habría sido una liberación, un chorro de angustia expulsado de golpe, sin la responsabilidad de contenerlo para no turbar a Herta, que estaba destrozada, para no preocupar a Joseph.

El trance no reapareció. Mi marido no estaba y no nos escribiría nunca más.

Dos meses y medio después, nos entregaron otra carta de la oficina central para las notificaciones a las familias de los militares. En ella se decía que Gregor Sauer, de treinta y cuatro años, de 1,82 metros de estatura, 75 kilos de peso, 101 centímetros de tórax, pelo rubio, nariz y mentón regulares, ojos azules, piel blanca, dentadura sana, de profesión ingeniero, había desaparecido.

Desaparecido. En aquel papel no estaba escrito que Gregor Sauer tenía las pantorrillas delgadas, el pulgar separado del índice como formando un golfo, y que gastaba las suelas de los zapatos por el lado interior, que le gustaba la música pero que nunca canturreaba, es más, imploraba calla, por favor, porque yo canturreaba sin cesar, al menos antes de la guerra, y que se afeitaba a diario, al menos en tiempos de paz, y que el contraste del blanco de la espuma de afeitar, que extendía con la brocha, con la piel de los labios daba a estos un aspecto más rojo y carnoso, aunque no fueran así, y que se pasaba el índice sobre aquellos labios finos cuando conducía su vieja SNU, y a mí me molestaba ese gesto porque me parecía un gesto de duda: no lo quería si era vulnerable, si interpretaba el mundo como una amenaza, si se negaba a darme un hijo; aquel dedo sobre la boca me parecía una protección, como si se distanciara de mí. En el papel no estaba escrito que le gustaba madrugar y desayunar solo, tomarse una tregua de mí, a pesar de que solo llevábamos un año casados y de que iba a marcharse al frente, pero si yo fingía dormir, en cuanto acababa el té se sentaba en el borde de la cama y me besaba las manos con la devoción con que se besa a los niños.

Creían que lo identificaban con aquella serie de cifras, pero si no decían que era mi marido, era como si no se refirieran a él.

Herta se desplomó en la silla.

—Herta —la llamé. No respondió—. Herta. —La zarandeé. Era dura y maleable a la vez. Le di agua, no bebió—. Herta, por favor.

Arqueó el cuello, aparté el vaso.

—No volveré a verlo —dijo mirando el techo.

—¡No está muerto! —grité, y su cuerpo dio contra el respaldo. Al final me miró—. No está muerto, ha desaparecido. Pone desaparecido. ¿Lo entiende?

Sus facciones volvieron a delinearse, e inmediatamente después se retorcieron.

—¿Dónde está Joseph?

—Voy a buscarlo, ¿de acuerdo? Pero usted, beba. —Y le acerqué el vaso.

—¿Dónde está Joseph? —repitió.

Corrí por el pueblo, en dirección al castillo de Mildernhagen. Troncos delgados, filiformes, ramas esqueléticas, tejas cubiertas de moho, ocas perplejas detrás de las vallas de red, mujeres en las ventanas y un hombre en bicicleta, que se quitó el sombrero para saludarme sin dejar de pedalear, mientras yo seguía corriendo sin hacerle caso. Un nido sobre una torre eléctrica. La cigüeña apuntaba al cielo con su pico, como si rezara; no rezaba por mí.

Empapada de sudor, me agarré a la verja y llamé a Joseph. ¿Ya habían llegado las cigüeñas? ¿Tan pronto? Dentro de poco sería primavera, y Gregor no volvería. Era mi marido. Era mi felicidad. No volvería a jugar con los lóbulos de sus orejas, y él no volvería a apretar la frente contra mi pecho, acurrucándose encima de mí para que le acariciara la espalda. Nunca acercaría la mejilla a mi vientre abultado, nunca tendría un hijo suyo, él nunca lo acunaría entre sus brazos ni le contaría sus aventuras de chaval de campo, jornadas enteras pasadas entre los árboles, saltos de bomba en el lago, agua helada y labios morados. Me hubiera gustado volver a meter los dedos en su boca para sentirme protegida.

Con la nariz entre los barrotes, grité. Un hombre acudió, me preguntó quién era, farfullé que buscaba al jardinero, soy su nuera, y antes de que me abriera ya estaba dentro, corriendo no sé en qué dirección; después oí la voz de Joseph y fui a su encuentro. Le di el papel, lo desdobló y lo leyó.

—Venga a casa, por favor. *Mutti* le necesita.

Al oír un taconeo en los escalones nos dimos la vuelta.

—Joseph.

Una mujer pelirroja, de cara redonda, aterciopelada, se sujetaba el borde del vestido como si hubiera salido a la carrera para alcanzarnos. El abrigo, echado sobre los hombros, le resbalaba por un lado, dejando al descubierto una manga color burdeos.

—Baronesa.

Mi suegro le pidió disculpas por el revuelo, le explicó lo que había pasado y le pidió permiso para marcharse. Ella se acercó y cogió las manos de Joseph entre las suyas, las sujetó por temor a que desfallecieran, o eso me parecía.

—Lo siento de veras —le dijo con los ojos brillantes.

En ese momento Joseph se echó a llorar.

Nunca había visto llorar a un hombre, a un anciano. Era un llanto silencioso que le hacía crujir las articulaciones, algo directamente relacionado con la fragilidad de sus huesos, la cojera, la pérdida del control muscular. Una desesperación senil.

La baronesa intentó consolarlo; después renunció, esperó a que se calmara.

—Es usted Rosa, ¿verdad? —Asentí. Qué sabía ella de mí—. Es una lástima que nos hayamos conocido en circunstancias tan tristes. Y pensar que tenía tantas ganas de conocerla... Joseph me ha hablado de usted.

No tuve tiempo de reflexionar por qué quería conocerme, por qué Joseph le hablaba de mí, por qué ella, una baronesa, conversaba con un jardinero; mi suegro soltó sus manos nudosas de las de ella, se enjugó las pestañas ralas y me rogó que nos pusiéramos en marcha. Ni siquiera sé las veces que le pidió disculpas a la baronesa, y a mí a lo largo del camino.

Yo era viuda. No, no lo era. Gregor no estaba muerto: desconocíamos su paradero, sencillamente, y no sabíamos si volvería. ¿Cuántos desaparecidos habían vuelto de Rusia? Ni siquiera había una cruz ante la que dejar flores frescas cada semana. Tenía la foto de cuando era niño; con los ojos entornados, no sonreía.

Me lo imaginaba tumbado de lado en medio de la nieve, con el brazo extendido y mi mano lejana, ausente: la mano aferraba el aire; me lo imaginaba dormido, no había resistido al cansancio, los conmilitones no lo habían esperado, ni siquiera el Cagueta, qué ingrato, y Gregor se había congelado. Cuando llegara la primavera, el témpano de hielo que antaño fue mi marido se derretiría, y quizá una muchacha con las mejillas de matrioska lo despertaría con un beso. Empezaría una nueva vida con ella, tendrían hijos que se llamarían Yuri o Irina, envejecería en una dacha y, de vez en cuando, delante del fuego de la chimenea, tendría un presentimiento que no sabría explicarse. En qué piensas, le preguntaría la matrioska. Es como si me hubiera olvidado de algo, de alguien, más bien, respondería él. Pero no sé de quién.

O bien, años más tarde, llegaría una carta de Rusia. El cadáver de Gregor Sauer hallado en una fosa común. ¿Cómo saben que es él? ¿Cómo podemos estar seguros de que no se equivocan? No tendríamos más remedio que creérnoslo.

## 12

Cuando al fin el autobús de la SS frenó, me tapé la cara con las sábanas.

—¡Levántate, Rosa Sauer! —gritaron fuera.

La tarde anterior, en Krausendorf, no había dejado traslucir nada. Estaba tan aturdida por la noticia que mi organismo la había rechazado en vez de metabolizarla. Solo Elfriede me había dicho: Berlinesa, ¿qué te pasa? Nada, le respondí. Ella se puso seria, me tocó el hombro: Rosa, ¿pasa algo? Me alejé. El contacto de su mano había abatido el muro.

—¡Rosa Sauer! —repitieron.

Oí el ronroneo del motor hasta que se apagó; me quedé quieta. Las gallinas no cacareaban, hacía meses que habían dejado de hacerlo, Zart les había impuesto el silencio; su presencia bastaba para calmarlas. Se habían acostumbrado a las ruedas que derrapaban en la grava; todos nos habíamos acostumbrado.

Llamaron un par de veces a la puerta de mi habitación; oí a Herta pronunciar mi nombre. No respondí.

—Ven, Joseph —dijo; después la oí acercarse, apartar las sábanas, zarandearme. Comprobó que estaba viva, que era yo—. ¿Qué haces, Rosa?

Mi cuerpo estaba allí, no había desaparecido, pero no reaccionaba.

Joseph acudió.

—¿Qué pasa?

Y en ese instante llamaron.

Mi suegro se dirigió a la entrada.

—No los deje pasar —supliqué.

—Pero ¿qué dices? —protestó Herta.

—Que me hagan lo que quieran, no me importa. Estoy cansada.

Herta tenía un surco entre las cejas. Un breve corte vertical en el que nunca me había fijado. No era miedo, era resentimiento. Jugaba a hacerme la muerta mientras su hijo a lo mejor lo estaba de verdad. Me ponía en peligro a mí misma y a ellos dos.

—Levántate —dijo. Le iban bien los doscientos marcos mensuales que ganaba—. Por favor. —Buscó mi muñeca palpando por encima de la manta, la acarició a través de ella, y uno de la SS irrumpió en la habitación.

—Sauer.

Nos sobresaltamos.

—*Heil Hitler!* —soltó Herta, y añadió—: Mi nuera ha pasado mala noche, perdonen. Ahora se prepara y sale.

No me levanté. No era rebelión, sino que me fallaban las fuerzas.

Joseph, detrás de los de la SS, me observaba apenado. Herta fue al encuentro del huésped uniformado:

—¿Puedo ofrecerles algo de beber mientras tanto? —Esta vez se había acordado de hacer los honores de casa—. Vamos, Rosa, apresúrate.

Yo miraba fijamente el techo.

—Rosa —suplicó Herta.

—No puedo, lo juro. Joseph, dígaselo usted.

—Rosa —suplicó Joseph.

—Estoy cansada. —Volví la cabeza, miré al de la SS—: Sobre todo de vosotros.

El hombre apartó a Herta, apartó las mantas, me aferró por un brazo, me arrastró fuera de la cama, me tiró al suelo; con la mano libre sujetaba firmemente la funda de la pistola. Las gallinas no rechistaban, no advertían ningún peligro.

—Ponte los zapatos —ordenó el de la SS soltándome—, si no quieres venir descalza.

—Perdónela, no se encuentra bien —probó a decir Joseph.

—Cállate, o veréis lo que es bueno.

¿Qué había hecho yo?

Quería morir, ahora que Gregor había muerto. Desaparecido, le dije a Herta, no muerto, ¿lo entiende? Pero durante la noche yo también me había convencido de que me había abandonado, como mi madre. No tenía planeado amotinarme —¿estaba amotinándome?—. Yo no era un soldado, nosotras no éramos un ejército. La carne de cañón de Alemania, decía Gregor, lucho por Alemania, pero ya no lo hago por convicción, ya no lo hago porque amo a mi país. Disparo porque tengo miedo.

No había sopesado las consecuencias: ¿un juicio sumario, una ejecución sumaria? Lo único que quería era desaparecer yo también.

—Se lo ruego —gimió Herta agachándose—, mi nuera está delirando, acaban de dar por desaparecido a mi hijo, hoy iré yo en su lugar. Comeré por ella...

—¡Silencio, he dicho! —El de la SS la golpeó con un codo, o con el cañón de la pistola, no lo sé, no lo vi, solo vi que mi suegra se inclinaba todavía más. Se dobló por la mitad con una mano en las costillas.

Joseph la socorrió, yo reprimí un grito y cogí los zapatos, temblando, me los puse, el corazón me palpitaba con un sabor metálico en la garganta, me levanté, el soldado me empujó hacia el perchero, cogí el abrigo, me lo puse. Herta no alzaba la cabeza, la llamé, quería pedirle perdón, Joseph la abrazaba en silencio, estaban esperando a que me fuera, para llorar, desmayarse de dolor o volver a la cama, cambiar la cerradura y no abrirme nunca más. No me merezco nada, salvo lo que hago: comer la comida de Hitler, comer por Alemania, no porque ame a mi país, ni siquiera por miedo. Como la comida de Hitler porque eso es lo que me merezco, lo que soy.

—¿A la niña le ha dado una rabieta? —se burló el conductor cuando su compañero me arrojó sobre un asiento.

Theodora, en primera fila, como de costumbre, evitó saludarme. Ni siquiera Beate y Heike se atrevieron a hacerlo, aquella mañana. Más tarde, mientras las demás fingían dormir, Augustine, sentada a la izquierda dos asientos delante del mío, me llamó en voz baja. Su perfil móvil, nervioso, era una mancha desenfocada en mi campo visual. No respondí.

Subió Leni y vino hacia mí. Vaciló, el abrigo encima del camisón debió de asustarla. Ella no sabía que mi madre había muerto así, que yo identificaba esa vestimenta con la muerte. Yo no llevaba medias, tenía frío en las piernas, los dedos de los pies entumecidos dentro de la piel de los zapatos. Eran los mismos que me ponía para ir a la oficina en Berlín, cuando Gregor era mi jefe y yo su paraíso, adónde vas con esos tacones, me decía Herta, pero esta mañana tenía una costilla rota, o fisurada, no estaba en condiciones de decírmelo, adónde vas con esos tacones, habrá pensado Leni, los tacones con el camisón, es de locos, abrió y cerró varias veces los ojos verdes, después se sentó.

Me saldrían ampollas, las reventaría con la uña, un poder ejercitado sobre mi cuerpo, solo por mí. Leni me cogió la mano, que en ese momento me di cuenta de que había dejado abandonada sobre la pierna.

—Rosa, ¿qué ha pasado? —dijo, y Augustine se volvió.

Una mancha, una molestia para la vista. Gregor decía veo mariposas, moscas volando, telas de araña; le decía mírame a mí, cariño, concéntrate.

—Rosa. —Leni me sujetaba la mano con delicadeza. Buscaba respuestas en Augustine, que balanceaba la cabeza: la mancha bailaba, la vista cedía.

Me fallaban las fuerzas.

Se puede dejar de existir incluso estando vivo; a lo mejor Gregor estaba vivo, pero ya no existía, no para mí. El Reich seguía combatiendo, planeaba *Wunderwaffen*, armas maravillosas, creía en los milagros, yo no había creído nunca en ellos. La guerra continuará hasta que Göring le baje los pantalones a Goebbels, decía Joseph, parecía que la contienda duraría eternamente, pero yo había decidido no seguir luchando, me amotinaba, no contra la SS, sino contra la vida. Sentada en el autobús que me conducía a Krausendorf, el comedor del Reino, dejaba de existir.

El conductor volvió a frenar. Por la ventanilla, vi a Elfriede esperando en la cuneta, una mano en el bolsillo del abrigo y el cigarrillo en la otra. Cruzamos las miradas y los pómulos se le movieron bajo la piel. Aplastó la colilla con la suela sin dejar de observarme; subió.

Vino hacia nosotras, no sé si Leni le hizo una señal, si Augustine le dijo algo, o si fueron mis ojos; se sentó al lado de Leni, al otro lado del estrecho pasillo.

—Buenos días —dijo.

Leni balbució un hola, apurada: no era un buen día, ¿Elfriede no había reparado en ello?

—¿Qué le pasa?

—No lo sé —respondió Leni.

—¿Qué le han hecho?

Leni calló. Por otra parte, Elfriede no se lo preguntaba a ella. Hablaba conmigo, pero yo ya no existía.

Elfriede se aclaró la voz.

—Berlinesa, ¿te has peinado estilo «cese de la alarma» esta mañana? —Las chicas rieron, solo Leni se contuvo. Pensaba no puedo, Elfriede, te juro que no puedo—. Ulla, ¿qué te parece ese peinado? ¿Te gusta?

—Mejor unas trenzas —respondió tímidamente Ulla.

—Debe de ser la moda de Berlín.

—Elfriede —la reprendió Leni.

—El vestuario también es algo audaz, Berlinesa. Ni siquiera Zarah Leander se atrevería a tanto.

Augustine carraspeó ruidosamente. Quizá fuera una señal para que Elfriede dejara de insistir, no exagerara; quizá Augustine, que había perdido a su marido en la guerra y había decidido vestir de luto para siempre, lo había captado.

—¿Qué vas a saber tú, que eres una pueblerina, Augustine? La Berlinesa aquí presente desafía incluso el frío en nombre de la moda. ¡Díselo tú, Berlinesa! —Clavé la mirada en el techo del autobús, esperaba que se me cayera encima—. Por lo visto, no somos dignas ni de una palabra.

¿Por qué lo hacía? ¿Por qué me torturaba? Y además, siempre con aquel cuento de la ropa. Te aconsejo que no metas las narices en los asuntos ajenos, me había dicho. ¿Por qué ese día no me dejaba en paz?

—Tú, Leni, ¿has leído *Cabezota*?

—Sí..., de pequeña.

—Era un libro muy bonito, ¿no? Pues creo que a partir de ahora llamaremos así a Rosa. Cabezota.

—Déjalo ya —le suplicó Leni, y me apretó la mano.

La retraje; me presioné el muslo con los dedos hasta hacerme daño.

—Justo, como dice Goebbels, el enemigo nos escucha.

Me volví bruscamente hacia Elfriede.

—¿Se puede saber qué quieres?

Leni se tapó la nariz con el índice y el pulgar, como si estuviera a punto de zambullirse. Era su manera de reprimir la angustia.

—Déjame pasar —le dije.

Me hizo sitio. Me levanté del asiento, me planté frente a Elfriede, me incliné sobre ella.

—¿Qué narices quieres?

Elfriede me rozó una rodilla.

—Tienes la piel de gallina.

Le aticé un bofetón. Se levantó de un salto, me empujó, la tiré al suelo y al cabo de un instante estaba encima de ella. En su cuello sobresalieron madejas de venas como cuerdas en tensión que me pedían que tirara de ellas, que las arrancara. No sabía lo que quería hacerle a esa mujer. Odiar, decía mi profesora de historia en el instituto; una chica alemana debe saber odiar. A Elfriede le rechinaban los dientes, intentaba zafarse, abatirme. Yo jadeaba contra su respiración.

—¿Ya te has desahogado bastante? —me dijo en un momento dado.

ra de que las había archivado mentalmente ya antes de que cambiaran de color.

Yo, en cambio, había observado las mías todas las mañanas: si las apretaba con un dedo, palpitaban, y era como si Gregor no se hubiera perdido del todo. Mis magulladuras eran la señal de que la rebelión seguía en pie. Cuando incluso ese dolor físico desapareciera, mi piel dejaría de enviar señales de la presencia de mi marido sobre la Tierra.

Un día Herta se despertó con los ojos menos hinchados que de costumbre, convencida de que Gregor estaba bien: se presentaría en la puerta de casa una mañana al amanecer, idéntico a cuando se alistó, pero con mucho más apetito. Quise imitarla e intenté convencerme también.

Lo buscaba en la última foto del álbum, la que lo retrataba de uniforme. Le hablaba como si rezara la oración de buenas noches: que él existiera era un reto; que yo lo creyera, una costumbre. Durante los primeros años de nuestra relación, la rendición con que cada órgano de mi cuerpo se había dejado ocupar por la evidencia de su carne y sus huesos hacía que durmiera como una criatura. Ahora, en cambio, mi sueño era irregular y convulso. Gregor había desaparecido, a lo mejor había muerto, y yo seguía queriéndolo. Con un amor adolescente, unívoco, que no necesita ser correspondido sino ser tozudo, esperar sin desfallecer.

Escribí una larga carta a Franz a su antigua dirección americana. Tenía una necesidad urgente de hablar con alguien de mi familia, alguien que me había perseguido en bicicleta, alguien con quien había compartido la bañera los domingos antes de misa, alguien a quien conocía desde que nació, desde que dormía en la cuna y lloraba hasta que la cara se le ponía morada porque le había mordido una mano: mi hermano.

Le conté que no sabía nada de Gregor, como tampoco de él. Era una carta sin sentido, y hasta que acabé de escribirla no reparé en que ya no lograba recordar los rasgos de Franz. Veía su ancha espalda ceñida por el chaquetón de paño, sus piernas torcidas conduciéndolo a alguna parte, pero no lograba vislumbrar su cara. ¿Llevaría bigote, ahora? ¿Volvería a tener herpes en los labios? ¿Se habría tenido que poner gafas? El Franz adulto era un desconocido para mí. Cuando pensaba en mi hermano, cuando leía en un libro la palabra «hermano», o la oía pronunciar, volvía a ver sus rodillas puntiagudas llenas de heridas, sus piernas zambas repletas de arañazos: recordándolo sentía la urgencia de abrazarlo de nuevo.

Esperé una respuesta durante meses, pero no llegó ninguna carta de Franz. Nadie volvió a escribirme.

No recuerdo nada de aquellos meses, aparte del día en que el violeta del trébol de los prados, interceptado desde la ventanilla del autobús para Krausendorf, me despertó de mi cotidianidad monacal. Había llegado la primavera, y una nostalgia difusa me envistió. No era solo la ausencia de Gregor, sino la ausencia de vida.

# SEGUNDA PARTE

# 13

Una tarde de finales de abril, estaba sentada en un banco del patio vallado del cuartel con Heike y Augustine. Desde que la temperatura había subido, durante la hora de espera que seguía a la comida, los hombres de la SS nos permitían salir bajo vigilancia: uno de ellos controlaba la puerta que daba al patio, el otro caminaba con la barbilla alta y las manos a la espalda.

Heike sentía náuseas, pero nadie pensaba ya en el veneno.

—Quizá todavía tengas hambre —dijo Elfriede, de pie frente a nosotras.

—O está a punto de bajarte la regla —sugirió Leni, que se pasaba la hora contando sus propios pasos sobre los restos de una rayuela dibujada con pintura blanca en el cemento. Casi no se distinguían las casillas, y quizá por eso, y no porque le habría parecido excesivo, Leni no saltaba. Pero le gustaba estar ahí, como si colocarse en el centro de ese perímetro la protegiera de cualquier ataque eventual—. A mí acaba de venirme, y todo el mundo sabe que las mujeres que pasan mucho tiempo juntas terminan sincronizando su ciclo menstrual.

—¿Qué dices? —Augustine chasqueó la lengua para señalar lo insensato que le parecía el parloteo de Leni.

—Es verdad. —Ulla, sentada en el suelo, asentía con tanto énfasis que sus tirabuzones castaños parecían muelles—. Yo también lo sabía.

Me reunía con ellas, pero era como si no estuviera. No tenía nada que decir. A veces mis compañeras probaban a sacarme de mi sopor, muchas de ellas con torpeza; en general, se habían acostumbrado a mi silencio.

—Son tonterías —se alteró Augustine—. ¡Las mujeres sincronizando su ciclo menstrual! Otra superstición, una de las muchas que usan para someternos. ¿Ahora también creemos en la magia?

—Yo sí que creo. —Beate se levantó del columpio; el salto hizo vibrar el asiento, las cadenas se enredaron e inmediatamente después se desenrollaron, girando sobre sí mismas.

Desde el primer día en que nos dejaron salir al patio, me pregunté por qué los de la SS no habían quitado el columpio. Quizá no habían tenido tiempo y había cosas más importantes en que pensar. Quizá esperaban que un día el cuartel volviera a acoger a los escolares, cuando el Este fuera conquistado y el peligro comunista desapareciera. Quizá aquellos hombres lo habían dejado allí porque les recordaba a los hijos que tenían en algún lugar, en alguna ciudad del Reich, y que cuando volvieran a su casa de permiso habrían crecido hasta no reconocerlos.

—Soy adivina, ¿no lo sabéis? —dijo Beate—. Sé hacer el horóscopo, leer la mano y echar las cartas.

—Lo confirmo —dijo Heike—. A mí me las ha echado varias veces.

Leni cruzó su recinto de pintura descolorida y se paró delante de Beate.

—¿Puedes ver el futuro?

—Pues claro. Sabe con exactitud incluso cuándo acabará la guerra —dijo Augustine—. Pregúntale si tu marido sigue vivo, Rosa.

Mi latido perdió el ritmo, descarriló.

—Déjalo ya —la reprendió Elfriede—. ¿Por qué eres siempre tan ruda?

Después se alejó. Pude haberla seguido, pronunciar el gracias que se me había atragantado en la garganta; sin embargo, me quedé sentada al lado de Augustine porque eso no requería ningún esfuerzo.

—Podrías echarle mal de ojo a Hitler. —Ulla intentó cambiar de tema. Las mujeres rieron, para rebajar la tensión; yo no.

—Oye..., dime si encontraré novio cuando acabe la guerra. —A esas alturas Leni ya estaba embalada.

—Faltaría más —comentó Augustine.

—Sí, venga. —Ulla batió palmas.

Beate se sacó del bolsillo una bolsa de terciopelo negro, cerrada con un cordón, la abrió y extrajo una baraja de tarot.

—¿La llevas siempre encima? —preguntó Leni.

—¿Qué clase de adivina sería si no? —dijo Beate.

Se arrodilló y desparramó las cartas por el suelo. Las ordenó siguiendo un criterio desconocido para las demás, lenta y concentrada. Las sacaba de la hilera y las separaba, volvía a mezclar la baraja y giraba otras cartas. Augustine la observaba con escepticismo.

—¿Y entonces? —Ulla estaba impaciente.

Leni no se atrevía a hablar. Las demás le hacían corro, inclinadas hacia delante. Excepto Elfriede, que paseaba fumando; excepto las Fanáticas, que nunca salían al patio después de comer, sino que permanecían diligentemente en sus asientos. Y excepto yo, que seguía sentada en el banco.

—En efecto, veo a un hombre.

—¡Dios mío! —Leni se cubrió la cara las manos.

—Venga, Leni. —Las chicas le tiraron del brazo y la empujaron en broma—. Por lo menos pregúntale cómo es. ¿Es guapo?

Se trataba de sobrevivir, toda la energía estaba dedicada a ese único fin. Eso hacían las chicas. Yo ya no era capaz.

—No veo si es guapo o no —se excusó Beate—. Pero sí que llegará pronto.

—¿Y por qué hablas con ese tono grave? —le preguntó Heike.

—Es feo y no quiere decírmelo —gimoteó Leni, y las demás se echaron a reír otra vez.

—Mira... —prosiguió Berta.

Pero una voz retumbó en el patio.

—¡De pie!

Venía hacia nosotras. Era un hombre de uniforme, nunca lo habíamos visto. Las mujeres se irguieron, yo me levanté del banco, Beate recogió las cartas, intentaba meterlas en la bolsa de terciopelo, pero se le embrollaban y se le caían.

—¡De pie, he dicho! —le gritó el hombre. Cuando se acercó, Leni tenía todavía las manos en las mejillas—. ¿Qué es eso? —El hombre escudriñó a Beate—. Y tú, deja que te vea la cara. —Zarandeó a Leni, que cruzó los brazos sobre el pecho apretándose los hombros con las manos, para tranquilizarse, o para castigarse.

Los guardias se acercaron.

—Teniente Ziegler, ¿qué pasa?

—Y vosotros, ¿dónde estabais?

Los guardias se pusieron firmes. Nos dirigieron una mirada resentida: se habían metido en un lío por culpa nuestra. No respondieron; a todos les resultaba obvio que les convenía callar.

—Es solo una tontería, unas cartas. Nadie nos ha dicho que estaba prohibido y no estábamos haciendo nada malo.

Había hablado yo.

Sentí que el asombro que habían provocado mis palabras se me venía encima, y no solo el de mis compañeras. El teniente me miró. Tenía la nariz pequeña, infantil. Los ojos algo juntos, de color avellana. Ese era su límite: sus ojos no me daban miedo.

Elfriede estaba pegada a la pared, los de la SS no la llamaban, esperaban, como nosotras, el veredicto del teniente. En aquel momento, el patio del antiguo colegio, el cuartel, las casas rurales de Krausendorf, los robles y los abetos que se sucedían hasta Gross-Partsch, el cuartel general oculto en el bosque, Prusia Oriental y Alemania entera, el Tercer Reich, decidido a expandirse hasta los bordes del planeta, y los ocho metros del intestino irritable de Adolf Hitler convergieron en el único punto del mundo ocupado por el teniente Ziegler, el hombre que tenía poder de vida y muerte sobre mí.

—Pues ahora te lo prohíbo yo, el *Obersturmführer* Ziegler. Acuérdate de mi nombre. Porque de ahora en adelante tú harás lo que yo te diga, todas lo haréis. Para empezar, saluda como es debido.

Mientras yo extendía el brazo mecánicamente, Ziegler atrapó con una especie de patada la bolsa de Beate, que chocó y acabo cayendo; las cartas se esparcieron y una ráfaga de viento hizo volar algunas, que aterrizaron unos metros más allá.

Se dirigió a los guardias.

—Subidlas al autobús.

—Sí, mi teniente. ¡Adelante!

Beate fue la primera en encaminarse, seguida de Leni, y poco a poco también se unieron las demás. El *Obersturmführer* pisó la bolsa y ordenó a sus subalternos:

—Tiradlas. —Y se marchó. Al llegar a la puerta vio a Elfriede—. Y tú, ¿qué haces ahí, esconderte? —le dijo mientras entraba—. Ponte en la fila.

Me dirigí hacia ella. Cuando la tuve enfrente, me tocó el brazo que no llegué a levantar: fue un gesto de aprensión. Yo había corrido un peligro inútil. Por otra parte, no necesitaba un motivo para morir, si es que realmente estaba en juego la muerte, así como no tenía uno para vivir. Por eso no temía a Ziegler.

Él había notado mi inclinación por la muerte y había tenido que apartar la mirada.

# 14

Extender el brazo para hacer el saludo nazi no era una nimiedad. El *Obersturmführer* Ziegler había participado sin duda en muchas reuniones donde lo habían explicado: a fin de que el brazo se eleve de manera neta e incontrovertible, es necesario contraer cada músculo del cuerpo, apretar glúteos, meter barriga, sacar pecho, juntar piernas, estirar rodillas y llenar el diafragma para poder espirar *Heil Hitler!* Cada fibra, cada tendón y cada nervio deben ejecutar la solemne tarea de extender el brazo.

Hay quien lo estira débilmente, agarrotando el hombro, que, en realidad, tiene que estar a la misma altura que el otro, separado de la oreja, para evitar la más mínima asimetría y celebrar la pose atlética de quien nunca será derrotado, o al menos eso espera; por ese motivo su ejecución se encomienda a un hombre invencible, que además posee madera de mesías. Hay quien, en lugar de extenderlo en una inclinación de cuarenta y cinco grados, lo pone casi vertical; pero así no vale, no estás dando tu opinión a mano alzada. Aquí, la opinión solo la da uno; amóldate y haz bien tu trabajo. Los dedos, por ejemplo, no hay que abrirlos como si fueras a pintarte las uñas. ¡Únelos, alárgalos! Alza la barbilla, desfrunce la frente, transmite a la línea del brazo toda la fuerza, toda la intención, imagina que estás aplastando con la palma de la mano las cabezas de quienes no tienen la constitución de los vencedores; no todos los hombres son iguales, la raza es el alma vista desde el exterior: pon tu alma en el brazo, ofrécesela al Führer. Él se la quedará, y tú podrás sentirte libre de ese peso.

Seguramente, el *Obersturmführer* Ziegler era un experto en el saludo nazi, practicaba desde hacía muchos años. O quizá tuviera talento. Yo también lo tenía, pero no me aplicaba lo suficiente. Mi saludo superaba la prueba, pero era una ejecución sin pena ni gloria. Y, sin embargo, de pequeña patinaba, tenía un aceptable control de mi cuerpo: cuando al principio del curso escolar nos reunían en el aula magna para darnos una conferencia sobre el saludo nazi, yo destacaba por mi postura, demasiado altiva para que me reprendieran; pero después, con el paso de los meses, me deslizaba poco a poco hacia la mediocridad, y de nada servía la contrariedad de los profesores, que me miraban con malos ojos durante la izada de bandera de la cruz gamada.

En el desfile para celebrar la llegada de la antorcha olímpica a Berlín —tras una carrera de relevos que, saliendo de Grecia, había cruzado Sofía, Belgrado, Budapest, Viena y Praga—, vi a los pequeños *Pimpfe* en fila con el uniforme del Jungvolk, las Juventudes Hitlerianas: al cabo de veinte minutos no podían estarse quietos, se balanceaban, se aguantaban el brazo derecho, alzado, con el izquierdo, demasiado cansados para evitar el castigo que les esperaba.

La radio emitió en directo los resultados de las competiciones: la voz del Führer graznaba debido a la poca calidad de las retransmisiones, pero, estentórea, corroborada por la multitud que exultaba invocándolo al unísono, circulaba por las ondas para llegar hasta mí. Y aquella nación que se entregaba a él y lo aclamaba sin vacilar, pronunciando su nombre, fórmula mágica y ritual, vocablo de potencia desmedida, aquella nación era sobrecogedora, era el sentimiento de pertenencia que acababa con la soledad a la que todo humano está condenado. Era una ilusión en la que no me importaba creer, solo deseaba sentirla dentro de mí como un desfallecimiento —no como un sentimiento de victoria, sino de identificación.

Mi padre apagaba irritado la radio, él, que había considerado el nacionalsocialismo un fenómeno transitorio, una especie de desviación para menores desbandados, un virus transmitido por Italia, pero después en el trabajo había sido desbancado por quienes estaban afiliados al Partido Nazi. Él, que siempre había votado Zentrum, como buen católico, pero después había visto al Zentrum favorecer una ley para dar plenos poderes a Hitler, favorecer su propia disolución. Mi padre no sabía del sentimiento extemporáneo, traidor, que había nacido en mí, mientras imaginaba la riada de gente que engullía *Wurstel* y bebía limonada en la excitación del día festivo, persuadida de que las existencias humanas, individuales e irreductibles, podían converger en un único pensamiento, en un único destino. Yo tenía dieciocho años.

¿Cuántos tenía entonces Ziegler? ¿Veintitrés, veinticinco? Mi padre murió de un infarto un año y medio después de que entráramos en guerra. Seguramente, Ziegler ya prestaba servicio, exhibía un impecable saludo nazi, conocía las reglas y obligaba a los demás a respetarlas, dispuesto a aplastar con la suela de su bota el tarot de Beate, y mi insolencia con su mirada; habría aplastado a cualquier individuo que se interpusiera entre Alemania y la realización de su grandioso proyecto.

En eso pensaba aquella tarde, pocos minutos después de haberlo conocido. Acababan de destinarlo a Krausendorf y ya nos había prometido que allí nada seguiría igual que antes. ¿Adónde había ido a parar el otro oficial que había mandado en el cuartel hasta entonces? Nos lo habíamos cruzado alguna vez en el pasillo, nunca se había dignado mirarnos. Jamás habría salido al patio a gritarnos. Para él éramos diez tubos digestivos, y no se habría molestado en dirigirle la palabra a un tubo digestivo, por supuesto.

Sentada en el autobús, pensaba en Gregor, que quizá había aplastado con sus botas cadáveres en vez de cartas, y me preguntaba a cuánta gente habría matado antes de desaparecer. Ziegler era un alemán frente a una alemana. Gregor, un alemán frente a un extranjero. Necesitaba mucho más odio para renunciar a la vida. O indiferencia. Aquel día no me daba rabia Ziegler; me la daba mi marido desaparecido.

Es más, yo misma me la daba. En quien la reconoce, la debilidad despierta la culpa, y yo lo sabía. De pequeña había mordido la mano de Franz.

# 15

—Esa acabará mal.

Augustine señaló a Ulla, que estaba apartada en un rincón del comedor con el Larguirucho y otro guardia mientras esperábamos que nos sirvieran la comida.

Krümel llevaba retraso ese día, ya hacía tiempo que ocurría. Me preguntaba si había algún problema con los suministros, si las consecuencias de la guerra estaban llegando incluso aquí, a nuestro paraíso mortal.

Ulla se enroscaba un mechón de pelo con los dedos, después jugaba con el colgante, lo bastante largo para rozarle el canalillo del escote. Ninguna de nosotras podía juzgarla. Estábamos solas desde hacía demasiado tiempo; no echábamos de menos el sexo, sino que alguien reparara en nosotras.

—Las mujeres que babean ante el poder son una auténtica plaga. —Augustine, en cambio, sí la juzgaba.

Riendo fragorosa, Ulla ladeó la cabeza y su cabellera de rizos resbaló sobre un solo hombro, dejando una parte del cuello al descubierto. El Larguirucho miró fijamente sin disimulo la piel blanca de ese cuello.

—La guerra es la plaga.

A Augustine no le sorprendió que le respondiera, contravinien-do mi ya habitual apatía. Al fin y al cabo, había respondido a Ziegler cuando ella había callado.

—No, Rosa. ¿Sabes lo que ha dicho Hitler?, ha dicho que la masa es como las mujeres: no quiere que la defiendan, sino que la do-minen. «Como las mujeres», dice. Porque existen mujeres como Ulla.

—Lo único que quiere Ulla es distraerse. A veces la frivolidad es una medicina.

—Una medicina que envenena.

—A propósito de veneno: la comida está lista —dijo Elfriede, y se sentó y extendió la servilleta sobre el regazo—. Buen provecho, señoras. Y, como siempre, esperemos que no sea la última.

—¡Para ya! —Augustine también se sentó.

Ulla ocupó el sitio que había frente a esta.

—¿Qué pasa? —le preguntó sintiéndose observada.

—Silencio —impuso el Larguirucho, que un instante antes ha-bía admirado su colgante—. Comed.


—Heike, ¿te encuentras mal? —preguntó Beate en voz baja.

Heike miraba con fijeza su sopa de avena, intacta.

—Es verdad, estás pálida —dijo Leni.

—No le habrás hecho mal de ojo, brujita...

—Augustine —dijo Beate—, hoy la has tomado con todas.

—Tengo náuseas —admitió Heike.

—¿Otra vez? ¿No tendrás fiebre? —Leni alargó el brazo, inten-tando tocarle la frente, pero Heike no se acercó para facilitárselo, permaneció pegada al respaldo—. Entonces no era la regla. Nuestras reglas no están sincronizadas —farfulló Leni desilusionada porque su idea de hermandad no se viera confirmada.

Heike no respondió y Leni, de nuevo encerrada en sí misma, se mordió una uña, volviendo a ser la niña que juega sola a la rayuela y sigue jugando de mayor, incluso sin rayuela.

—Estaba equivocada —dijo al cabo de cinco minutos como mínimo.

Augustine soltó la cuchara, que cayó tintineando sobre la loza de Aquisgrán.

—¡Orden! —vocalizó el guardia.

Los buñuelos de patata llegaron acompañados de un *Heil Hitler!* al que hice caso omiso. Los de la SS entraban y salían continuamente del comedor, y a mí se me hacía la boca agua al mirar los buñuelos; no pude contenerme, cogí uno de mi plato, me quemé, me soplé los dedos.

—¿Tú no comes?

Lo reconocí por el tono inflexible. Levanté la cabeza.

—No me encuentro bien —respondió Heike—, debo de tener fiebre.

Leni pareció volver entre nosotras, me dio una patada en la pierna por debajo de la mesa.

—¡Prueba la sopa de avena! Para eso estás aquí. —Ziegler había regresado al cuartel.

Después del rapapolvo en el patio no habíamos vuelto a verlo durante semanas; quizá las había pasado encerrado en su despacho, deliberando con los demás oficiales —necesitaba un escritorio sobre el cual apoyar las botas—, o había vuelto a su casa, con su familia. O quién sabe qué importante misión fuera de Krausendorf podían haberle encomendado.

Heike hundió la cuchara en el plato, cogió una escasa cantidad de sopa y se la llevó a los labios con una lentitud desesperante, aunque no hacía ademán de abrirla. Se concentraba en la cuchara, pero no lograba metérsela en la boca.

Los dedos de Ziegler se cerraron como pinzas sobre sus mejillas y la boca se le abrió. «Come.» Heike tenía los ojos vidriosos mientras engullía. Yo, taquicardia.

—Muy bien. No necesitamos una catadora que no cata. El médico nos dirá si tienes fiebre o no, mañana haré que te visiten.

—No hace falta —se apresuró a responder ella—. Solo es un poco de fiebre, sin más.

Elfriede me miró preocupada.

—Entonces come lo que te han servido —dijo Ziegler—, y mañana ya veremos. —Echó un vistazo alrededor, ordenó a los guardias que vigilaran a Heike y salió.

Al día siguiente, Heike comió como las demás, después pidió que la acompañaran al baño. Hizo eso por un tiempo, confiando en los turnos de los guardias. Vomitaba deprisa, procurando no hacer ruido. La comida tenía que permanecer en nuestros estómagos el tiempo necesario para comprobar que no estuviera envenenada. No estaba permitido librarse de ella a propósito. Pero nosotras sabíamos que Heike vomitaba. Los ojos hundidos en las cuencas amoratadas, la piel mortecina. Ninguna de nosotras se atrevía a preguntar. ¿Cuánto faltaba para el próximo análisis de sangre?

—Tiene dos hijos que mantener —dijo Beate—. No puede permitirse perder el trabajo.

—¿Y cuánto dura esta gripe? —dije suspirando.

—Está embarazada —me susurró Elfriede al oído mientras estábamos en fila—. ¿No te has dado cuenta?

No, no me había dado cuenta. El marido de Heike se hallaba en el frente, llevaba casi un año sin verlo.

Éramos mujeres sin hombres. Los hombres luchaban por la patria —«¡Primero mi pueblo, después todos los demás! ¡Mi patria por encima de todo, después el mundo!»—, de vez en cuando volvían de permiso y de vez en cuando morían. O los daban por desaparecidos.

Todas necesitábamos sentirnos deseadas, porque el deseo de los hombres hace que existas más. Todas las mujeres lo aprenden de jóvenes, a los trece o catorce años. Tomas conciencia de ese poder cuando es demasiado pronto para manejarlo. No lo has conquistado, por eso puede convertirse en una trampa. Nace de tu cuerpo, que todavía es un desconocido para ti misma; nunca te has mirado desnuda al espejo, pero es como si los demás ya te hubieran visto. Debes ejercer ese poder, de lo contrario te fagocita; si además tiene que ver con tu intimidad, puede transformarse en debilidad. Someterse es más fácil que subyugar. La masa no es como las mujeres, sino lo contrario.

No podía imaginar quién era el padre del niño que Heike llevaba en sus entrañas. Sin embargo, lograba imaginarla con la cabeza sobre la almohada, rodeada por sus hijos que duermen, y ella despierta, la mano que acaricia el vientre, su error. Quizá se había enamorado.

Por las noches la envidiaba. La veía en la cama, asustada por las señales que le enviaba su cuerpo, agotada por las náuseas e incapaz de descansar. Pero me imaginaba sus órganos, que volvían a palpitar: la vida se había encendido, un latido justo debajo del ombligo.

## 16

La invitación de Maria Freifrau von Mildernhagen llegó en una tarjeta con el membrete del escudo familiar. La entregó un mozo mientras yo estaba en el trabajo —a aquellas alturas ya lo llamaba así, voy a trabajar, decía—. Al encontrarse de cara con aquel chico en librea, Herta se avergonzó de su delantal manchado y de que Zart saliera a saludarlo. El chico esquivó las carantoñas del gato e intentó cumplir con su tarea con celeridad, pero sin dejar de mostrarse cortés. Herta apoyó la carta sellada sobre el aparador, curiosa por saber qué contenía, pero como estaba dirigida a mí tuvo que esperar a que yo volviera.

La baronesa, comprobé, da una fiesta este fin de semana y le gustaría que acudiera.

—¿Qué quiere de Rosa esa mujer? —dijo Herta con fastidio—. A nosotros jamás nos ha invitado. ¡Ni siquiera la conoce!

—La conoce —rectificó mi suegro, evitando mencionar la ocasión en que nos habíamos encontrado. Puede que Herta lo dedujera por sí sola—. Yo creo que Rosa haría bien en distraerse un poco.

—No es una buena idea —dije.

Cualquier tipo de distracción habría sido un insulto a Gregor. Pero el recuerdo de la baronesa, aquel rostro aterciopelado, la manera como había cogido de las manos a Joseph, me hacía evocar un paño que se deja colgado en una silla al lado de la chimenea y que después se acerca a la mejilla: la misma calidez.

Pensé que podía ponerme uno de los pocos vestidos de noche que había traído de Berlín. ¿Para qué te sirven?, me había preguntado Herta mientras observaba cómo colgaba la ropa en el armario en que había hecho sitio para mí. Para nada, tiene razón, había respondido cogiendo una percha. Siempre has sido muy vanidosa, había dicho ella.

Era verdad, pero había metido en la maleta aquellos vestidos porque me los había regalado Gregor o porque me recordaban momentos pasados con él. La fiesta de Nochevieja, por ejemplo: estuvo mirándome todo el rato, sin preocuparse por los rumores que correrían por la oficina al día siguiente. Fue entonces cuando me di cuenta de que le gustaba.

—Solo nos faltaba esto —refunfuñó Herta mientras secaba los platos.

Los apiló en el aparador con gran estrépito. Era mayo.


Le confié a Leni que los barones von Mildernhagen me habían invitado, y ella dejó escapar un gritito que llamó la atención de las demás, de manera que me vi obligada a contárselo a todas.

—Total, no pienso ir —anuncié.

Mis compañeras insistieron.

—¿No quieres visitar el castillo? ¿Cuándo se te volverá a presentar una ocasión así?

Beate contó que solo muy de vez en cuando se veía a la baronesa pasear por las calles del pueblo, acompañada por sus hijos y las institutrices, porque siempre estaba atrincherada en su castillo, había quien decía que estaba deprimida.

—Qué va —replicó Augustine—, pero qué deprimida ni qué ocho cuartos. Esa no hace más que dar fiestas, pero, claro, a ti no te invitan.

—Yo creo que no la vemos nunca porque siempre está de viaje —dijo Leni—. Debe de hacer unos viajes maravillosos.

Joseph me había contado que la baronesa pasaba tardes enteras en el jardín, aspirando la fragancia de sus plantas, y no solo en verano o primavera; también le gustaba el olor de la tierra mojada por la lluvia y los colores del otoño. Le tenía cariño a él, su jardinero, porque cuidaba y cultivaba sus flores preferidas. Cuando Joseph me hablaba de ella, no me la imaginaba deprimida en absoluto, sino más bien ensoñada, una mujer menuda protegida por su edén particular: nadie podía echarla de allí.

—Es una mujer amable —dije—. Sobre todo con mi suegro.

—¡Qué va! —decretó Augustine—. No es más que una esnob. No se deja ver porque se cree superior a los demás.

—Qué más da lo que piense la baronesa —la interrumpió Ulla—. Lo único que cuenta es que vayas a la fiesta, Rosa. Hazlo por mí, por favor, y después me dices cómo es.

—¿Cómo es ella?

—Sí, pero también el castillo, y cómo es una fiesta así, cómo se viste la gente en esas ocasiones... A propósito, ¿qué vas a ponerte? El pelo te lo arreglo yo —propuso colocándose un mechón detrás de la oreja.

Leni dijo que la ayudaría, aquel juego nuevo la exaltaba.

—¿Por qué te ha mandado una invitación? ¿Qué relación tenéis? —preguntó Augustine—. Ahora volverás a darte aires.

—Nunca me los he dado.

Pero ella ya no me escuchaba.

Joseph se ofreció para ser mi acompañante, puesto que yo no tenía ninguno; según Herta, debíamos renunciar a ir. Él repitió que tenía derecho a distraerme, pero yo no quería, mis derechos no me preocupaban. Hacía meses que me entregaba a un dolor que me distraía de todo lo demás, un dolor tan difuso que superaba su objeto mismo. Se había convertido en un rasgo de mi personalidad.

El sábado, a eso de las siete y media, Ulla hizo irrupción en casa de los Sauer: llevaba puesto el vestido que le había regalado y los bigudíes en el bolso.

—Al final te lo has puesto —fue la única frase que atiné a pronunciar.

—Hoy es un día de fiesta, ¿no? —Me sonrió.

Iba acompañada por Leni y Elfriede. Nos habíamos despedido poco antes en el autobús. Seguramente, Leni había hecho de todo para venir. Pero ¿Elfriede? ¿Qué pintaba en la cocina que Ulla se había empeñado en convertir en un salón de belleza? No había dicho una palabra sobre la invitación que recibí, y ahora se hallaba en mi casa, por primera vez. No estaba preparada para recibirla. Nuestra intimidad estaba relegada a lugares escondidos, escuetos, como el baño del cuartel. Era una fisura, una grieta, algo que ni siquiera nosotras sabíamos cómo asumir. Fuera del esquema de nuestro horario de catadoras, perdía su urgencia. Me confundía.

Las hice pasar sin mucha convicción: temía que a Herta no le agradaran las visitas. La tristeza en que vivíamos se había convertido en una forma de devoción hacia Gregor, ella vivía en el culto de ese hijo que tarde o temprano resurgiría; la mínima desviación era un sacrilegio. Si ya no soportaba que fuera al castillo, quién sabe lo que podía llegar a molestarle el alborozo de Ulla.

En realidad, mi suegra mostró solo una ligera incomodidad, y fue por exceso de amabilidad: quería ser hospitalaria y no estaba segura de lograrlo.

Me sentía perdida. El vestido que llevaba Ulla lo había llevado yo, en una época ya remota; la tela, demasiado gruesa para la estación en que estábamos, cubría el cuerpo de otra mujer, pero contaba mi historia.

Herta puso a hervir agua para el té y sacó las tazas buenas del aparador.

—No tengo galletas —se disculpó—. Si lo hubiera sabido, habría preparado algo.

—Hay mermelada. —Joseph salió en su ayuda—. Y pan, Herta lo hace buenísimo.

Tomamos pan y mermelada como niños a la hora de la merienda. Nunca habíamos comido juntas fuera del comedor. ¿Mis compañeras también pensaban en el veneno cada vez que se llevaban algo a la boca? Comer es luchar contra la muerte, decía mi madre, pero solo en Krausendorf me había parecido cierto.

Acabada la primera rebanada, Leni se chupó distraídamente un dedo y cogió otra.

—Te ha gustado, ¿eh? —dijo Elfriede con una risita.

Leni se sonrojó, y Herta también rio. Hacía meses que no se reía.

Ulla, impaciente por peinarme, se levantó mientras las tazas seguían humeando, le pidió a Herta una palangana con un poco de agua, se plantó detrás de mí y me humedeció el pelo con las manos.

—¡Está fría! —protesté.

—Venga, no te quejes —dijo.

Después, sujetando las pinzas con los labios, empezó a enroscar uno por uno los mechones alrededor de los bigudíes, unos más anchos y otros más finos. De vez en cuando, yo echaba el cuello atrás para mirarla —Ulla estaba muy seria— y ella me empujaba la cabeza hacia delante.

—Déjame trabajar.

En la época en que era novia de Gregor iba a la peluquería una vez por semana; me gustaba estar impecable cuando me invitaba a cenar fuera. Conversaba con las otras mujeres atrapadas como yo en el espejo frente a mí mientras las peluqueras se afanaban con cepillos y tenacillas con nuestro pelo. Verse así, desfiguradas por pinzas y horquillas, la frente estirada por el peine, o la mitad de la cara oculta tras una cortina de mechones echados hacia delante, facilitaba que pudiéramos hablar de cualquier cosa. De las obligaciones que el matrimonio conlleva, como hacían las que ya estaban casadas, o de lo mucho que el amor llegaba a aturdirnos, como hacía yo. Al oírme, una señora entrada en años me dijo: Querida, no quiero ser pájaro de mal agüero, pero sepa que eso no durará eternamente.

Recordarlo en la cocina de mis suegros me produjo una sensación de extrañamiento. Puede que fuera debido a la absurda camarilla —Leni, Elfriede, Ulla, los padres de Gregor— que se había reunido en la casa donde él había vivido de niño. Y con ellos estaba yo, que antes vivía en la capital, que todas las semanas me gastaba dinero en la peluquería y era tan ingenua que suscitaba en las mujeres más maduras unas ganas locas de empezar a abrirme los ojos, poco a poco, y solo por mi bien.

Intenté distraerme de aquel miedo inconsistente, inmotivado, que hacía que me sudaran las manos.

—Joseph —dije—, ¿por qué no le describe a Ulla el jardín del castillo?

—Sí, sí, por favor —lo animó ella—. Me encantaría verlo. ¿Es muy grande? ¿Hay bancos, fuentes, cenadores?

Antes de que a Joseph le diera tiempo a responder, Leni lo apremió:

—¿Y un laberinto? Me encantan los laberintos de seto.

Mi suegro sonrió.

—No, no hay laberintos.

—La niña cree que vive en un cuento de hadas —bromeó Elfriede.

—¿Qué tiene de malo? —dijo Leni.

—Si vives cerca de un castillo desde que naces —dijo Ulla—, quizá sea inevitable, ¿no?

—¿Y tú de dónde eres, Elfriede? —preguntó Herta.

Vaciló antes de responder:

—De Gdansk.

O sea, que ella también había crecido en una ciudad. ¿Cómo era posible que después de todos aquellos meses yo todavía no supiera de dónde era? Cada pregunta que le hacía parecía inoportuna, por eso no le preguntaba nada.

En 1938 Gregor y yo habíamos pasado por Gdansk antes de embarcar en Sopot. Quién sabe si Elfriede estaba allí mientras paseábamos por las calles de su ciudad, quién sabe si nos habíamos cruzado sin imaginar siquiera que años más tarde compartiríamos mesa y destino.

—Debe de haber sido muy duro —comentó Joseph.

Elfriede asintió.

—¿Y con quién vives aquí?

—Vivo sola. Perdona, Leni, ¿puedes servirme un poco más de té?

—¿Desde cuándo? —Herta pretendía ser atenta, no indiscreta, pero Elfriede hizo un ruido con la nariz, parecía resfriada, pero era su manera de respirar, y algunas tardes de invierno es como si aún pudiera oírlo.

—¡Listo! —exclamó Ulla tras ponerme una redecilla verde en la cabeza—. Ahora no lo toques, por favor.

—Pero me tira... —Tenía ganas de rascarme.

—¡Quita esas manos! —Ulla me dio un cachete y todos rieron, incluso Elfriede.

Las preguntas de Herta no la habían molestado excesivamente, por suerte. Su discreción era casi granítica, incluso maleducada. Como si solo estuviera permitido acceder a ella cuando Elfriede quería; sin embargo, yo no me sentía rechazada.

La sensación de extrañamiento se disolvió, por un instante todavía fuimos cuatro mujeres jóvenes preocupadas por la belleza. Después, como si fuera el momento justo, como si existiera un momento justo para una pregunta semejante, Leni dijo:

—¿Me enseñas una foto de Gregor?

Herta se puso rígida; el silencio nos consumió. Me levanté sin decir una palabra y fui a la habitación.

—Perdonad —masculló Leni—, no debía...

—Pero ¿cómo se te ocurre? —oí que Elfriede la reñía.

Los demás callaron.

Al cabo de unos minutos volví a la cocina, aparté las tazas y abrí el álbum sobre la mesa. Herta contuvo la respiración, Joseph dejó la pipa sobre el tablero, casi en un gesto de respeto hacia Gregor, como quitarse el sombrero.

Pasé rápidamente las páginas, cubiertas por una hoja de papel de seda, hasta que lo encontré. En la primera foto estaba en el patio trasero, sentado en una tumbona, en mangas de camisa, pero con corbata. En otra estaba tumbado sobre la hierba, con bombachos y los primeros botones del jersey desabrochados. Yo estaba a su lado, con un pañuelo de rayas en la cabeza. Nos la habían hecho justamente aquí, en nuestro primer viaje juntos.

—¿Es él? —me preguntó Ulla.

—Sí —respondió Herta con un hilo de voz, después se mordió el labio superior, estirando la piel de debajo de la nariz. Parecía una tortuga, parecía mi madre.

—Hacéis muy buena pareja —dijo Ulla.

—¿Y la foto de la boda? —Leni estaba ansiosa.

Pasé la página.

—Aquí está.

Y ahí estaban los ojos de Gregor, los ojos que me habían escudriñado el día de la entrevista en la oficina, como si quisieran escarbar dentro de mí, localizar mi esencia, aislarla, apartar lo demás, acceder directamente a lo esencial, a lo que hacía que yo fuera yo.

En la foto sujetaba algo cohibida el ramo de novia, con las corolas inclinadas hacia el interior del codo y los tallos apoyados en el regazo, como si lo acunara. Un año después, él se marcharía a la guerra: en la foto siguiente iba de uniforme. Después, desaparecía del álbum.

Joseph hizo bajar a Zart de sus rodillas y salió por la puerta de atrás sin decir nada. El gato lo siguió, pero él le dio con la puerta en el hocico.

Ulla me quitó los bigudíes y uso el cepillo, después lo dejó sobre la mesa.

—A ver, Frau Sauer, ¿lo he hecho bien?

Herta asintió sin entusiasmo.

—Tienes que vestirte —me dijo acto seguido.

La tristeza se había impuesto de nuevo. Era una condición que ya se había convertido en familiar para ella, la condición más cómoda, intentar cambiarla resultaba agotador. Yo la entendía. Ante mis amigas, las fotos de Gregor no eran tan diferentes de las que Ulla recortaba de las revistas: retratos de personas que no tocabas, con quienes no hablabas; tal vez ni existieran.

Me vestí en silencio; Herta, sentada en la cama, estaba absorta. Miraba la foto de Gregor a los cinco años; era su hijo, había salido de sus entrañas, ¿cómo había podido perderlo?

—Herta, ¿me ayuda, por favor?

Se levantó y fue metiendo los botones en los ojales uno por uno, con lentitud.

—Es muy escotado —dijo tocándome la espalda—. Cogerás frío.

Salí de la habitación lista para ir a la fiesta y con la sensación de no haberlo decidido todavía. Puede que Herta se sintiera traicionada. Mis compañeras se agitaban como damas de honor, pero yo ya estaba casada, ningún hombre me esperaba en el altar. Entonces ¿por qué tenía miedo? ¿De qué?

—El vestido verde oscuro combina bien con tu pelo rubio. Y el peinado, y no es que quiera echarme flores, resalta el óvalo de tu cara —dijo Ulla. Estaba tan contenta que la invitada parecía ella.

—Diviértete —me deseó Leni en el umbral de casa.

—Y aunque no te diviertas, fíjate en todo —me encomendó Ulla— No quiero perderme detalle, ¿entendido?

Elfriede ya se había puesto en camino.

—¿Y tú no dices nada?

—¿Qué quieres que te diga, Berlinesa? Mezclarse con gente que no es como una es peligroso. Pero a veces no hay elección.

El único objetivo que me había fijado para aquella velada era presentar mis respetos a la baronesa, pero no sabía cómo alcanzarlo. En cuanto entré en la sala, acepté una copa que me ofreció un camarero porque me pareció una buena manera de ambientarme. Paladeaba el vino con parsimonia, deambulando entre los invitados, dedicados a cuchichear; estaban repartidos en grupos tan compactos que era imposible abrirse paso. Así que me senté en un sofá al lado de un grupo de señoras de cierta edad; a lo mejor estaban más cansadas o más aburridas que los demás y tomaban en consideración la posibilidad de conversar conmigo. Le hicieron cumplidos a mi vestido de satén: el escote sobre la espalda le sienta bien, dijo una; me encanta el bordado sobre el hombro, dijo otra; no se ven muchos con una hechura así, dijo la tercera. Fue confeccionado en un taller de Berlín, respondí, y justo en ese momento llegaron otras personas; las señoras se levantaron a saludar y se olvidaron de mí. Me alejé del sofá y apoyé la espalda desnuda en el papel pintado de la pared, apurando el vino.

Estudié los frescos de los techos, imaginando que calcaba en un papel la anatomía de los personajes representados. Dibujaba con la uña del índice sobre la yema del pulgar; cuando me di cuenta de ello, dejé de hacerlo. Me paré delante de una de las cristaleras del salón y volví a comprobar si la baronesa era por fin accesible: seguía rodeada de gente ansiosa de saludarla. Debía acercarme, entrometerme en conversaciones ya encauzadas, pero no me sentía capaz. Siempre estás hablando, me decía mi madre. En Prusia Oriental me había convertido en una persona lacónica.

Fue ella quien me vio. Estaba de pie, medio oculta detrás de una cortina. Vino hacia mí, parecía contenta de verme.

—Gracias por la invitación, baronesa von Mildernhagen, es un honor para mí estar aquí.

—Bienvenida, Rosa. —Sonreía—. ¿Puedo llamarla Rosa?

—Por supuesto, baronesa.

—Venga conmigo, le presentaré a mi marido.

Clemens Freiherr von Mildernhagen fumaba un puro y conversaba con dos hombres. Al verlos de espaldas, y de no haber sido por los uniformes, no me habría dado cuenta de que se trataba de dos oficiales. La postura relajada —el peso apoyado sobre un pie— contravenía la compostura marcial. Uno de los dos gesticulaba con la convicción de quien intenta persuadir a su interlocutor del acierto de sus propias opiniones.

—Señores, ¿puedo presentarles a mi amiga de Berlín, Frau Sauer?

Los oficiales se dieron la vuelta: me encontré cara a cara con el teniente Ziegler.

Frunció el ceño como si estuviera calculando la raíz cuadrada de un número larguísimo. En realidad, estaba observándome. Puede que viera la sorpresa en mi cara, el miedo sobrevenido con ligero retraso, como cuando te golpeas la rodilla contra un canto y no te duele, pero al cabo de un instante sientes que un dolor intenso se difunde y va aumentando de intensidad.

—Mi marido, el barón Clemens von Mildernhagen, el coronel Claus Schenk von Stauffenberg y el teniente Albert Ziegler —nos presentó la baronesa.

Albert, ese era su nombre.

—Buenas noches —dije procurando mantener la voz firme.

—Es un placer tenerla entre nosotros. —El barón me hizo el besamanos—. Espero que la fiesta sea de su agrado.

—Gracias, es magnífica.

Stauffenberg hizo una reverencia. No reparé enseguida en el muñón porque antes me llamó la atención el parche que le cubría el ojo izquierdo: le daba un aire de pirata, que lejos de resultar amenazador le hacía simpático. Y porque esperaba que Ziegler también me dedicara una reverencia, pero solo me concedió un ademán con el mentón.

—Les veo muy animados esta noche, ¿de qué hablaban? —preguntó Maria con la impertinencia que, como aprendería frecuentándola, la caracterizaba.

Ziegler entornó levemente los ojos y me los clavó. Alguien respondió en su lugar, quizá el barón, o el coronel, pero no oí nada, solo sentí que un vapor me nublaba la vista y se depositaba sobre mi espalda desnuda. No debería haberme puesto este vestido. No debería haber venido.

¿La baronesa no se halla al corriente? ¿Ziegler fingirá que no me conoce? ¿Es mejor que diga la verdad o que disimule? ¿Ser una catadora es algo secreto? ¿O no debe ocultarse?

Los ojos de Ziegler —Albert, así se llamaba— estaban demasiado juntos. Inspiró dilatando los orificios de su nariz felina y contrajo la cara como un niño ofendido que acaba de perder un partido, o mejor dicho, como un niño impaciente por jugar a la pelota, pero que no tiene ninguna y no se resigna.

—Solo saben hablar de estrategia militar.

¿De verdad era posible que en plena guerra, una guerra que se cobraba víctimas a diario, ella les aconsejara que abordaran temas más frívolos, más propios de una velada mundana, corriente? ¿Quién era esa mujer? Una deprimida, decían. A mí no me lo parecía en absoluto.

—Vamos, Rosa. —Maria me cogió de la mano.

Ziegler observó el gesto como si supusiera un peligro.

—¿Qué le pasa, teniente? Se ha quedado callado. Debo de haberles importunado realmente.

—No lo diga ni en broma, baronesa —replicó Ziegler.

Tenía una voz apacible, distendida, una voz que nunca le había oído. He de contárselo a Elfriede, pensé.

No lo haría.

—Si nos disculpan.

Maria me arrastró de invitado en invitado, presentándome como su amiga de Berlín. No era la clase de anfitriona que intercepta a los invitados solo para iniciar una conversación, y al poco se despide, a fin de cerciorarse de que la fiesta también se desarrolla de la mejor de las maneras al otro extremo del salón. No paraba de preguntar, todo le interesaba, hablaba de la última vez que había estado en la ópera y había asistido a la representación de *Cavalleria rusticana*, de la moral alta de nuestros soldados, a pesar de las adversidades, del corte al bies de mi vestido, que elogiaba delante de todo el mundo, afirmando que iba a hacerse uno idéntico, pero de color melocotón, menos escotado y de organza.

—Pues no será idéntico —dije, y ella rio.

En un momento dado se sentó en el banco del piano y, poniendo los dedos sobre el teclado, entonó *Vor der Kaserne, vor dem großen Tor, stand eine Laterne, und steht sie noch davor.* De vez en cuando se volvía hacia mí, con tal insistencia que tuve que contentarla: empecé a canturrear en voz baja, mecánicamente, pero tenía la garganta seca. Poco a poco, los demás se unieron a nosotras y añoramos al unísono la época en que Lili Marleen se consumía de amor; al fin y al cabo, el soldado sabía, nosotros sabíamos, que ella le olvidaría pronto.

Y Ziegler, ¿dónde estaba? ¿Él también cantaba? ¿Quién estará ahora contigo bajo la farola?, le preguntábamos en coro a Lili Marleen. Y yo me preguntaba si aquella mujer que se había distanciado del Partido, que había dejado Alemania, aquella mujer blanca y sensual, Marlene Dietrich, le gustaba al teniente. Qué me importaba a mí.

Maria se interrumpió, me tiró de un brazo y me obligó a sentarme a su lado.

—A ver si sabe esta —dijo, y tocó las inconfundibles notas de «Veronika, der Lenz ist da».

La primera vez que asistí a un concierto de los Comedian Harmonists era una chiquilla. Todavía no conocía a Gregor. El teatro Grosses Schauspielhaus estaba abarrotado, el público aclamó sin cesar a aquellos seis jóvenes en esmoquin. Fue antes de las leyes raciales. Pronto salió a la luz que en el grupo había tres judíos de más, y les prohibieron dar conciertos.

—Ahora le toca a usted, Rosa —dijo Maria—. Tiene un timbre de voz bonito.

No me dio tiempo a rechistar. Tras los dos primeros versos, dejó de cantar y tuve que seguir sola. Al oír retumbar mi voz en aquel salón de techos altos tuve la sensación de que no me pertenecía.

Me pasaba desde hacía meses. Una escisión entre mi persona y mis acciones: no lograba percibir mi propia presencia.

Pero Maria estaba satisfecha, lo vi, y comprendí que me había elegido. En la gran sala de recepciones de un castillo, con los ojos cerrados, cantaba con el acompañamiento vacilante de una joven baronesa que acababa de conocerme y que ya me llevaba por donde quería, como los demás.

Gregor decía te pasas el día cantando, Rosa, no puedo más. Para mi cantar es como zambullirme, Gregor. Imagínate que tienes una piedra sobre el pecho. Cantar es como si llegara alguien y me la quitara. Hacía mucho que no respiraba tan hondo.

Cantaba completamente absorta que el amor viene y va, hasta que un aplauso me sacó de mi ensimismamiento. Al abrir los ojos vi a Albert Ziegler. En el fondo del salón, apartado de los demás, el punto de una recta que venía derecha hacia mí. Seguía mirándome fijamente con la misma contrariedad del niño sin pelota. Pero ahora el niño había perdido su prepotencia. Volvía a casa resignado.

# 17

Mayo de 1933 fue un mes de fuego. Temía que las calles de Berlín se derritieran y nos arrasaran como lava. Pero Berlín estaba absorta en sus celebraciones y no ardía, seguía el ritmo de la banda; hasta la lluvia se había apartado: vía libre a los carros tirados por bueyes y al pueblo concentrado en la plaza de la Ópera.

Superados los cordones, un ardor en los pechos, un olor a humo que seca la garganta. Las páginas se arrugan y se reducen a cenizas, y Goebbels, que es un hombre enclenque de voz débil, sabe, sin embargo, alzarla para exultar, mirar a los ojos la crueldad de la vida, repudiar el miedo a la muerte. Veinticinco mil libros sustraídos a las bibliotecas y una asociación de estudiantes celebrándolo: aspiran a ser hombres con carácter, no ratas de biblioteca. La era del intelectualismo judío se acabó, dice Goebbels, hay que volver a valorar el respeto por la muerte, y yo me devano los sesos, no entiendo en absoluto a qué se refiere.

Un año después, durante la clase de matemáticas, espiaba por la ventana las hojas esmirriadas de los árboles cuyos nombres no sabía, el batir de las alas de pájaros desconocidos, mientras el profesor Wortmann explicaba. Con la cabeza pelada, los hombros caídos y el bigote espeso, que compensaba un ligero prognatismo, Wortmann no era lo que se dice un galán de cine, pero nosotras, las alumnas, lo adorábamos. Tenía los ojos penetrantes y una inexpugnable ironía que hacía llevadera la clase.

Cuando la puerta se abrió seguía absorta. Después, el ruido de unas esposas al cerrarse me devolvió de golpe a la clase. Las muñecas eran las de Wortmann, los de la SA se lo llevaban. La fórmula escrita en la pizarra se hallaba incompleta y por eso era inexacta, la tiza se había caído al suelo y se había partido. Era mayo.

Salté del pupitre a la puerta con retraso, Wortmann ya iba por el pasillo, caminaba al lado de los de la SA. Grité Adam, su nombre. El profesor intentó detenerse, volverse, pero los de la SA apretaron el paso y se lo impidieron. Grité de nuevo, hasta que los demás profesores se apresuraron a hacerme callar con todo tipo de amenazas o consuelos.

Wortmann fue obligado a realizar trabajos forzados en una fábrica. Era un judío o un disidente o solo un intelectual. Pero nosotros, los alemanes, necesitábamos hombres con carácter e impávidos que respetaran la muerte. Es decir, hombres dispuestos a morir sin rechistar.

Al final de la fiesta, el 10 de mayo de 1933, Goebbels se dio por satisfecho. La muchedumbre estaba cansada, no había parado de cantar. La radio ya no transmitía nada. Los bomberos habían aparcado los camiones y apagado las hogueras. Pero el fuego seguiría extendiéndose bajo la ceniza, avanzaría a lo largo de kilómetros y llegaría hasta aquí. Gross-Partsch, 1944. Mayo es un mes que no perdona.

# 18

No sé cuánto tiempo llevaba allí. Esa noche, las ranas parecían en-
loquecidas. En mi sueño, su croar incesante se había convertido en
el trajín de los inquilinos bajando la escalera a toda prisa, un rosario
para desgranar en la mano, las viejas no sabían a qué santo enco-
mendarse, mi madre no sabía cómo convencer a mi padre de que se
refugiaran en el sótano, la sirena aullaba y él se volvía de espaldas,
ahuecaba la almohada y hundía la cara en ella. Se trataba de una
falsa alarma, volvíamos a subir los peldaños, medio dormidos. Mi
padre decía no vale la pena, si he de morir que sea en mi cama, yo
no me meto en ese sótano, no quiero acabar como una rata. Yo soñaba con Berlín, con el edificio donde había crecido, el refugio y la
gente arracimada, y el vocerío se amplificaba debido a las ranas, que
en Gross-Partsch se pasaban la noche entera croando hasta colarse en
mis sueños. Quién sabe si él ya estaba allí.

Soñaba con las jeremiadas de las viejas, una cuenta del rosario
tras otra, mientras los niños dormían, un hombre roncaba y al ené-
simo ruega por nosotros se incorporaba y soltaba un taco, dejadme
descansar, las viejas palidecían. Soñaba con un gramófono, los jóvenes lo habían bajado al sótano e invitaban a las chicas a bailar, tocaban «Das wird ein Frühling ohne Ende» y yo me quedada a un lado,

mi madre me decía canta para mí, una mano me invitaba a levantarme, me hacía voltear, y yo cantaba a voz en cuello, una primavera sin fin cuando vuelvas, cantaba haciéndome oír por encima de la música, daba vueltas, y no lograba ver a mi madre. Después un viento me llevaba en volandas, me empujaba con fuerza. ¡El éxtasis!, pensaba. Pero mi madre no estaba, mi padre se había quedado arriba, durmiendo o fingiendo dormir, el gramófono estaba apagado, como mi voz, no podía hablar, no podía despertarme, de repente un estruendo, la bomba explotaba.

Abrí los ojos y, empapada en sudor, esperé en la cama a que el hormigueo de mis extremidades remitiera; solo después pude moverme. Encendí la lámpara de petróleo porque la oscuridad me ahogaba, y mientras las ranas croaban impertérritas me levanté, fui a la ventana.

Y allí estaba él, a la débil luz de la luna, no sé desde cuándo. Era una silueta oscura, una pesadilla, un fantasma. Podía ser Gregor, que había vuelto de la guerra; sin embargo, era Ziegler, de pie en medio del camino.

Tuve miedo. En cuanto me vio, dio un paso adelante. Un miedo inmediato, sin demora. Dio otro paso. Cientos de cantos con que golpearme las rodillas. Retrocedí y él se quedó parado. Apagué la luz y me escondí tras las cortinas.

Era una intimidación. ¿Qué le has dicho a la baronesa? ¿Se lo has contado todo? No, teniente, se lo juro; ¿no se ha dado cuenta de que cuando nos ha presentado he fingido no conocerle?

Con los puños apretados, esperé oírlo llamar a la puerta. Tenía que avisar rápidamente a Joseph y Herta. Había un *Obersturmführer* de la SS en la puerta de su casa, en plena noche, y era culpa mía, por haber ido a la fiesta. Elfriede tenía razón: a gente como nosotros, ciertas personas solo les traían problemas.

Ziegler entraría, nos arrastraría a la cocina con las marcas del sueño aún en la cara, el pelo de Herta libre de horquillas, una redecilla alrededor de la cabeza. Mi suegra se tocaría las sienes, apurada, mi suegro le tocaría una mano, Ziegler le daría un codazo, un golpe en las costillas, Joseph caería al suelo y él le ordenaría levántate, como había hecho con Beate. Nos obligaría a permanecer de pie delante de la chimenea apagada, en fila, en silencio. Después, acariciando la funda de la pistola, me haría jurar que no diría nada, me pondría en mi sitio. Les gritaría a Herta y Joseph, aunque no tuvieran nada que ver, porque eso es lo que hacían los de la SS.

Pasaron los minutos. Ziegler no llamó.

No hizo irrupción, no nos dio órdenes, permaneció allí plantado esperando no se sabe a quién, esperándome a mí. Yo también me quedé allí, inexplicablemente, no fui en busca de ayuda. Porque a pesar de que el corazón me latía con fuerza, ya había comprendido que era un asunto entre él y yo, que no concernía a nadie más. Me avergonzaba por Herta y Joseph, como si lo hubiera invitado. Enseguida supe que sería un secreto. Otro más que añadir al inventario.

Aparté las cortinas y miré a través del cristal.

Seguía allí. No era un oficial de la SS, era un niño en busca de su pelota. Otro paso adelante. No me moví. Lo miré en la oscuridad. Ziegler se acercó todavía más. Me escondí de nuevo detrás de las cortinas. Contuve la respiración, solo se oía silencio: todos dormían. Volví a la ventana, pero el camino estaba vacío.

A la mañana siguiente, mientras desayunaba, Herta quiso que le contara los pormenores de la fiesta. Yo estaba distraída, atontada.

—¿Te pasa algo? —dijo Joseph.

—No he dormido bien.

—Es la primavera —comentó—. A mí también me ocurre. Pero anoche estaba tan cansado que ni siquiera te oí volver.

—El barón hizo que me acompañaran.

—Pero, dime —dijo Herta limpiándose la boca con la servilleta—, ¿cómo iba vestida la baronesa?


En el comedor, estuve alerta. Cuando oía pisadas de botas, me volvía hacia la entrada de la sala: nunca era él. Debía pedir audiencia, presentarme en su despacho, el del exdirector del colegio, e intimarlo a no plantarse delante de mi ventana de noche, de lo contrario... De lo contrario, ¿qué? ¿Mi suegro cogerá el fusil de caza y te dará una lección? ¿Mi suegra llamará a la policía? ¿Qué policía? Ziegler tenía poder sobre todo el mundo en el pueblo, más poder que yo.

¿Y qué pensarían mis compañeras si veían que iba a hablar con él? Ni siquiera lograba hablarles de la fiesta en el castillo, a pesar de que Leni no me dejaba en paz: y las lámparas, y los suelos, y la chimenea, y las cortinas; a pesar de que Ulla insistía, había alguien famoso, qué zapatos llevaba la baronesa, te pusiste al menos carmín, me olvidé de dártelo. Si iba a hablar con Ziegler, Elfriede diría: Siempre metiéndote en líos, Berlinesa; y Augustine: Empiezas yendo a las fiestas de los ricos y acabas confabulando con el enemigo. Pero Ziegler no era el enemigo, era un alemán como nosotros.

Un taconeo sobre las baldosas, el saludo nazi ejecutado a la perfección y Augustine, que informa:

—Ya llega el cabrón.

Me di la vuelta.

Ziegler discutía con un grupo de subalternos. No quedaba nada del hombre que conversaba con el barón von Mildernhagen en la fiesta de la noche anterior, nada del hombre que se había presentado ante mi ventana.

A lo mejor se trataba de una medida de seguridad. A lo mejor pasa cada noche por una casa diferente, vigila a las catadoras, menudas elucubraciones las mías, puede que lo hayas soñado, un efecto del éxtasis; como bien decía Franz, solo eres una sonámbula.

Ziegler se volvió hacia nosotras. Escudriñó la mesa de lejos para comprobar que todas estábamos comiendo. Bajé la cabeza rápidamente, sentí su mirada en la nuca. Después cogí aire y lo busqué de nuevo, pero él estaba de espaldas: no me miraba.

Me fui pronto a la cama. Es la primavera, Joseph, me cansa. Flotaba en el duermevela; en cuanto cerraba los ojos, las voces enroscadas en el tímpano se desenrollaban, mi madre daba un puñetazo sobre el mantel, ¿quieres que te echen?, mi padre apartaba el plato y se levantaba de la mesa sin acabar de comer, no me afiliaré al Partido, hazte a la idea. Fuera, el campo enmudecido, y dentro de mi cabeza el sonido de una radio a altísimo volumen, la recepción era pésima, con muchas interferencias, o eran las ranas otra vez. Yo estaba despierta y suspiraba, las voces retumbaban en mi cabeza.

Fui a la ventana, solo vi oscuridad. Me quedé mirándola fijamente hasta que la luna recortó el contorno de los árboles. Qué te esperabas, y por qué.

Daba vueltas en la cama, apartaba las sábanas, vigilante y a la vez embotada, me levantaba, volvía a la ventana, Ziegler no estaba, ¿por qué no me sentía aliviada?

Boca arriba, contemplaba las vigas de madera del techo, trazaba su geometría con el dedo sobre las sábanas, después, sin quererlo, dibujaba el óvalo de la cara de Ziegler, los orificios nasales, que eran como ojos de agujas en el cartílago de su nariz en miniatura, la angostura entre los ojos, y entonces lo dejaba estar, me ponía de lado, volvía a levantarme.

Me serví un poco de agua de la jarra y bebí un sorbo; permanecí delante de la mesita con el vaso en la mano. Una sombra ofuscó la palidez de la luna —una punzada de angustia—. Giré el busto y lo entreví. Estaba más cerca que la noche anterior. El corazón me dio un vuelco. Dejé el vaso, cubrí la jarra con un trapo doblado, fui a la ventana. No me oculté; con dedos torpes aumenté la luz de la lámpara. Y Ziegler me vio, de pie frente a él, el camisón de algodón blanco debajo de la bata, el pelo revuelto. Asintió. Después no hizo más que mirarme. Como si fuera una actividad en sí misma, sin otra finalidad que la de ser ejecutada.

# 19

—Conozco a un médico —dijo Elfriede con expresión indignada, como si le hubieran sonsacado un nombre en un interrogatorio.

Los guardias deambulaban por el patio con las manos a la espalda, a veces tocaban la circunferencia de nuestro espacio como una tangente, otras la cruzaban, y las palabras se nos morían en la boca.

Miré a Augustine, sentada en el banco a mi lado, para que me confirmara que no quedaba más remedio. Leni estaba algo apartada, la oía charlar con Ulla y Beate. Ulla intentaba convencerla de que cambiara de peinado, le encantaba jugar a las peluqueras, le había tomado el gusto; Beate contaba que dos noches antes había hecho la carta astral del Führer —sin acceso a otra baraja de tarot, se había dado al horóscopo— y había descubierto que la fortuna le era adversa. Muy pronto, las cosas se pondrían feas para él, quizá ya en verano. Leni no daba crédito, negaba con la cabeza.

Un guardia abrió la boca. Debía de haberlo oído todo: nos llevaría adentro y nos obligaría a hablar. Me aferré al reposabrazos del banco. El estornudo sonó como un rugido, lo hizo balancearse hacia delante; después, el hombre irguió la cabeza, sacó un pañuelo del bolsillo y se sonó.

—No queda más remedio —dijo Heike.

Elfriede la llevó a un ginecólogo, y no consintió que las acompañara nadie más.

—Cuántos subterfugios, no lo entiendo —se quejó Augustine—. Es una situación delicada, Heike podría necesitar ayuda.

—Cuidemos de Mathias y Ursula en su ausencia —dije para calmarla.

Esperamos a Heike en su casa con los niños, con Leni, a la que intenté mantener al margen del asunto, pero ella quería participar, hacía preguntas. Tenía miedo de que se escandalizara; sin embargo, había encajado las respuestas sin pestañear; al fin y al cabo, el dolor de los demás no quema como el propio.

Beate no estaba. Heike no había querido implicarla porque eran viejas amigas y le daba apuro que ella se enterara. Puede que Beate se lo tomara a mal, o que, al contrario, para ella fuera un alivio no tener que ocuparse de ese problema.

Mathias pasó el final de la tarde peleándose y haciendo las paces con Pete, el hijo de Augustine.

—Juguemos a que tú eras Francia y Ursula Inglaterra —propuso cuando se cansó de jugar a todo lo demás—. Juguemos a que me declarabas la guerra.

—¿Dónde está Inglaterra? —preguntó su hermanita.

—No —dijo Pete—. Yo quiero ser Alemania.

Pete tenía más o menos la edad de Mathias, siete u ocho años; brazos huesudos y paletillas salientes. Si hubiera tenido un hijo varón me habría gustado que fuera como él, con las paletillas salientes, brillantes de sudor como las de mi hermano, cuando jugaba de pequeño entre las coníferas rojas de Grunewald y se zambullía en el Schlachtensee.

Me habría gustado que hubiera tenido los ojos azules, mi hijo, entornados a causa del sol.

—¿Por qué Alemania? —le preguntó Augustine.

—Quiero ser fuerte —respondió Pete—, como nuestro Führer. Ella chasqueó la lengua.

—¿Y qué sabes tú de la fuerza? Tu padre era fuerte, y mira.

El niño se sonrojó y agachó la cabeza. ¿A qué venía ahora hablarle de su padre? ¿Por qué quería entristecerlo?

—Augustine —dije, pero no supe cómo seguir. Sus hombros anchos, cuadrados, y aquellos tobillos finos. Por primera vez me di cuenta de que podían quebrarse.

Pete se fue corriendo a otra habitación. Lo seguí, con Ursula detrás. Estaba tumbado boca abajo en la cama.

—Puedes ser Inglaterra, si lo prefieres —le dijo Ursula—. Total, yo no la quiero.

Pete no reaccionó.

—Y entonces ¿qué quieres? —le pregunté acariciándole la mejilla.

Ursula tenía cuatro años, la misma edad que ahora tendría Pauline. De repente eché de menos a Pauline, su respiración mientras dormía. No había vuelto a pensar en ella, ¿cómo podíamos olvidarnos de las personas, de los niños?

—Quiero que venga mi mamá. ¿Dónde está?

—Volverá dentro de poco —la tranquilicé—. Oye, ¿por qué no hacemos algo bonito todos juntos?

—¿Como qué?

—Cantar una canción.

Asintió sin entusiasmo.

—Ve a llamar a Mathias.

Obedeció, y yo me senté en la cama.

—¿Te has ofendido, Pete? —No respondió—. ¿Estás enfadado? —Movió la cabeza de derecha a izquierda restregándola contra la almohada—. Enfadado, no. Entonces ¿triste? —Se volvió para mirarme de reojo—. Mi padre también murió, ¿sabes? —dije—. Te comprendo.

Se incorporó, cruzó las piernas.

—¿Y tu marido?

El último ímpetu del sol antes de ponerse le iluminó la cara hasta darle una coloración amarillenta.

*Fuchs du hast die Gans gestohlen*, canté por toda respuesta, ladeando la cabeza a un lado y a otro mientras seguía el ritmo con el dedo índice. *Gib sie wieder her.* Pero ¿de dónde salía toda aquella alegría?

Ursula entró con Mathias y Augustine, se sentaron en la cama con nosotros y les canté toda la cancioncilla, me la había enseñado mi padre. Después, la niña me rogó que la cantara otra vez y me la hizo repetir hasta que la aprendió.


Ya había oscurecido cuando oímos pasos en la calle. Los pequeños, que seguían despiertos, se precipitaron hacia la puerta. Elfriede sujetaba a Heike, aunque no le costaba caminar. Ursula y Mathias se le echaron encima, abrazándole las piernas.

—Con cuidado —dije—. Tened cuidado.

—¿Estás cansada, mamá? —susurró Ursula.

—¿Por qué no estáis acostados? —dijo Heike—. Es tarde.

—Dejadla descansar. —Elfriede dio esa única instrucción y se preparó para marcharse.

—¿No te apetece una taza de té?

—Ya ha empezado el toque de queda, Rosa.

—Quédate a dormir tú también.

—No, me voy.

Parecía molesta. Como si lo hubiera hecho todo de mala gana. Elfriede había metido las narices en los asuntos ajenos, al contrario de lo que me aconsejaba.

Heike no nos dijo dónde vivía el médico, ni lo llamó por su nombre. Solo contó que le había dado un brebaje cuyos ingredientes no había especificado y la había echado de allí, advirtiéndole que pronto empezarían las contracciones. En el camino de vuelta, tuvieron que pararse en el bosque: entre sudores y gemidos, Heike expulsó un grumo de carne que Elfriede enterró a los pies de un abedul, mientras ella intentaba acompasar su respiración.

—Nunca me acordaré de cuál era —dijo—. Nunca podré volver a visitarlo.

Fue un error. No hay nada divino en dar la vida, en quitarla, es un asunto humano. Al negarse a ser el origen de un destino, Gregor se había estancado en un problema de sentido, como si dar la vida hubiera de tener sentido; ni siquiera Dios se ha planteado un problema semejante.

Fue un error, un latido leve debajo del ombligo —que Heike acalló—. Estaba enfadada con ella, y al mismo tiempo me daba pena. Un vacío se abrió en mis entrañas, la suma de la falta de todos. Hasta del hijo que Gregor y yo no habíamos tenido.

Cuando vivía en Berlín, cada vez que me topaba con una mujer embarazada pensaba en la confianza. La espalda echada hacia atrás, las piernas un poco separadas, las manos abandonadas sobre la barriga me hacían pensar en la confianza entre marido y mujer. No es la confianza del amor, de los amantes. Pensaba en las areolas que se dilatan y oscurecen, en las pantorrillas que se hinchan. Me preguntaba si a Gregor le asustaría la metamorfosis de mi cuerpo, si dejaría de gustarle, si lo rechazaría.

Un intruso se abre paso en el cuerpo de tu mujer y lo deforma, lo cambia para su uso y consumo, y tiempo después sale por el mismo agujero que tú has penetrado, lo cruza con un despotismo que a ti nunca te será permitido: él ha ocupado un lugar que tú jamás ocuparás, él la poseerá para siempre.

Y sin embargo, ese intruso es tuyo. Dentro de tu mujer, entre su estómago, su hígado y sus riñones, ha crecido algo que te pertenece. Una parte muy íntima, muy interna, de ella.

Me preguntaba si mi marido toleraría las náuseas, la urgencia de orinar, el organismo reducido a sus funciones primordiales, si era la naturaleza lo que no aceptaba.

Él y yo no habíamos tenido esa confianza, nos habíamos separado demasiado pronto. Puede que nunca pusiera mi cuerpo al servicio de otro ser humano, de la vida de otro. Gregor me había arrebatado esa posibilidad, me había traicionado. Como un perro fiel que de repente se vuelve en tu contra. Cuánto tiempo hacía que no sentía sus dedos sobre la lengua.

Heike había abortado, y yo seguía deseando un hijo de un hombre desaparecido en Rusia.

Nunca llegaba antes de medianoche, seguramente para asegurarse de que nadie estuviera despierto, salvo yo. Sabía que lo esperaría. ¿Qué me impulsaba a acercarme a la ventana? ¿Qué lo impulsaba a venir para entrever a duras penas mi silueta en las sombras? ¿A qué no podía renunciar Ziegler?

El cristal era una barrera: hacía menos real a ese teniente que no decía nada, que no hacía nada, salvo estar allí, perseverar, imponer una presencia que yo no podía tocar. Lo miraba porque no podía hacer otra cosa, ya que había acudido, ya que había sucedido. Aunque apagara la luz, sabría que estaba allí. No podría dormir. Lo miraba, incapaz de sopesar las consecuencias —el futuro por fin truncado—. La dulzura de la inercia.

¿Cómo supo que me despertaría la noche de la fiesta? ¿Pensó que todavía estaría despierta o él también procedió con la inseguridad de un sonámbulo?

En Krausendorf, su indiferencia hacia mí era total. Si por casualidad oía su voz el terror me paralizaba. Las chicas se daban cuenta, pero creían que era por lo mismo que las paralizaba a ellas. Terror hacia él, que oprimía a guardias y catadoras, y una mañana había exasperado incluso a Krümel; el cocinero salió dando un portazo y gritando que lo pondría en su sitio, que la cocina era su territorio. Terror por la guerra, a medida que las cosas empeoraban y los suministros llegaban con más dificultad. Si hasta en el campo, en la Guarida del Lobo, se anunciaba la penuria de alimentos, estábamos listos. Me hubiera gustado preguntarle a Krümel qué sabía de eso, por qué ya no comíamos kiwis, peras Williams, plátanos, por qué repetía los mismos platos con menos creatividad que antes, pero después de lo que había pasado con la leche, no había vuelto a dirigirme la palabra.

Cuando, al amanecer, Ziegler se iba —al principio sin un gesto, después alzando un poco una mano en señal de saludo, o encogiéndose de hombros— me sentía perdida. Su ausencia se instalaba en la habitación de Gregor, ensanchándose hasta comprimir los muebles contra las paredes y a aplastarme contra ellas. A la hora del desayuno volvía a mi vida real, o más bien a su sucedáneo, y solo entonces, mientras Joseph sorbía el té ruidosamente y su mujer le reñía dándole en el brazo —la taza se inclinaba y el mantel se manchaba—, solo entonces pensaba en Gregor: clavaría las cortinas al marco de la ventana, me ataría a la cama y, tarde o temprano, Ziegler se cansaría. Pero de noche Gregor desaparecía porque el mundo mismo lo hacía, la vida empezaba y acababa en la trayectoria de mi mirada sobre Ziegler.

En las semanas que siguieron al aborto, me acerqué a Elfriede con cautela.

A menudo compartir un secreto no une, separa. Si es común, la culpa es una misión a que entregarse con dedicación exclusiva, al fin y al cabo se evapora deprisa. La culpa colectiva es informe, la vergüenza es un sentimiento individual.

No les hablé a mis amigas de las visitas de Ziegler a mi ventana justo por eso, para no tener que compartir con ellas el peso de la vergüenza, para soportarlo sola. O quizá quisiera ahorrarme el juicio de Elfriede, la incomprensión de Leni, los cotilleos de las demás. O, sencillamente, lo que tenía con Ziegler debía permanecer intacto.

No se lo conté ni siquiera a Heike, a pesar de que la noche del aborto, mientras Augustine acostaba a los pequeños y Leni dormitaba en una vieja butaca, me dijo:

Era un niño.

¿Tenías la corazonada de que era un varón?

No, no me refiero al que llevaba dentro hasta hace unas horas. —Tragó saliva. Yo no la entendía—. El padre, dijo. Es un crío, un chaval. El mozo que nos echa una mano. Cuando mi marido se fue, él se ocupó de los cultivos. Es bueno, ¿sabes? Es muy responsable, a pesar de no haber cumplido los diecisiete. No sé cómo he podido hacer algo así...

¿Y qué dice de que te hayas quedado embarazada?

Nada. No lo sabía. Y ahora ya no hay nada que saber: el embarazo se acabó.

La dejé confesar sin confesar a mi vez.

Diecisiete años. Once menos que ella.

Los pájaros trinaban en el cielo de mayo, y la facilidad con que el hijo de Heike había resbalado entre sus piernas, la facilidad con que se había dejado eliminar, me oprimía el pecho.

Era una primavera escuálida, desprestigiada, una desolación sin desahogos ni catarsis.

Elfriede fumaba apoyada contra la pared, contemplando sus zapatos. Crucé el patio y me uní a ella.

—¿Qué pasa? —dijo.

—¿Cómo estás?

—¿Y tú?

—¿Vienes al lago Moy mañana por la tarde?

La ceniza del cigarrillo creció hasta doblarse; después se desprendió y se disgregó.

—De acuerdo.


También nos llevamos a Leni, con su bañador negro y su piel tersa. Elfriede tenía un cuerpo parco y elástico, rasposo como el hilo. Cuando Leni se zambulló, nos quedamos estupefactas: en el agua helada —todavía no estábamos en temporada de baños, pero teníamos prisa por borrarlo todo de nuestra piel, o yo la tenía— sus gestos perdían la torpeza habitual; mojada, su piel dejaba de ser terrenal. Nunca la había visto tan segura de sí misma.

—¿Venís o no?

En sus mejillas traslúcidas, las venillas dilatadas eran alas de mariposa; una vibración y se alzarían en vuelo.

—¿Dónde estaba esta Leni? —bromeé con Elfriede.

—Escondida. —Sus ojos miraban un punto que no era Leni ni el lago, un punto que yo no veía. Me pareció una acusación contra mí—. Las cosas no son casi nunca lo que parecen. También vale para las personas.

Después se zambulló.

# 20

Una noche me desnudé.

Abrí el armario y elegí uno de los vestidos de noche que Herta había criticado, diferente del que llevaba el día de la fiesta. Me peiné y maquillé, aunque quizá en la oscuridad Ziegler no lo notaría. Daba igual: mientras me cepillaba el pelo y me empolvaba las mejillas, redescubría la ansiedad de la espera que precede a una cita. Aquellos preparativos eran para él, para él, que se demoraba delante de mi ventana como si fuera un altar, demasiado respetuoso para profanarlo. O puede que presentarse ante mí fuera su manera de enfrentarse a la Esfinge. Yo no tenía acertijos que proponer, tampoco respuestas. Pero si las hubiera tenido, se las habría revelado.

Me senté en la ventana con la lámpara encendida y cuando llegó me puse de pie. Me pareció verlo sonreír, cosa que él nunca había hecho.

Normalmente, si oía trasiego en casa, yo apagaba la luz y él se escondía. En cuanto volvía a encenderla, él salía al descubierto. El resplandor era tenue, yo cubría la lámpara con un paño, estaba en vigor la orden de apagar las luces, cualquiera podía localizarnos. Me metía en la cama por miedo a que entrara Herta —¿por qué iba a hacerlo?—, y una vez me dormí: la tensión me había dejado exhausta.

Quién sabe cuánto esperó antes de irse. Su tenacidad era una forma de debilidad, su poder sobre mí.

Justo un mes después de la fiesta, apagué la lámpara a pesar de no haber oído ningún ruido. De puntillas, descalza para amortiguar los pasos, abrí la puerta, me cercioré de que Herta y Joseph dormían, fui a la cocina y salí por la puerta trasera, di la vuelta a la casa en dirección a mi ventana y lo encontré allí, acuclillado a la espera de una seña mía. Me pareció pequeñísimo.

Reculé, y la rodilla derecha crujió. Ziegler se levantó de un salto. De pie frente a mí, con su uniforme, sin la barrera de la ventana que nos separara, me asustó como en el cuartel. El embrujo se disipaba, la realidad se revelaba en toda su autenticidad. Estaba indefensa ante el verdugo, y yo misma me había puesto a su alcance.

Ziegler se movió, me sujetó por los brazos. Apoyó la nariz contra mi pelo e inspiró. En ese momento, yo también percibí su olor.


Entré en el granero, me siguió. La oscuridad no tenía fisuras. No veía a Ziegler, lo oía respirar. El aroma esponjoso, familiar, de la leña me tranquilizó. Me senté, él hizo lo mismo.

Descoordinados, ciegos, guiándonos por el olfato, tropezamos el uno con el cuerpo del otro como si midiésemos el nuestro por primera vez.

Después no nos dijimos que nadie debía enterarse, pero nos comportamos como si lo hubiéramos acordado. Ambos estábamos casados, si bien yo, a aquellas alturas, me hallaba sola. Él era teniente de la SS: ¿qué pasaría si se sabía que mantenía una relación con una de las catadoras? A lo mejor nada. A lo mejor estaba prohibido.

No me preguntó por qué lo había llevado al granero, yo tampoco hice preguntas. Nuestros ojos ya se habían acostumbrado a la oscuridad cuando me pidió que cantara para él. Fueron las primeras palabras que me dirigió. Con la boca pegada a su oreja, en voz queda, canté. La cancioncilla con que había entretenido a la hija de Heike, la noche del aborto. Me la había enseñado mi padre.

Desnuda en el granero, pensé en el ferroviario, el hombre que no se había doblegado. Tozudo, le decía mi madre, irresponsable. Si hubiera sabido que yo ahora trabajaba para Hitler... No podía negarme, le diría si volviera del reino de los muertos para pedirme cuentas de mis acciones. Rompiendo sus propias reglas, me daría una bofetada. Nunca fuimos nazis, me diría. Yo me llevaría la mano a la mejilla, consternada, y lloriqueando le diría que no era cuestión de ser nazi o no, que la política no tiene nada que ver, que nunca me ha interesado, y, además, en 1933 solo tenía dieciséis años, yo no le voté. Eres responsable del régimen que toleras, me gritaría mi padre. La existencia de cualquiera está permitida por el ordenamiento del Estado en que vive, incluso la de un eremita. ¿Lo entiendes, o no? No estás libre de ninguna culpa política, Rosa. Déjala en paz, suplicaría mi madre. Ella también habría vuelto, el abrigo encima del camisón, ni siquiera el detalle de cambiarse. Déjala, ya se dará cuenta, cortaría por lo sano. Estás enfadada conmigo porque me he acostado con otro, ¿no?, la provocaría yo. Tú, mamá, nunca lo habrías hecho. No estás libre de culpa, Rosa, repetiría mi padre.

Hemos vivido doce años bajo una dictadura, y casi no nos hemos dado cuenta. ¿Qué permite a los seres humanos vivir bajo una dictadura?

No había alternativa, esa es nuestra excusa. Yo solo era responsable de la comida que ingería; comer, un gesto inocuo: ¿cómo puede ser una culpa? ¿Se avergonzaban las demás de venderse por doscientos marcos al mes, óptimo salario y comida sin igual? ¿Se avergonzaban de haber creído, como yo, que lo inmoral era sacrificar la propia vida si el sacrificio no servía de nada? Yo me avergonzaba ante mi padre, a pesar de que él había muerto, porque la vergüenza necesita un censor para manifestarse. No había alternativa, decíamos. Pero a Ziegler sí la había. En cambio, yo había ido a su encuentro porque era la clase de persona que podía aventurarse hasta en eso, hasta en aquella vergüenza hecha de tendones y huesos, de saliva —la había tenido entre mis brazos, mi vergüenza, medía un metro ochenta, pesaba setenta y ocho kilos como mucho, ni excusas ni justificaciones, el alivio de una certeza.

—¿Por qué has dejado de cantar?

—No lo sé.

—¿Qué te pasa?

—Esa canción me pone triste.

—Puedes cantar otra. O no, si no te apetece. Podemos estar callados y mirarnos en la oscuridad: se nos da bien.

Al volver a la habitación, al silencio del sueño de Herta y Joseph, me llevé las manos a la cabeza, incapaz de aceptar lo ocurrido. Una euforia latente soltaba descargas intermitentes en mi cuerpo. Nunca me he sentido más sola, pero en aquella soledad descubría mi resistencia. Sentada en la cama donde Gregor dormía de niño, volví a hacer una lista de mis culpas y secretos, como en Berlín antes de conocerlo, y era yo, era incontestable.

## 21

Con la luz de la mañana, el espejo me devolvió una cara agotada. No por las pocas horas de sueño; mis ojeras prematuras habían sido el preludio de esa nueva angustia, queda, que aparecía nada más despertar como una profecía que por fin se ha cumplido. El niño de la foto metida en el marco del espejo, el que no sonreía, estaba enfadado conmigo.

Herta y Joseph no se percataron de nada. Qué obtusa es la confianza en los seres humanos. Gregor la había heredado de esos padres tan ingenuos —su nuera salía de noche mientras ellos dormían—, y después me la había transmitido a mí: una responsabilidad demasiado pesada de sobrellevar, si me dejaba sola.

La bocina del autobús sancionó mi liberación. Estaba impaciente por marcharme. Temía el encuentro con Ziegler, una piedra en el zapato. Tenía ganas de verle.

En la comida también me tocó comerme el postre. El pastel, coronado por una cucharada de yogur, parecía muy esponjoso, pero yo tenía el estómago cerrado, apenas había podido con la sopa de tomate.

—Berlinesa, ¿no te gusta?

Me despabilé.

—Todavía no lo he probado.

Elfriede hundió el tenedor en lo que quedaba de su porción de pastel.

—Está buenísimo, cómetelo.

—Ni que tuviera elección —terció Augustine.

—Qué desgracia tener que elegir entre comer pastel o no —respondió Elfriede—, mientras los demás se mueren de hambre.

—Deja que lo pruebe —musitó Ulla.

Ese día a ella no le había tocado postre. Pero sí huevos y puré de patatas; los huevos eran uno de los alimentos preferidos del Führer, le gustaban espolvoreados con comino: su aroma dulzón me llegaba a la nariz.

—Cuidado, que esas se chivan. —Augustine intentó disuadirla.

Ulla se volvió hacia las Fanáticas, dos, tres veces. Comían requesón y cuajada con las cabezas gachas; algunas mojaban el queso en la miel.

—¡Ahora! —dijo Ulla.

Le pasé un trocito de pastel, que se escondió en la mano; no se lo llevó a la boca hasta estar segura de que los guardias no la veían. Yo también comí.

En el patio, el sol alto de mediodía difuminaba los contornos de las casas cercanas al cuartel, acallaba a los pájaros, agotaba a los perros callejeros. Alguien dijo vamos adentro, hace demasiado calor, un calor insólito para junio, dijo alguien más. Vi a mis compañeras encaminarse indolentes en el aire opaco, yo también me moví, a cada paso el pie aterrizaba como si bajara un escalón; me tambaleé. Entorné los ojos para enfocar. Hace calor, un calor impropio, todavía es junio, me ha bajado la tensión. Me sujeté al columpio, las cadenas quemaban, la náusea me succionó el estómago, una ventosa, sentí que subía rápidamente hasta la frente, el patio se hallaba desierto, mis compañeras ya estaban dentro, inmóvil en la puerta una figura a contraluz. El patio se inclinó, un pájaro perdió altura, batió las alas con fuerza. Ziegler estaba en la puerta; después ya no vi nada más.

Cuando desperté, estaba tumbada en el suelo del comedor. La cara de uno de los guardias eclipsó el techo, una regurgitación me subió por la garganta, apenas me dio tiempo a incorporarme apoyándome en los codos y volver la cabeza. Mientras el sudor se hacía de hielo oí el esfuerzo de otras arcadas, y un nuevo chorro ácido me quemó la tráquea.

Oí llorar a las demás, no reconocía su llanto. Las carcajadas sí puedes distinguirlas, la risa ordinaria de Augustine, las breves risitas de Leni, el trompeteo nasal de Elfriede, la risa en cascada de Ulla. Pero el llanto no, todos lloramos de la misma manera, el sonido es igual para todos.

La cabeza me daba vueltas. Entreví otro cuerpo tumbado y algunas mujeres de pie, pegadas a la pared; las reconocí por los zapatos. Las cuñas de Ulla, los clavos en los zuecos de Heike, las puntas gastadas de Leni.

—Rosa. —Leni se separó de la pared para acercarse a mí.

Un guardia levantó el brazo.

—¡Vuelve a tu sitio!

—¿Qué hacemos? —dijo el Larguirucho moviéndose confundido por la sala.

—El teniente ha dado orden de que estén todas aquí —respondió el guardia—. Ninguna debe salir. Ni siquiera las que no tienen síntomas.

—Acaba de desmayarse otra —advirtió el Larguirucho.

Me volví para averiguar de quién era el cuerpo que había visto en suelo. De Theodora.

—Ve a buscar a alguien que limpie el suelo.

—Estas se mueren —dijo el Larguirucho.

—¡Dios mío, no! —Leni se agitó—. Llamad a un médico, os lo ruego.

—¿Quieres callarte? —le dijo el otro guardia al Larguirucho.

—Tranquilízate —le dijo Ulla a Leni, pasándole un brazo por el hombro.

—Nos estamos muriendo, ¿o es que no lo has oído? —gritaba Leni.

Busqué a Elfriede: se hallaba sentada al otro lado de la sala, los zapatos metidos en un charco amarillento.

Las demás chicas, en cambio, no estaban lejos: sus voces jadeantes y los sollozos aumentaban mi malestar. No sabía quién me había trasladado del patio aquí y dejado en aquel punto del suelo —¿Ziegler, quizá? ¿Estaba realmente en la puerta o me lo había imaginado?—, la zona del comedor donde nos habían reunido a todas. Mis compañeras se habían arracimado por instinto, morirse sola es terrible. Elfriede, sin embargo, se había apartado en un rincón, tenía la cabeza entre las rodillas. La llamé. No sabía si podía oírme en medio de aquel alboroto de sacadnos de aquí, llamad a un médico, quiero morir en mi cama, no quiero morir.

Volví a llamarla, no respondió.

—Comprobad si está viva, por favor —dije, sin dirigirme a nadie en concreto. A los guardias, quizá, que no me hicieron ni caso—. Augustine —masculló—, te lo ruego, ve a ver cómo está y tráela cerca de mí.

¿Por qué era así Elfriede? Quería esconderse para morir, como los perros.

La puerta que daba al patio estaba cerrada, un guardia la vigilaba por fuera. Oí la voz de Ziegler, llegaba del pasillo o de la cocina. No entendía qué estaba diciendo, sobre su voz se imponía la letanía de sollozos del comedor y el trasiego de suelas que se desplazaban de un lado a otro por el cuartel. Pero era su voz, y oírla no me consolaba. El miedo a morir era una colonia de insectos que hormigueaba bajo mi piel. Volví a sucumbir.

Los mozos de Krümel vinieron con bayetas a fregar, la humedad avivó el hedor, limpiaban el suelo, no nuestras caras ni nuestra ropa; dejaron un cubo, pusieron hojas de periódico en el suelo y se fueron. Los guardias cerraron con llave.

Augustine se precipitó sobre la manija e intentó abrir, en vano.

—¿Por qué nos encerráis aquí dentro? ¿Qué queréis hacernos?

Mis compañeras se acercaron con prudencia a la puerta, las caras ya pálidas, los labios amoratados.

—¿Por qué nos encierran aquí?

Intenté levantarme, unirme a ellas, me fallaban las fuerzas.

Augustine dio una patada, las demás aporreaban la puerta con las palmas de las manos o con los puños. Heike le dio con la cabeza, despacio, repetidamente, en un gesto de ostentada desesperación que no me esperaba de ella. Desde fuera gritaron amenazas, las chicas desistieron, todas menos Augustine.

Leni vino a arrodillarse junto a mí. Yo no podía hablar, pero era ella la que buscaba consuelo:

—Al final ha pasado —dijo—. Nos han envenenado.

—Las han envenenado —la corrigió Sabine, que estaba inclinada sobre el cuerpo extendido de Theodora—. Tú no tienes ningún síntoma, y yo tampoco.

—¡No es verdad! —gritó Leni—, ¡tengo náuseas!

—¿Por qué crees que nos hacen comer cosas diferentes, eh? ¿Por qué crees que nos separan en grupos, idiota? —replicó Sabine.

Augustine se apartó un momento de la puerta y se volvió hacia ella.

—Sí, pero tu amiga —dijo, y señaló con la barbilla a Theodora—, ha comido ensalada de hinojo y queso, mientras que Rosa, por ejemplo, ha tomado sopa de tomate y pastel; y sin embargo, las dos se han desmayado.

Una arcada me dobló en dos, Leni me sujetó la frente. Observé mi vestido manchado, después levanté la cabeza.

Heike se había sentado a la mesa, con la cara entre las manos.

—Quiero volver con mis hijos —salmodiaba—. Quiero verles.

—¡Pues ayúdame! ¡Echemos la puerta abajo! —dijo Augustine—. ¡Ayudadme!

—Nos matarán. —Beate suspiraba. Ella también quería volver a casa con los gemelos.

Heike volvió a levantarse, se unió a Augustine, pero en vez de golpear la puerta con el hombro se puso a gritar:

—¡Yo estoy bien, no me han envenenado!, ¿me oís? ¡Quiero salir!

Se me heló la sangre. Había pronunciado en voz alta un pensamiento que acababa de abrirse paso en la mente de todas nosotras. No comíamos lo mismo, por tanto, no compartíamos el mismo destino. Fuera el que fuese el plato envenenado, algunas morirían y otras no.

—A lo mejor nos mandan un médico —dijo Leni, nada convencida de estar fuera de peligro—, podemos salvarnos.

Me pregunté si un médico podía realmente salvarnos.

—No les importa en absoluto salvarnos. —Elfriede se había incorporado. Su cara angulosa parecía a punto de desmoronarse cuando añadió—: No les importa en absoluto, lo único que les interesa es saber qué nos ha envenenado. Les bastará con hacer la autopsia a una sola de nosotras, mañana y lo descubrirán.

—Si les basta con una —dijo Leni—, ¿por qué tenemos que quedarnos todas?

Ni siquiera se dio cuenta de que acababa de decir algo abominable. Sacrifiquemos a una, proponía, a condición de salvar a las demás.

¿Cómo elegiría ella? ¿A la más débil? ¿A la que tenía los síntomas más agudos? ¿A una sin hijos que dependieran de ella? ¿A la que no fuera del pueblo? ¿O, sencillamente, a una que no fuera su amiga? ¿Haciendo, pito, pito, gorgorito, *Backe, backe Kuchen, der Bäcker hat gerufen*? ¿Echarlo a suertes?

Yo no tenía hijos, venía de Berlín y me había acostado con Ziegler —eso Leni no lo sabía—. Para ella, yo no merecía morir.

Quería rezar, pero ya no tenía derecho a hacerlo, hacía meses que no rezaba, desde que me habían arrebatado a mi marido. Quizá un día, sentado frente a la chimenea de su dacha, Gregor abriría mucho los ojos: Vaya, le diría a la matrioska, ahora me acuerdo. Lejos de aquí hay una mujer a la que quiero, tengo que volver con ella.

Si él seguía con vida, yo no quería morir.

Los de la SS no respondieron a la llamada de Heike y ella se alejó de la puerta.

—¿Qué pretenden? ¿Qué quieren hacernos? —le preguntó Beate, como si Heike pudiera saberlo.

Su amiga no le respondió: había intentado salvar su pellejo, el suyo y solo el suyo, y como no lo había logrado, se sumió en el silencio.

Leni se ovilló debajo de la mesa, repitió que tenía náuseas, se metió dos dedos en la boca, emitió sonidos ahogados, no pudo vomitar. Theodora seguía en el suelo, balanceándose en posición fetal, y Sabine la asistía mientras su hermana Gertrude respiraba afanosamente. Ulla tenía dolor de cabeza y Augustine necesitaba ir al baño. Intentó convencer a Elfriede de que se sentara a mi lado: «Yo te ayudo». Elfriede se negó con brusquedad. Aislada en el rincón, le dieron más arcadas. Se limpió la barbilla con el dorso de la mano, se acurrucó de lado. Yo estaba agotada, tenía el pulso débil.

No sé cuántas horas pasaron así, sé que en un momento dado la puerta se abrió.

Apareció Ziegler. Tras él, un hombre y una chica con bata blanca. Miradas serias y maletines oscuros. Qué contenían. Llamad a un médico, había pedido Leni. Pues aquí estaba. Ni ella podía creerse que venían a salvarnos. Maletines sobre la mesa, el clic de los ganchos al abrirse. Elfriede tenía razón, no tenían intención de curarnos, no se habían preocupado de hidratarnos, de tomarnos la temperatura, simplemente nos habían aislado allí, esperando que la intoxicación siguiera su curso. Querían conocer la causa de la indisposición que estaba acabando con algunas de nosotras. Puede que la hubieran descubierto y que nosotras, las contaminadas, ya no les hiciéramos falta.

Permanecimos inmóviles, animales frente a los predadores. Las catadoras que no catan no son útiles, había dicho Ziegler. Si nuestro destino era morir, cuanto antes, mejor. Más tarde, limpiarían la sala, desinfectarían, abrirían las ventanas y ventilarían. Acabar con la agonía es un acto de piedad. Si se hace con los animales, ¿por qué no hacerlo con las personas?

El médico se me puso delante. Me sobresalté.

—¿Qué quiere? —Ziegler se dio la vuelta—. ¡No me toque! —le grité al doctor.

Ziegler se inclinó sobre mí y me sujetó un brazo. Estaba a pocos centímetros de mi cara, como la noche anterior, ahora él podía oler el hedor que emanaba de mi boca, no volvería a besarme.

—Cállate y haz lo que te dicen. —Después, incorporándose, añadió—: Callaos todas.

Debajo de la mesa, Leni se ovilló, como si acurrucándose una y otra vez pudiera volverse más pequeña que un pañuelo, esconderse en un bolsillo. El médico me tomó el pulso, me inspeccionó los ojos, me auscultó aplicando el estetoscopio sobre la espalda, y se alejó para examinar a Theodora. La enfermera me enjugó la frente con un paño mojado, me dio un vaso de agua.

—Como le decía, necesito una lista de lo que ha comido cada una —dijo el doctor encaminándose a la puerta; la chica y Ziegler lo siguieron, volvieron a cerrar con llave.

El hormigueo de los insectos por debajo de la piel se convirtió en un amotinamiento. Elfriede y yo habíamos tomado sopa y aquel pastel tan dulce. Nosotras compartíamos el mismo destino. Yo había sido castigada por lo que había hecho con Ziegler, pero ¿qué culpa tenía Elfriede?

Dios no existe, y, si existe, es un ser perverso, había dicho Gregor.

Me sacudió otra serie de arcadas; expulsé la comida de Hitler, la que Hitler nunca comería. Aquellos gemidos salían de mi cuerpo: guturales, indecentes, no parecían humanos. ¿Qué quedaba de humano en mí?

De repente me acordé, fue fulminante. La superstición rusa de la que Gregor me había hablado en su última carta: ¿también valía para los soldados alemanes? Mientras tu mujer siga siéndote fiel, no morirás. Cuento contigo, había escrito. Pero conmigo no se podía contar. Él no lo había entendido, se había fiado de mí y había muerto.

Gregor había muerto por mi culpa. El pulso se hizo aún más débil. Apnea, ruidos atenuados, silencio. Después el corazón se paró.

# 22

Me despertó una ráfaga de golpes.

—¡Tenemos que ir al baño! ¡Abridnos! —Augustine aporreaba la puerta con los puños, nadie la había ayudado a echarla abajo.

La salida al patio estaba cerrada, el sol se había puesto, quién sabe si Joseph había venido a buscarme, si Herta me esperaba en la ventana.

Augustine cogió el cubo que estaba junto a mí.

—¿Adónde lo llevas?

—Estás despierta —dijo sorprendida—. ¿Cómo te encuentras, Rosa?

—¿Qué hora es?

—Hace un buen rato que pasó la hora de cenar, pero no nos han traído nada. Ya no nos queda ni agua. Estos han desaparecido. Leni me atosiga: a fuerza de llorar, incluso ella se ha deshidratado y eso que no ha vomitado. Está bien, y yo también —añadió con tono casi de disculpa.

—¿Dónde está Elfriede?

—Duerme, allí.

La vi. Seguía tumbada de costado, la palidez de su tez morena la hacía parecer de pedernal.

—Rosa —dijo Leni—, ¿estás mejor?

Augustine se puso en cuclillas sobre el cubo, agotada. Después, otras mujeres se resignaron a utilizarlo. No iba a ser lo suficientemente grande para todas; algunas se lo harían encima u orinarían en el suelo, nauseabundo y maloliente. ¿Por qué no abrían? ¿Nos habían abandonado en el cuartel y lo habían evacuado? Las sienes me latían. Soñé con forzar la puerta, huir, no volver jamás. Pero sin duda los guardias seguían allí fuera: habían recibido instrucciones muy precisas, no abrirían, no sabían cómo gestionar el problema de las mujeres agonizantes, aplazaban su solución hasta nueva orden.

Me levanté tambaleándome sobre los tobillos, Augustine me ayudó, yo también utilicé el cubo; entre ella y Beate me sujetaron por las axilas. No me resultó humillante, fue solo mi organismo, que se rendía. Me acordé del refugio de Budengasse, y también de mi madre.

Mi orina hervía; tenía la piel tan sensible que si la rozaba dolía. Mi madre me diría tápate, Rosa, no cojas frío. Pero era verano, una estación poco apropiada para morir.

Orinar fue tan dulce como cumplir un último deseo. Pensé en mi padre: fue un hombre muy íntegro, podía interceder por mí. Así que recé, a pesar de no tener derecho a ello; pedí morir la primera, no quería ver morir a Elfriede, no quería perder a nadie más. Pero mi padre no me perdonaba, y en cuanto a Dios, era como si el asunto no le incumbiera.

Lo primero que sentí fue frío en todo el cuerpo; después, la ligereza que precede al colapso.

Abrí los ojos hacia el techo, estaba amaneciendo.

Abrían la puerta, y mi cuerpo despertaba. Quizá los de la SS creyeron que iban a encontrarse con un par de cadáveres, o alguno más, que tendrían que sacar de allí. En lugar de eso, se encontraron con diez mujeres a las que el ruido de la llave en la cerradura acababa de sacar de un sueño intermitente. Diez mujeres con las pestañas legañosas y la garganta seca, pero vivas, todas.

El Larguirucho nos miraba en silencio, plantado bajo el marco de la puerta, atemorizado como si fuésemos fantasmas, mientras el otro guardia se tapaba la nariz y retrocedía; los tacones de sus botas retumbaron sobre las baldosas del pasillo. Ni siquiera nosotras estábamos seguras de no ser fantasmas; con circunspección comprobábamos la movilidad de nuestras extremidades, en silencio, comprobábamos si podíamos respirar. El aliento fluía entre mis labios, atravesaba mis fosas nasales, estaba viva.

Leni no salió de debajo de la mesa hasta que Ziegler llegó y nos ordenó que nos pusiéramos de pie. Heike apartó la silla, atontada, Elfriede rodó despacio sobre la espalda y consiguió reunir fuerzas para enderezarla, a Ulla se le escapó un bostezo y yo me levanté vacilando.

—En fila —dijo Ziegler.

Mermadas por las secuelas de la indisposición, o sencillamente domadas por el miedo, organizamos una fila de cuerpos vencidos.

¿Dónde había estado durante todo ese tiempo el *Obersturm-führer*, mi amante? No me había acompañado al baño, no me había mojado las sienes ni enjuagado la cara; no era mi marido, su vocación no era hacerme feliz. Mientras yo me moría él estaba ocupado protegiendo la vida de Adolf Hitler, únicamente la suya, averiguando quiénes eran los culpables, interrogando a Krümel, a los ayudantes de cocina, a los pinches, a los guardias, al cuerpo entero de la SS que se alojaba en el cuartel general, a los proveedores de la zona y a los que estaban más lejos, hasta a los maquinistas de los trenes, habría llegado al fin del mundo con tal de dar con el culpable.

—¿Podemos irnos a casa?

Quería que oyera mi voz, que se acordara de mí.

Me miró con sus ojos pequeños, dos avellanas rancias, y se pasó la mano por encima para frotárselos, o quizá para no verme.

—El chef está a punto de llegar —respondió—. Debéis volver al trabajo.

Tenía el estómago cerrado; vi manos que apretaban bocas, palpándose el vientre, expresiones de repugnancia. Pero ninguna de nosotras dijo nada.

Ziegler se fue, y los guardias nos acompañaron al baño de dos en dos, para que pudiéramos asearnos. Limpiaron el comedor, la puerta que daba al patio permaneció abierta un rato, y sirvieron el desayuno más pronto que de costumbre. El Führer debía de estar hambriento, no podían hacerle esperar ni un minuto más. Había pasado la noche mordiéndose las uñas a fin de llevarse algo a la boca, o quizá aquel contratiempo le había quitado el apetito, su estómago borbotaba, pero era gastritis, meteorismo, una reacción nerviosa; había ayunado durante horas, o bien contaba con una reserva de maná llovido del cielo una noche, en exclusiva para él, y almacenado en el búnker para eventuales emergencias. O se había aguantado el hambre y punto, porque él lo resistía todo; había acariciado el pelo suave de Blondi y la había tenido en ayunas a ella también.

Nos sentamos a la mesa con la ropa sucia, el hedor era insoportable. Contuvimos la respiración y esperamos a que nos sirvieran. Después, con la docilidad acostumbrada, empezamos a comer, como el día anterior. El sol irradiaba su luz sobre los platos y nuestras caras demacradas.

Masticaba mecánicamente, obligándome a tragar.

No nos dieron ninguna explicación, pero por fin nos acompañaron a casa.

Herta salió corriendo a abrazarme; después, sentada en mi cama, me dijo:

—Los de la SS han ido de granja en granja, han interrogado a los proveedores. El pastor creía que iban a dejarlo tieso allí mismo, en el establo, de lo rabiosos que estaban. En el pueblo ha habido recientemente otros casos de intoxicación y no saben de qué depende. A nosotros no, no nos ha pasado nada, bueno sí, nos ha pasado algo, estábamos sufriendo por ti.

—Por suerte no ha muerto nadie —comentó Joseph.

—Él fue a buscarte —dijo Herta.

—¿Joseph estaba allí fuera?

—También la madre de Leni —respondió mi suegro como si quisiera quitar importancia a su gesto—, el mozo que trabaja para Heike, hermanas y cuñadas y otros viejos como yo. Nos hemos plantado delante del cuartel, pidiendo noticias, pero nadie quería decirnos nada; nos han amenazado de todas las maneras posibles, hasta que nos han obligado a marcharnos.

Herta y Joseph no habían dormido, no creo que aquella noche durmiera mucha gente en el pueblo. Hasta los niños cogieron el sueño muy tarde, extenuados por el llanto, bajo la mirada vigilante de abuelas y tías. Los hijos de Heike preguntaban por su madre, quiero que venga mamá, dónde está; la pequeña Ursula cantaba mi cancioncilla para tranquilizarse, pero no se acordaba de todas las estrofas. El zorro roba la oca y el cazador lo castiga. ¿Por qué mi padre cantaba historias tan tristes?

Incluso Zart, dijo Joseph, despierto junto a Herta, permaneció con los ojos fijos en la puerta como si esperase mi llegada de un momento a otro, o como si los acechara un enemigo. Y era cierto: llevaba once años acechándonos.

## 23

No volvería; no tendría valor para presentarse frente a mi ventana después de lo que había hecho. O puede que viniera para comprobar el alcance de su poder. Al fin y al cabo, conducirlo al granero había sido iniciativa mía. ¿De verdad esperaba yo recibir un trato especial? La privilegiada. La puta del teniente.

Aunque era una noche cálida, cerré la ventana: tenía miedo de que Ziegler se colara en la habitación, tenía miedo de encontrármelo al lado en la cama o de que se me echara encima. Ese pensamiento me hacía cosquillas en la garganta. Lo apartaba, arrebullaba las sábanas a los pies de la cama, buscaba islas de frescor donde apoyar las pantorrillas. Si se atrevía a venir, le daría con la puerta en las narices.

Encendí la lámpara, la cubrí con el paño, como de costumbre, y me senté en la ventana. La idea de que fuera él quien me rechazara —después de haberme visto manchada de vómito, indigna— me daba rabia. Podía prescindir de mí. Yo, en cambio, lo esperaba, escrutando el campo lóbrego, adivinando el camino sin asfaltar en la oscuridad, hasta la curva, y más allá la desviación que conducía al castillo, donde había empezado todo.

A la una apagué la lámpara, un arranque de orgullo, la admisión de un fracaso. Ziegler había ganado; a fin de cuentas era el más fuerte. Volví a la cama, tenía la musculatura tan contraída que me dolía la espalda. El tictac del despertador me ponía nerviosa. Después un ruido leve me sobrecogió.

Alguien arañaba los cristales. Una punzada de miedo evocó la náusea del día anterior. En el silencio, solo uñas que se deslizaban por el cristal y el retumbar de los latidos de mi corazón.

Cuando el ruido cesó, me levanté de un salto. El cristal mudo; el camino vacío.

—¿Cómo va, señoras? Me alegro de verlas restablecidas.

Me costó tragar. Las demás también dejaron de comer y miraron a Ziegler —de reojo, como si estuviera prohibido, pero no pudieran evitarlo—; después nos miramos unas a otras, con las caras contraídas.

Tras la intoxicación, cuando el comedor se reveló como lo que era, una trampa, cada vez que uno de la SS nos dirigía la palabra éramos presas del pánico. Si encima era Ziegler quien lo hacía, sentíamos que un peligro inminente se cernía sobre nosotras.

Ziegler dio la vuelta a la mesa, se acercó a Heike.

—Estarás contenta ahora que todo ha acabado —le dijo.

Por una fracción de segundo pensé que aludía al aborto. Puede que Heike también lo pensara: asentía con breves movimientos de la cabeza, demasiado rápidos para disimular el nerviosismo. Inclinándose por encima de ella, Ziegler alargó un brazo para coger una manzana de su plato. Como si participara en un picnic sobre la hierba, la mordió: el sonido del mordisco fue nítido, siniestro. Masticaba mientras caminaba, con el cuerpo hacia delante y los brazos a la espalda, como si estuviera a punto de zambullirse a cada paso. Su andar era muy extraño: entonces ¿por qué lo echaba de menos?

—Quería agradeceros vuestra colaboración durante la emergencia.

Augustine miraba fijamente la manzana en la mano del teniente, una de sus fosas nasales temblaba. Elfriede tenía la nariz tapada, como siempre, respiraba mal. Un retículo de sangre estancada enrojecía las mejillas de Leni. Yo me sentía expuesta. Ziegler paseaba y masticaba con tanta flema que pensé que cambiaría de tono de un momento a otro; esperábamos un golpe de escena, estábamos preparadas para lo peor, impacientes por que llegara.

Pero Ziegler acabó de dar la vuelta y se detuvo detrás de mí.

—No podíamos actuar de otro modo, pero como veis al final resolvimos el problema. Todo está bajo control —dijo—, así que disfrutad de la comida. —Dejó el corazón de la manzana en mi plato y se fue.

Beate alargó el brazo sobre la mesa y agarró el pedúnculo con dos dedos. Yo estaba tan confusa que ni siquiera me pregunté por qué lo hacía. La pulpa de alrededor de las semillas ya empezaba a oscurecerse, llevaba las señales de los colmillos de Ziegler, su saliva.

Quería hacerme chantaje. Todos sabrán quién eres. Torturarme. O solo verme —una punzada de nostalgia—. Habíamos hecho el amor. Jamás debía volver a ocurrir. Si nadie se enteraba, esa noche no existiría. Era el pasado, no podía tocarse, era como si no hubiera pasado nada. Quizá con el tiempo llegaría a preguntarme si realmente había sucedido y no sabría responder, y sería sincera.

Seguí comiendo, bebí leche, dejé la taza sobre la mesa con un ímpetu involuntario: se tambaleó y se volcó.

—Lo siento —dije. La taza rodó hasta Elfriede, que la enderezó—. Lo siento —repetí.

—No pasa nada, Berlinesa. —Y me la devolvió. Después extendió una servilleta sobre el charco de leche.

Me fui pronto a la cama, busqué en balde un sueño reparador. Con los ojos muy abiertos, imaginé que Ziegler había venido. Tenía miedo de que se acercara, de que arañara el cristal como la noche anterior, de que lo rompiera de una pedrada, de que me cogiera por el cuello. Herta y Joseph acudirían, no lo entenderían, confesaría, lo negaría hasta la muerte. Con la luz apagada, temblaba.


Al día siguiente el *Obersturmführer* salió al patio después de la cena. Yo estaba hablando con Elfriede, que fumaba. Vino derecho hacia mí. Me callé de golpe.

—¿Qué pasa? —preguntó Elfriede.

—Tira ese cigarrillo. —Elfriede se volvió—. Tíralo inmediatamente —repitió Ziegler.

Ella lo soltó titubeando, como si quisiera dar la última calada para no malgastarlo del todo.

—No sabía que estaba prohibido fumar —se justificó.

—De ahora en adelante lo está. En mi cuartel no se fuma. Adolf Hitler odia el tabaco. —Ziegler estaba enfadado conmigo. La había tomado con Elfriede, pero iba a por mí—. Una alemana no debe fumar. —Agachó el cuello, me olisqueó, como cuatro noches antes delante de la ventana—. O por lo menos no debe oler a tabaco.

—Nunca he fumado —dije.

La mirada de Elfriede me rogaba que callara.

—¿Estás segura? —dijo Ziegler.


El corazón de la manzana ya se había oxidado. Beate lo había apoyado en la mesa, junto a un candelabro negro y a una cajita. Encendió la vela con una cerilla. Era entrada la tarde, pero todavía quedaba algo de luz, no había empezado el toque de queda. Ulla, Leni, Elfriede y yo estábamos sentadas alrededor de la mesa; los gemelos ya dormían en la habitación.

Heike no estaba. Desde el aborto, las dos amigas de la infancia habían ido alejándose sin proponérselo. Simplemente Heike había mantenido a Beate al margen de uno de los acontecimientos más significativos de su vida, y eso había marcado un distanciamiento implícito. En realidad, se había vuelto más esquiva con todas, como si le pesara haber compartido con nosotras semejante secreto: no podía perdonarnos que supiéramos algo que ella prefería olvidar.

Augustine, en cambio, había hecho gala de su acostumbrado escepticismo respecto a las tonterías de nuestra maga y, poniendo a sus hijos como excusa, se había quedado en casa. Castiguemos a Ziegler, había propuesto Beate. Si funciona, mejor que mejor; si no, nos divertiremos un rato.

Abrió la cajita, contenía alfileres de costura.

—¿Qué quieres hacer? —preguntó Leni algo preocupada. No le importaba causar dolor a Ziegler, pero temía que el mal que le deseábamos pudiera volverse en nuestra contra. Se preocupaba por ella.

—Uso una cosa que ha estado muy cerca del teniente —explicó Beate—. Le clavo alfileres: si nos concentramos todas imaginando que él es el corazón de la manzana, dentro de poco el teniente se encontrará mal.

—Qué tontería —dijo Elfriede—. He venido hasta aquí para oír semejante tontería.

—¡No seas aguafiestas como Augustine! —exclamó Beate—. ¿Qué más te da? Tómatelo como un pasatiempo. ¿Tenías algo mejor que hacer esta noche?

—Y al final, ¿quemas el corazón con la vela? —Leni era la que mostraba más interés.

—No, la vela sirve para crear ambiente. —La maga estaba divirtiéndose de lo lindo.

—Clavar alfileres en una manzana mordisqueada, nunca he oído nada parecido —dijo Elfriede.

—No tenemos otra cosa que haya estado en contacto con Ziegler —observó Beate—. Debemos conformarnos.

—Date prisa —dijo Elfriede—, se nos va a hacer de noche. Ni siquiera sé por qué te hago caso.

Beate sacó un alfiler de la cajita. Lo orientó hacia la parte de arriba del corazón y pinchó la pulpa oxidada.

—Un alfiler en la boca —dijo. Yo había besado esa boca—. Así no volverá a gritarnos.

—Muy bien —dijo Leni con una risita.

—No, chicas, hay que ponerse serias, si no, no funciona.

—Beate, date prisa —insistió Elfriede.

Bajo la vela, los dedos proyectaban una sombra trémula y alargada que se cernía sobre el corazón según se acercaba a él, y lo convertía en un objeto inquietante de forma parecida a un ser humano; el cuerpo de Ziegler, el que yo conocía.

Beate lo pinchaba pronunciando términos anatómicos. Los hombros, que yo había abrazado. El vientre, sobre el que me había deslizado. Las piernas, que había ceñido con las mías.

Yo había estado en contacto con Ziegler. Si hubieran clavado los alfileres en mi carne habría sido más eficaz.

Beate se concentró en el resto de piel roja que rodeaba el pedúnculo.

—La cabeza —dijo.

Sentí un pinchazo en la nuca.

—¿Ahora ha muerto? —preguntó Leni en voz queda.

—No, falta el corazón.

Los dedos se acercaron lentamente. Empezó a faltarme el aliento. El alfiler estaba a punto de penetrar en la semilla cuando interpuse la mano.

—¿Qué haces?

—¡Ay! —Me había pinchado. Una gota de sangre afloró en mi índice, la vela la hacía brillar.

—¿Te has hecho daño? —preguntó Beate.

Elfriede apagó la vela, se levantó.

—¿Qué haces? —se quejó la dueña de la casa.

—Vamos a dejarlo aquí, ¿vale? —respondió ella.

La sangre sobre el dedo me tenía hipnotizada.

—Pero ¿qué te pasa, Rosa? —preguntó Leni ya angustiada.

Elfriede se acercó a mí, las demás nos observaron en silencio mientras me empujaba a la habitación.

—Berlinesa, ¿te sigue impresionando tu sangre? ¿No ves que es un pinchazo pequeñísimo?

Los gemelos dormían de lado, con la mejilla aplastada contra el brazo, la boca abierta como una «O» comprimida, deformada.

—No es por eso —farfullé.

—Mira. —Me sujetó la muñeca, se llevó mi dedo a los labios, succionó. Después comprobó si seguía sangrando, volvió a hacerlo. Una boca que no muerde. O la posibilidad de morder a traición—. ¿Lo ves? —dijo soltándome el dedo—. Ahora puedes estar tranquila, no morirás desangrada.

—No tenía miedo de morir desangrada, no te burles de mí.

—¿Entonces? ¿Te has dejado sugestionar? Eres una chica de ciudad, me decepcionas.

—Lo siento.

—¿Estás disculpándote por haberme decepcionado?

—Soy peor de lo que crees.

—¿Y tú qué sabes lo que yo creo? —Levantó la barbilla en un gracioso gesto de desafío—. Presuntuosa.

Me entraron ganas de reír.

—La otra noche en el cuartel fue terrible —dije para justificarme.

—Sí, fue terrible, y podría volver a pasar, es inevitable —confirmó—. Podemos escondernos en el lugar más recóndito: tarde o temprano la muerte nos hallará. —Y su cara se endureció; me pareció idéntica a la que me había mirado fijamente cuando nos sacaban sangre, el segundo día. Pero acto seguido cedió resignada, y sus ojos me consolaron—. Yo también tengo miedo, más miedo que tú.

Miré el minúsculo pinchazo en mi dedo, ya seco, y solté:

—Te quiero.

La sorpresa la dejó sin habla. Uno de los gemelos hizo un ruido de roedor, arrugó la nariz como si sintiera un picor súbito, se la frotó con las sábanas y se puso boca arriba, con los brazos extendidos y separados sobre la cabeza. Me pareció un Niño Jesús ya rendido a la crucifixión.

—Es una tontería —dije—. Tienes razón.

—¿El qué? ¿Que me quieres?

—No, esa pantomima de los alfileres.

—Ah. Menos mal. —Me cogió la mano y la apretó—. Volvamos con las demás.

Solo antes de entrar en la cocina, solo entonces me la soltó.


Esa noche tampoco me acerqué a la ventana, ni las siguientes. Pensé que lo había logrado, se acabó. Él no volvió y si lo hacía, no arañaba el cristal. Puede que no hubiera regresado nunca y que aquel chirrido saliera de mis huesos.

Lo echaba de menos. No como a Gregor, el destino truncado, el fin de todas las promesas; no era igual de grave. Era ansia. Abracé la almohada, el algodón era rasposo, inflamable. No era Albert Ziegler: era yo. La ofuscación en la que él había hecho mella. Mordí la funda de la almohada, su aspereza bajo los dientes me produjo escalofríos. Cualquiera habría podido estar en el lugar de Ziegler, eso pensaba yo. He hecho el amor con él porque llevaba mucho tiempo sin hacerlo. Arranqué un pedazo de tela, lo mastiqué, un hilo se quedó atrapado entre los dientes, lo chupé, me lo enrosqué en la lengua y me lo tragué, como hacía de niña: tampoco me morí esta vez. No echo de menos a Albert Ziegler, me decía. Es mi cuerpo. De nuevo abandonado, de nuevo autárquico.

No sé cuántos días habían pasado cuando el Larguirucho se asomó al comedor y me ordenó que me pusiera de pie.

—Has vuelto a robar.

¿Qué quería decir?

—No, no he robado nada.

Krümel había asumido la responsabilidad de las botellas de leche en mi bolso. Nunca me habían declarado culpable.

—Andando.

Busqué a Theodora, Gertrude, Sabine. Estaban tan sorprendidas como yo: las Fanáticas no me habían denunciado.

—¿Y qué se supone que he robado? —Me costaba respirar.

—Lo sabes muy bien —dijo el Larguirucho.

—Berlinesa. —Elfriede negó con la cabeza, como una madre que ha perdido la paciencia.

—¡Te lo juro! —grité poniéndome de pie. No había vuelto a meterme en líos, tenía que creerme.

—Ven conmigo. —El Larguirucho me tiró de un brazo. Leni se tapó la nariz, guiñó los ojos—. Vamos, andando delante de mí.

Me dirigí fuera del comedor, escoltada por el guardia.

En el pasillo, me di la vuelta y probé a preguntarle de qué hurto se me acusaba.

—¿Te lo he dicho Krümel? La tiene tomada conmigo.

—La tiene tomada contigo porque robas en la cocina, Sauer. Pero ahora te arrepentirás.

—¿Adónde vamos?

—Cállate y sigue andando.

Le puse una mano en el pecho.

—Te lo suplico, me conoces desde hace meses, sabes que nunca haría...

—¿Quién te ha dado permiso para tomarte esas confianzas? —Me zarandeó.

Caminé jadeando, hasta que llegamos al despacho de Ziegler.

El Larguirucho llamó a la puerta, le recibió, me hizo entrar, le dispensaron de asistir a mi masacre, pero se notaba que la curiosidad lo reconcomía; me pregunté si se quedaría escuchando detrás de la puerta.

Ziegler no, evidentemente. Vino a mi encuentro, me agarró por un brazo con tanta fuerza que me hizo daño, las articulaciones se soltaron, sentí que mis huesos se estrellaban contra el suelo. Luego me apretó contra su cuerpo y yo estaba entera, no me había hecho añicos.

—¿Te lo ha contado Krümel?

—Si esta noche no sales, rompo el cristal.

—¿Te ha contado él lo de la leche? ¿Ha sacado a colación lo del robo?

—¿Me estás escuchando?

—¿Y ahora cómo resolvemos esta historia que te has inventado? ¿Qué voy a decirles a mis compañeras?

—A menos que quieras confesar que has robado, a pesar de que se te ha perdonado una vez, a tus compañeras les dirás que ha habido un error. Y ahora, todo solucionado.

—No se lo creerán.

Me escrutó. Por un instante, tuve que cerrar los ojos. Sentí el olor de su uniforme, se quedaba en su piel incluso estando desnudo.

—Queríais matarnos —dije. No respondió—. Me habrías matado. Seguía escrutándome, serio, como siempre—. Di algo, ¡por Dios!

—Ya te lo he dicho: si no sales, rompo el cristal. —Un pinchazo me traspasó la frente y me llevé una mano a la sien—. ¿Qué te pasa, Rosa?

Era la primera vez que me llamaba por mi nombre.

—Estás amenazándome —dije, y el dolor desapareció de repente.

Un alivio dulcísimo recorrió mi cuerpo.

# 24

Unas horas más tarde estábamos tumbados el uno al lado del otro, como si miráramos el cielo desde un prado, aunque no había cielo. La urgencia con que Ziegler me había abrazado aquella misma tarde en su despacho se había disipado, le había bastado con saber que podía volver a disponer de mí para calmarse. Se había tendido en cuanto entramos en el granero, y no me había tocado. Llevaba el uniforme, callaba; puede que durmiera, no sabía cómo respiraba mientras dormía, o puede que pensara, pero no en mí. Estaba tumbada a su lado, en camisón; nuestros hombros se rozaban, y que el contacto lo dejara indiferente me humillaba. Ya era adicta a su deseo. Le había costado tan poco que sucediera —venir una noche a mi ventana, decidirlo—. Yo había respondido a su deseo como a una convocatoria. Y ahora su indiferencia me degradaba. ¿Para qué me quería si ni siquiera me dirigía la palabra?

Su hombro se separó del mío; como empujado por un golpe de viento, Ziegler se apartó, se sentó. Creí que iba a marcharse sin dar explicaciones, igual que había llegado. Al fin y al cabo, yo nunca le había hecho preguntas, ningún por qué.

—Fue la miel —dijo.

No lo entendí.

—Un lote de miel en malas condiciones. Eso os intoxicó.

Aquel pastel tan dulce que le había encantado a Elfriede...

—¿Os vendieron miel estropeada? —También me senté.

—No a propósito.

Le toqué un brazo.

—Cuéntamelo.

Ziegler se volvió, su voz rebotó en mi cara:

—Son cosas que pasan. Las abejas liban una planta nociva que encuentran cerca de la colmena y contaminan la miel, eso es todo.

—¿Qué planta? ¿Quién lo ha descubierto? ¿Y qué le habéis hecho al proveedor?

—No se muere uno por comer miel contaminada. O al menos, es infrecuente.

El calor repentino sobre la mejilla era su mano.

—Pero tú no lo sabías, no sabías que no era letal. Mientras yo vomitaba y sentía frío, y me desmayaba, tú no lo sabías. Me habrías dejado morir. —Apoyé mi palma sobre esa mano para apartarla. La apreté.

Ziegler me empujó hacia atrás, mi cabeza golpeó contra al suelo con un ruido blando, mantecoso. Me cubrió la cara con la mano abierta, la palma sellaba la boca, las yemas presionaban sobre la frente. Me aplastó la nariz, los párpados, como si quisiera hacerlos papilla.

—No has muerto.

Se tumbó encima de mí, liberándome la cara, metió los dedos bajo mi caja torácica, tomó la costilla duodécima como si quisiera arrancarla, volver a apoderarse por fin de ella en nombre de todo el género masculino.

—Creí que iba a morir —dije—. Y tú también lo creíste, y no hiciste nada.

Me levantó el camisón y mordió la costilla que no lograba extirpar. Pensé que iba a romperse entre sus dientes, o que se le romperían los dientes. Pero la costilla pareció rodar entre ellos, suave, masticable.

—No has muerto —dijo Ziegler sobre mi cuerpo. Me besó en la boca, dijo—: Estás viva. —Y la voz se le atragantó en la garganta, una especie de tos.

Lo acaricié como se acaricia a un niño, para tranquilizarlo, todo va bien, no ha pasado nada. Después empecé a desnudarlo.

## 25

Todas las noches salía para hacer el amor con él. Caminaba rápida hacia el granero, con la determinación de quien va al encuentro de algo inevitable. Era la marcha propia de un soldado. Las preguntas se agolpaban en mi cabeza, las silenciaba; al día siguiente volvían a atormentarme, pero cuando entraba en el granero eran como jirones atrapados en una red, no franqueaban la valla de mi voluntad.

En ese gesto de ir a su encuentro, que todos ignoraban, había una rebelión. En la soledad de mi secreto me sentía plenamente libre: a salvo de todo control sobre mi propia vida, me abandonaba a la arbitrariedad de los acontecimientos.

Éramos amantes. Es ingenuo intentar buscar el motivo por el que dos seres se convierten en amantes. Ziegler me había mirado, o mejor dicho, me había visto. En aquel lugar, en aquel momento, había bastado.

Quizá una noche Joseph abriría la puerta y nos descubriría, cobijados bajo un uniforme nazi, pegados el uno a la otra. ¿Por qué no había ocurrido todavía? Por las mañanas pensaba que sería justo, deseaba ser arrastrada sobre el patíbulo ante al desprecio colectivo. Ahora me explico la historia del robo, dirían mis compañeras. Pero qué malentendido ni qué ocho cuartos, ahora está todo claro. Una secretaria de Berlín, diría Herta, ya lo sabía yo, no teníamos que habernos fiado de ella.

En la oscuridad, me agarraba al cuerpo de mi amante para no caer. Y de repente sentía la vida acelerarse, persistir en mi organismo hasta consumirlo, se me caía el pelo, se me partían las uñas.

—¿Dónde has aprendido a cantar? Desde la noche de la fiesta quería preguntártelo.

Albert nunca me había hecho una pregunta personal. ¿Realmente le interesaba saber algo de mí?

—En Berlín, en el colegio. Teníamos un coro, nos reuníamos dos tardes por semana, y cuando llegaba el fin de curso hacíamos una exhibición para nuestros padres... Qué tortura para ellos.

—Pero si cantas muy bien.

Lo dijo en un tono familiar, como si lleváramos años charlando; en cambio era la primera vez, que yo recuerde.

—Tenía una profesora muy buena, sabía motivarnos. Como me gustaba cantar, me daba papeles de solista. Siempre me gustó mucho ir al colegio.

—Yo, nada. Imagínate, mi maestra de primaria nos llevaba al cementerio.

—¿Al cementerio?

—Para enseñarnos a leer. En las lápidas. Las inscripciones eran grandes y estaban escritas en mayúsculas, había letras y números, le parecía un buen método.

—¡Una mujer práctica!

¿Podía bromear con él?

—Por las mañanas nos ponía en fila de a dos y nos acompañaba al camposanto. Teníamos que estar callados, por respeto a los «pobres difuntos», y leer la lápida de cada uno de ellos. A veces la idea de que bajo tierra hubiera un muerto me impresionaba tanto que no lograba pronunciar una sola palabra.

—Excusas. —Reí.

Sí, se podía; él también reía.

—Por las noches los muertos me volvían a la cabeza —dijo—, y me imaginaba a mi padre o a mi madre bajo tierra y no podía dormir.

¿Qué estaba sucediendo? Éramos dos extraños hablando de sí mismos. ¿Puede la intimidad física generar benevolencia? Sentía un incomprensible instinto de protección por su cuerpo.

Necesitaba la precisión con que sus pulgares me apretaban los pezones, mientras me aplastaba contra la pared. Pero una vez desahogado, el ímpetu se deterioraba. Devenía ternura, la ternura incierta de los amantes. Pensaba en Ziegler de pequeño, eso estaba ocurriéndome.

—La maestra también nos hacía contar los latidos. Decía: el aburrimiento no existe. Si te aburres, puedes tomarte el pulso —Ziegler se cogió una muñeca—, y contar. Uno. Dos. Tres. Cada latido es un segundo, sesenta segundos son un minuto, podéis saber cuánto tiempo ha pasado incluso sin reloj.

—¿Y para ella ese era un buen método de matar el aburrimiento?

—Yo lo hacía por las noches, cuando no podía dormir porque pensaba en los muertos. Me parecía una falta de respeto ir allí a violar su espacio, tarde o temprano se vengarían.

—¿Y te llevarían con ellos al más allá? —dije imitando la voz de ogro malo. Le cogí una muñeca—. Vamos a contar tus latidos, como te enseñó la maestra. —Se dejó hacer—. Estás más bien vivo, teniente Ziegler.

Hay que ser muy curioso para imaginarse a las personas de niños. El Ziegler niño era la misma persona de ahora, pero, sobre todo, era otra. El punto inicial de un destino que me incluía. Estaba estrechando una alianza con ese niño, no me haría nada malo. Por eso podía jugar con Albert, por eso me reía con él —con la mano sobre la boca para no hacer ruido—, de la manera tonta en que se ríen los amantes, de nada.

—Los muertos se vengan —dijo.

Me habría gustado coger entre mis brazos a aquel niño que temía la muerte, dormirlo a base de caricias.

Permanecimos callados durante los siguientes sesenta latidos de su corazón, después intenté recuperar terreno.

—Yo he tenido muy buenos profesores. En el instituto estaba enamorada del de matemáticas, se llamaba Adam Wortmann. Me pregunto qué habrá sido de él.

—Ah, mi maestra murió. Y al poco murió su hermana, con quien vivía. Su hermana solía llevar unos sombreros muy raros.

—Al profesor Wortmann lo arrestaron. Fueron a buscarlo durante la clase. Era judío.

Albert no dijo nada, yo tampoco.

Después se desasió de mi mano y cogió la chaqueta colocada sobre la leña.

—¿Ya te vas?

—Debo irme. —Se levantó.

El tórax se le hundía en el centro, me encantaba pasar el índice sobre aquella depresión, pero no me dio tiempo. Se abotonó el uniforme, se calzó las botas, comprobó mecánicamente que la pistola estuviera en su funda.

—Adiós —dijo, y se caló la gorra sin esperar a que yo saliera.

## 26

Desde que empezó el verano, la baronesa me invitaba a menudo al castillo. Iba por las tardes, al salir del trabajo, antes de que el autobús volviera a recogerme. Pasábamos el rato en el jardín, a solas ella y yo, como dos adolescentes que necesitan de la amistad exclusiva para considerarla tal. A la sombra de robles, entre claveles, peonías y acianos, que Joseph había plantado en matas en vez de en hileras —porque la naturaleza no es ordenada, decía Maria—, hablábamos de música, teatro, cine y libros; me prestaba novelas para que las leyera, se las devolvía después de haberme formado una opinión personal, puesto que a ella le gustaba comentarlas durante horas. Me preguntaba por mi vida en Berlín, y yo me preguntaba qué interés podía suscitarle mi antigua cotidianidad pequeñoburguesa, pero ella parecía apasionarse por todo, todo despertaba su curiosidad.

El servicio ya me recibía como a una invitada habitual, me abría la verja, bienvenida Frau Sauer, me acompañaba a la glorieta e iba a avisarla de mi llegada si Maria todavía no estaba allí, esperándome mientras saboreaba un refresco, leía y se abanicaba. Decía que había demasiados muebles en su casa, que la agobiaban. Yo la encontraba excesiva, ostentosamente sobreactuada, pero su pasión por la naturaleza era sincera.

—De mayor quiero ser jardinera —bromeó una vez—, para cultivar todo lo que me gusta. —Y rio—. No me malinterprete —especificó—, Joseph es un jardinero magnífico, tengo suerte de contar con él. Pero le he pedido que probemos a plantar un olivo y me ha dicho que este clima no es el idóneo. Ay, yo no me rindo. Desde que estuve en Italia sueño con tener un olivar detrás de casa. ¿Usted también cree que los olivos son árboles magníficos, Rosa?

Yo no creía nada, me dejaba arrollar por su entusiasmo.

Una tarde, al abrirme la verja, una criada me informó de que la baronesa estaba en las cuadras con los niños —acababan de volver de un paseo a caballo—, y deseaba que me uniera a ellos.

Los vi desde el camino que llevaba a las cuadras, los tres estaban de pie, cada uno junto a un caballo. Maria acariciaba las crines del suyo, el chaleco le ceñía el torso delgado, la hacía más esbelta. Era una mujer de complexión menuda, pero aquellos pantalones resaltaban la curva de las caderas, aunque mirándola parecía imposible que hubiera tenido dos hijos.

—¡Rosa! —gritaron Michael y Jörg, y corrieron a mi encuentro. Me arrodillé para abrazarles.

—¡Qué guapos estáis con estas gorras!

—También tengo una fusta —dijo Michael enseñándomela.

—Yo también, pero no la uso —dijo su hermano mayor—, porque al caballo le basta con verla para portarse bien.

Jörg tenía nueve años; las reglas de la sumisión se aprenden pronto.

La sombra de Maria se alargó hasta extenderse sobre nosotros.

—Aquí está vuestra madre —dije, y me puse de pie—. Buenas tardes.

—Buenas tardes, querida, ¿cómo está? —La sonrisa se ensanchó como la huella de un dedo en su cara aterciopelada—. Discúlpenos, se nos ha hecho tarde. —Siempre era amable—. Creía que iba a ser peor, salir a caballo con este sol... Los niños insistían y les he complacido. Al final, tenían razón. Lo hemos pasado bien, ¿no? —Los niños asintieron saltando a su alrededor—. Pero ahora debo de estar impresentable —continuó pasándose la mano por la cabeza. Llevaba el pelo recogido, mechones cobrizos se escapaban de las horquillas—. ¿Quiere salir a dar un paseo a caballo, Rosa? —De repente la idea se le antojó irresistible, lo traslucían sus ojos.

—¡Sí, sí! —exclamaron los niños entusiasmados.

—Se lo agradezco —respondí—, pero no he montado a caballo en mi vida.

—¡Pruébelo, Rosa, es divertido!

Michael y Jörg se pusieron a brincar en torno a mí.

—No lo dudo, pero no sé.

En su mundo, probablemente era absurdo que alguien no supiera cabalgar.

—Se lo ruego, Rosa, a los niños les encantaría. Nuestro mozo la ayudará.

Eso era lo que pasaba con ella: era inadmisible decepcionarla.

Entré en las cuadras como empecé a cantar en la fiesta: solo porque la baronesa lo deseaba. El olor a estiércol, cascos y sudor me tranquilizó. Eso lo había descubierto en Gross-Partsch: el olor de los animales resulta tranquilizador.

Cuando me acerqué, el caballo resopló, alzando la cabeza. Maria le pasó un brazo por el cuello.

—Quieto —dijo.

El mozo me señaló el estribo.

—Meta el pie por aquí, Frau Sauer. No, el izquierdo. Y ahora dese impulso con suavidad. Apóyese en mí.

Probé, pero caí hacia atrás, él me sujetó. Michael y Jörg se echaron a reír.

—¿Os parece educado burlaros de nuestra amiga? —les riñó Maria.

Michel, arrepentido, dijo:

—¿Quieres montar mi poni? Es más bajo.

Inmediatamente Jörg quiso aportar su granito de arena:

—¡Te ayudaremos a subir! —Y acudió a empujarme por las pantorrillas—. ¡Ánimo!

Su hermano le imitó, ayudándolo a empujar.

Ahora era Maria la que reía, una risa infantil con dientes minúsculos. Yo ya estaba sudando, pero no me sustraje a su diversión. El caballo seguía resoplando.

El mozo me levantó tomándome por la cintura, aterricé en la silla. Me dijo que mantuviera la espalda recta y que no sujetara las riendas, que él guiaría al animal. Salimos de la cuadra, el caballo se puso al trote, yo apenas rebotaba, utilizaba las piernas para no perder el equilibrio.

Fue un paseo corto, alrededor de las cuadras; el mozo tiraba del caballo por la cabezada y el caballo tiraba de mí, que estaba sobre él.

—¿Le gusta, Rosa?

Me sentía ridícula. Un sentimiento desproporcionado que no podía evitar. Pedirme que montara había sido un gesto de hospitalidad, pero había puesto en evidencia la diferencia que había entre ellos y yo.

—Gracias —respondí—. Los niños tenían razón, es muy divertido.

—¡Espera! —gritó Michael al mozo.

El niño salió disparado hacia mí y me ofreció su fusta. ¿Qué se suponía que tenía que hacer con ella? El caballo no necesitaba que lo amenazaran, era dócil, como yo. Pero aun así la empuñé; después le pedí al mozo que me ayudara a bajar.

Saboreamos una limonada fresca en la glorieta. Los niños habían quedado al cuidado de la institutriz, se habían cambiado y acercado a saludar a su madre, que seguía vestida de equitación. El pelo algo alborotado no le restaba elegancia; Maria era consciente de ello.

—Ahora id a jugar —los exhortó.

Yo estaba taciturna y la baronesa no entendía por qué. Cogió mis manos entre las suyas, como había hecho con Joseph.

—Ha desaparecido —dijo—, no ha muerto. No te dejes abatir.

Daba por descontado que se trataba de Gregor, que estaba preocupada por él. Cada vez que ella u otra persona me recordaban lo que todos esperaban de mí, que me mostrara como una esposa preocupada, sentía miedo de mí misma.

No había borrado a Gregor de mi mente, no era eso. Él me pertenecía, como me pertenecían mis piernas o brazos. Sencillamente, cuando andas no tienes el pensamiento fijo en tus piernas en movimiento, mientras haces la colada no te concentras en tus brazos que lavan. Mi vida seguía adelante a pesar de que él no la conocía, como cuando mi madre me dejaba en el colegio y volvía a casa sin mí, como cuando perdí la pluma nueva que me había regalado. Quizá me la robaron, quizá alguien la guardó en su estuche sin querer, no podía hurgar en las carteras de mis compañeros. Una pluma nueva, de latón, que mi madre me había regalado y que yo había perdido sin que ella lo supiera; me hacía la cama y me doblaba los jerséis en un estado de completa inocencia. La pena por el agravio que le había inferido era tan intensa, que la única manera de soportarla era quererla menos. No decir nada, mantener el secreto. El único modo que tenía para sobrevivir al amor por mi madre era traicionarlo.

—Las cosas acaban arreglándose, ¿sabe? Hasta cuándo se ha perdido la esperanza —dijo Maria—. Piense en el pobre Stauffenberg. El año pasado creíamos que se quedaría ciego, cuando su vehículo acabó en un campo de minas en Túnez. Sin embargo, aunque haya perdido un ojo, está bien.

—No solo un ojo...

—Sí, también la mano derecha. Y dos dedos de la izquierda, el meñique y el anular. Pero no ha perdido su encanto. Siempre se lo digo a su mujer: Nina, te has casado con el más guapo.

Me sorprendió la libertad que se tomaba hablando así de un hombre que no era su marido. No era descaro. Maria no conocía la malicia, era solo entusiasmo.

—Con Claus puedo hablar de música y literatura, como con usted —dijo—. De joven quería ser músico o arquitecto, pero a los diecinueve años ingresó en el ejército. Qué lástima, tenía talento. Le he oído en muchas ocasiones oponerse a esta guerra, demasiado larga: según él, la perderemos. Pero eso no quita que siempre haya luchado con gran sentido del deber. Quizá también porque es bastante leal. Un día me citó a Stefan George, su poeta favorito: «Solo un mudo artífice que hace lo que puede. / Pensativo esperas la ayuda del Cielo». Son los versos finales de «El jinete de Bamberg». Pero Claus no espera ayuda de nadie. Lo hace todo por sí mismo, créame, no le teme a nada.

Me soltó las manos, apuró el vaso. Aquella avalancha de palabras debía de haberle dado sed. Llegó la criada con un pastel de nata y fruta, y Maria se golpeó el pecho.

—Soy tan golosa... ¡Ay de mí! Como pasteles a diario, pero en compensación no como carne: eso contará a mi favor, ¿no?

Era una costumbre insólita en aquella época, no conocía a nadie que renunciara a la carne voluntariamente, salvo el Führer. En realidad, tampoco conocía al Führer. Trabajaba para él, pero nunca le había visto.

Maria volvió a malinterpretar mi silencio.

—Rosa, hoy está muy abatida. —De nada sirvió que yo lo negara—. Tengo que hacer algo para que se anime.

Me invitó a seguirla a su habitación; yo nunca había estado allí. Por una enorme cristalera abierta, que ocupaba casi una pared entera, se difundía una luz cálida. En el centro había una mesa circular de madera oscura sobre la que se apilaban desordenadamente varios libros. Por todas partes, jarrones con flores. Un piano encajado en un rincón, las partituras habían volado sobre el banco y por la alfombra. Maria las recogió y se sentó.

—Venga aquí.

Me quedé de pie detrás de ella. Encima del piano, colgaba un retrato de Hitler.

La postura de medio lado, la mirada frontal. Los ojos desdeñosos, marcados por las ojeras; las mejillas flácidas. Llevaba un largo sobretodo gris, abierto lo justo para lucir las cruces de hierro ganadas en la Gran Guerra. Tenía un brazo doblado, el puño en la cadera: parecía una madre que riñe a su hijo, no un guerrero; una mujer que se ha parado un momento a descansar después de haber fregado el suelo con lejía. Había algo femenino en él, al punto de que el bigote parecía postizo, recién pegado para representar un número de cabaret: nunca me había fijado.

Maria se dio la vuelta y reparó en que miraba fijamente el cuadro.

—Este hombre salvará a Alemania. —Si mi padre la hubiera oído...—. Cada vez que me he encontrado con él, he tenido la impresión de hablar con un profeta. Tiene los ojos magnéticos, casi violetas, y cuando habla es como si desplazara el aire. Nunca he conocido a alguien tan carismático.

¿Qué tenía que ver yo con esa mujer? ¿Qué hacía en su habitación? ¿Por qué, de un tiempo a esta parte, me encontraba en sitios donde no quería estar, y accedía a ello sin rebelarme, y seguía sobreviviendo cada vez que perdía a alguien? La capacidad de adaptación es el mayor recurso de los seres humanos, pero cuanto más me adaptaba, menos humana me sentía.

—¡No me extraña que reciba diariamente una avalancha de cartas de sus admiradoras! Cuando cené con él estaba tan emocionada que no probé bocado. Por eso, al despedirnos, me besó la mano y me dijo —intentó imitar su voz—: Niña mía, le aconsejo que coma un poco más. ¿No ve que está demasiado delgada?

—Usted no está demasiado delgada —objeté, como si esa fuera la cuestión.

—Soy de tu opinión. No más que Eva Braun, por lo menos. Y soy más alta que ella.

Ziegler también la había nombrado, a la novia secreta del Führer. Se me antojó extraño pensar en él delante de la baronesa. Quién sabe si ella había notado algo, si al pensar en Ziegler mi expresión había cambiado.

—Hitler me hizo reír mucho, ¿sabe? En un determinado momento, yo saco un espejito del bolso, él se da cuenta y me dice que cuando era un muchacho tenía uno idéntico. Se hace el silencio. *Mein Führer*, ¿qué hacía usted con un espejito de mujer?, le pregunta Clemens. ¡Qué descarado! Y Hitler le dice: Lo usaba para reflejar la luz del sol y deslumbrar al profesor. Y todo el mundo se echó a reír. —Maria también lo hacía en ese momento, la baronesa creía que me contagiaría su risa—. Pero un día el profesor escribe una observación en el libro de escolaridad. Entonces, durante el recreo, él y otros compañeros le echan un vistazo para ver qué ha escrito. En cuanto suena el timbre, vuelven a los pupitres y todos en coro se ponen a cantar: «Hitler se hace el chulito jugando con el espejito». Lo que había escrito el profesor en el registro... ¡Parecía una cantilena en rima! El profesor, en el fondo, tenía razón: Hitler era algo chulo y, en cierto sentido, sigue siéndolo.

—¿Y por eso debería salvar a Alemania?

Maria frunció la frente.

—No me hable como si fuera idiota, Rosa. No se lo consiento a nadie.

—No era mi intención faltarle al respeto —dije, y era sincera.

—Le necesitamos, y usted lo sabe. Se trata de elegir entre Hitler y Stalin, cualquiera elegiría a Hitler. ¿Usted no?

Yo no sabía nada de Stalin ni de la Unión Soviética, excepto lo que me había contado Gregor: el paraíso bolchevique era un cúmulo de barracas habitadas por gente miserable. La rabia que sentía por Hitler era personal. Me había arrebatado a mi marido, y por él me arriesgaba a morir a diario. Que mi existencia estuviera en sus manos, eso odiaba de él. Hitler me daba de comer, y eso podía matarme. Pero, en el fondo, dar la vida siempre conlleva condenar a muerte, decía Gregor. Ante la creación, Dios contempla el exterminio.

—¿Usted no, Rosa? —repitió Maria.

Tuve la tentación de contarle lo que nos hicieron los de la SS en el cuartel de Krausendorf, cuando creyeron que nos habían envenenado; sin embargo, asentí mecánicamente. ¿Por qué debería haberla conmovido mi historia como catadora? Quizá estaba enterada. La baronesa cenaba con el Führer e invitaba a Ziegler a sus fiestas. ¿Eran amigos, ella y el teniente? De repente, tuve ganas de hablar y no de Hitler, quería verlo a través de sus ojos. Mi historia como catadora había perdido interés incluso para mí.

—Todo cambio tiene un precio, por desgracia. Pero la nueva Alemania será un lugar donde todos viviremos mejor. Usted también.

Levantó la tapa del teclado, archivando la causa alemana por el momento; tenía cosas mejores que hacer. Porque Maria se apasionaba por todo con la misma intensidad. Podíamos discutir acerca del Führer o del pastel de nata y fruta, podía recitar un poema de Stefan George o cantar un tema de los Comedian Harmonists, que su adorado Führer había obligado a disolverse: todo revestía la misma importancia para ella.

No la condenaba, yo ya no podía condenar a nadie. Es más, le había tomado cariño al modo en que movía la cabeza siguiendo el ritmo de la música, las cejas arqueadas, mientras me animaba a cantar.

## 27

Le pregunté a Albert si se había encontrado alguna vez con Adolf Hitler en persona. Sí, claro, vaya pregunta. Le rogué que me describiera lo que se sentía estando a su lado, y él también me habló de sus ojos magnéticos.

—Pero ¿por qué todo el mundo menciona sus ojos? ¿Tan espantoso es el resto?

Me dio una palmada en el muslo.

—¡Eres una insolente!

—Uf, cuántos miramientos. Bueno, ¿cómo es?

—No me apetece hablar del físico del Führer.

—¡Pues entonces deja que lo vea! Llévame a la Guarida del Lobo.

—Nada menos.

—Escóndeme en la camioneta, en el maletero.

—¿De verdad que nunca lo has visto? ¿Ni siquiera en un desfile?

—¿Me llevas?

—¿Y adónde crees que irías, a una fiesta? Hay alambradas de espino, por si no lo sabías. Y están electrificadas. Y minas: ni te imaginas la de liebres que han saltado por los aires.

—Qué horror.

—¿Ahora te queda claro?

—Pero yo entraría contigo.

—No, no te ha quedado claro. Para llegar hasta el último anillo, que es donde vive Hitler, hay que tener un salvoconducto, pero antes ha de invitarte él, y, de todas formas, te cachean. No todo el mundo es bienvenido en casa del Führer.

—Qué poco hospitalario.

—Basta ya. —Le molestaba que bromeara, era como si rebajara su papel—. No se ha construido su cuartel general en pleno bosque para que entre cualquiera.

—¡Me dijiste que allí viven dos mil personas, y que trabajan cuatro mil! Casi un pueblo entero, ¿quién notaría mi presencia?

—No entiendo por qué insistes. No hay nada que ver en ese lugar donde nunca brilla el sol.

—¿Por qué nunca brilla el sol?

Suspiró con impaciencia.

—Porque hay una red que se extiende entre los árboles, sobre las que hay hojas amontonadas. Y encima del techo de los búnkeres crecen árboles y matas. Quien mira desde arriba solo ve bosque. No pueden encontrarnos.

—Qué talento. —Me obstiné en seguir bromeando. ¿Por qué lo hacía? Quizá me turbaba la puesta en práctica de tanta energía para atrincherarse, para sepultarse.

—Estás poniéndome nervioso.

—Solo quiero saber dónde pasas el tiempo. ¿También hay mujeres allí dentro? —Fingió mirarme mal—. ¿Sí o no?

—Por desgracia, no las suficientes. —Sonrió.

Le di un pellizco en el brazo. Él me cogió un pecho y lo apretó. No me rendí.

—Tráeme al menos un cabello del Führer, lo enmarcaré.

—¿Qué? —Se puso a horcajadas sobre mí.

Era casi de día, la luz empezaba a filtrarse por las ranuras. Le acaricié el sutil relieve del tatuaje bajo el brazo izquierdo, AB Rh negativo, estaba escrito, y su número de filiación en el ejército. Las cosquillas le hicieron dar un respingo, seguí haciéndoselas, hasta que me sujetó las muñecas para defenderse.

—¿Para qué lo quieres?

—Lo colgaré sobre mi cama... Pero si no logras arrancarle un cabello al Führer para mí, me conformo con un pelo de Blondi.

Reí mientras Albert me mordía las clavículas, los húmeros.

—¿Y tú querrías tener una reliquia de alguien que hace esto? —Frunció las comisuras de la boca hacia arriba, varias veces.

La imitación del tic del Führer me provocó una risa a trompicones, que ahogaba en la concha que formaba con las manos. Albert se reía por reflejo, una risa baja, en bucle.

—¿Primero lo defiendes y después lo denigras?

—Es que lo hace, no es culpa mía.

—Yo creo que te lo estás inventando todo. ¡Te has creído las leyendas de sus detractores, les sigues el juego a sus enemigos!

Me torció las muñecas hasta hacerlas crujir.

—¡Repítelo! —me desafió.

Rayaba el alba, debíamos separarnos, pero no lograba dejar de mirarlo, ahora que podía verle la cara. Había algo, en las arrugas de la frente, en la curva de la barbilla, que me daba miedo. Lo miraba fijamente y no lograba sintetizar su rostro, solo la rigidez de la mandíbula prominente, el hueso frontal pronunciado a la altura de las cejas, vigas supervivientes de una estructura desplomada. La dureza es vulgar precisamente porque implica esa pérdida de cohesión. Pero, como algunas cosas vulgares, puede resultar excitante.

—Deberías haber sido actor. ¡Menudo soldado estás hecho!

—¡Ahora basta! ¡Te has pasado! —Me apretó el cuello con una mano sin dejar de sujetarme las muñecas con la otra. Apretó durante algunos segundos, no sé cuántos, el dolor se difundió hasta las sienes. Abrí mucho los ojos, y solo entonces aflojó el agarre.

Me acarició el esternón, después empezó a torturarme haciéndome cosquillas con los dedos, la nariz, el pelo. Yo reía, pero seguía teniendo miedo.


Albert me contó algunas cosas sobre el Führer. Por lo visto, era precisamente él quien disfrutaba haciendo imitaciones: a menudo, durante las comidas, Hitler evocaba episodios del pasado referentes a alguno de sus colaboradores. Debía de tener una memoria de elefante, pues no omitía detalle. El colaborador de turno se prestaba de buena gana a la burla general, se sentía honrado.

Hitler adoraba a Blondi, la hembra de pastor alemán a la que todas las mañanas sacaba a hacer sus necesidades y a estirar las patas, pero Eva Braun no la soportaba. Quizá estuviera celosa, dado que la perra podía entrar libremente en la habitación de su amante y ella, en cambio, nunca había sido invitada al cuartel general de Rastenburg. Al fin y al cabo, no era su novia oficial. Le decía que Blondi era grande como un ternero, pero Hitler detestaba los perros pequeños, impropios de un gran estadista, y llamaba «escobillas» a Negus y Stasi, los terrier escoceses de Eva.

—Canta mejor que tú, ¿sabes? —me dijo Albert.

—¿La Braun?

—No, Blondi. Te lo juro. Él le pide que cante y ella suelta gañidos, cada vez más altos. Cuanto más la incita y la adula, más fuerte lo hace, casi aúlla. Entonces él le dice: Así no, Blondi, tienes que cantar con una tonalidad más baja, como Zarah Leander. Y la perra obedece, te lo juro.

—Pero ¿tú lo has visto o te lo han contado?

—A veces he participado en el té nocturno. No siempre me invita. Además, prefiero no ir, suelen quedarse hasta muy tarde, no se acuestan antes de las cinco.

—Como si tú durmieras mucho más... —Me tocó la punta de la nariz—. ¿Y puedes volver de la Guarida del Lobo cuando quieres, a pesar del toque de queda y la prohibición de encender las luces?

—No vuelvo. Voy a dormir a Krausendorf, al cuartel, duermo en el sillón.

—Estás loco.

—¿Crees que mi colchón es más cómodo? Además, esa habitación es un agujero. Ahora encima hace calor y no puedo encender el ventilador del techo, su ruido me enloquece.

—Pobre teniente Ziegler, tiene el sueño ligero.

—¿Y tú cuándo recuperas el sueño que pierdes conmigo?

—Desde que me mudé aquí me he vuelto insomne.

—Todos somos insomnes, él también.

Me contó que una vez los colaboradores de Hitler utilizaron gasolina para exterminar los insectos que infestaban la zona y, sin querer, eliminaron también las ranas. Hitler no lograba dormirse sin su croar estridente, así que mandó una expedición de hombres a buscar ranas por todo el bosque.

Imaginé a los de la SS durante la noche, hundidos en el barro de las ciénagas donde mosquitos e insectos no habían sido eliminados y proliferaban a sus anchas, incrédulos de contar con tanta sangre joven para alimentarse, con tantos vástagos alemanes a los que explotar. A aquellos alemanes les aterrorizaba la idea de volver sin trofeo. Apuntaban con sus linternas y en vano perseguían a las ranas saltarinas. Las llamaban con dulzura, como llamarían a mi Zart, un leve chasquido de los labios, igual que si quisieran besarlas, liberando príncipes azules casaderos. Después, por fin atrapaban la rana con las manos, estaban exultantes, pero al cabo de un instante se les escapaba, y para pillarla otra vez se caían, embadurnándose la cara de barro.

En el fondo, había sido una noche afortunada. Hitler les había concedido la posibilidad de volver a ser niños, no volvería a pasar. Las ranas habían sido recolocadas, me imaginaba a los de la SS animándolas: croa, te lo suplico, croa, ranita bonita. El Führer había demostrado clemencia una vez más. Después, se había ido a la cama.

Albert también se durmió, el perfil hundido en mi regazo. Yo permanecí despierta, atenta al más mínimo murmullo. El granero era nuestra guarida, cada crimen tiene la suya.

## 28

Esta noche el Lobo está desvelado. Puede hablar sin cesar hasta el amanecer. Los hombres de la SS se duermen uno tras otro; la cabeza se balancea y cae sobre la palma de la mano, el codo apoyado en la mesa vacila, pero sigue aguantándola. Lo importante es que alguien, aunque sea un solo soldado, siga velando. Esta noche el Lobo no quiere dormir, no hay nada que hacer, no quiere abandonarse, el sueño es traidor, ¿cuántos han cerrado los ojos seguros de volver a abrirlos al día siguiente y el sueño, en cambio, se los ha tragado? Se parece demasiado a la muerte para fiarse de él. Duerme, decía mamá, y le guiñaba el ojo sano, el otro se lo habían puesto morado al atardecer; su marido la prefería con los pómulos amoratados, y más, si bebía. Chis, decía mamá, duérmete ahora, Lobito. Pero el Lobo ya sabía que siempre hay que estar alerta, que no se puede bajar la guardia, que los traidores están por doquier, que en todas partes hay un enemigo dispuesto a aniquilarte. Cógeme la mano, mamá, apriétamela, quédate conmigo, el de la SS asiente. Espera a que los polvos surtan efecto, a que el Führer se duerma, lo asiste hasta que cae rendido, vigila su respiración: la boca abierta, duerme como un niño de pecho. Ahora el soldado de la SS puede marcharse, dejarlo descansar.

El Führer se ha quedado solo y la muerte está al acecho, un fenómeno incontrolable, un adversario indomable. Tengo miedo. ¿De qué, Lobito? De la holandesa gorda que ha intentado besarme delante de todo el mundo en las Olimpiadas de Berlín. Pero, qué tonto eres. Tengo miedo de esos traidores de la Gestapo, del cáncer de estómago. Ven aquí, pequeñín, te haré un masaje en la barriguita y verás que se te pasa el dolor. Has comido demasiado chocolate. Del veneno, tengo miedo del veneno. Pero si estoy aquí yo: no debes tener miedo. Pruebo tu comida como la madre que derrama unas gotas de leche del biberón sobre la mano; como la madre que se mete en la boca la cucharita de papilla, está muy caliente, y sopla, la prueba antes de dártela. Aquí estoy, Lobito. Dedicada en cuerpo y alma a hacer que te sientas inmortal.

## 29

Habíamos extendido las toallas sobre la hierba, el lago estaba levemente encrespado, pero la temperatura era ideal para bañarse; Ursula y Mathias no querían salir del agua. Heike se había tumbado
de lado, dormía. Ulla se había sentado en una barquita encallada
en la arena; con las piernas cruzadas, de vez en cuando se subía los
tirantes del bañador. Leni, en cambio, se había zambullido en el
agua nada más llegar, y desde entonces seguía nadando como si
tuviera que batir un récord. Yo leía una novela que me había prestado Maria y entre página y página vigilaba a los hijos de Heike.

No lejos de nuestras toallas, algo me llamó la atención. Dos ramas, una plantada en el suelo y otra clavada en ella, formaban una
cruz. De uno de sus extremos colgaba un casco militar.

¿Cuándo había caído ese soldado? ¿En qué guerra? Y sobre todo,
¿había muerto allí? ¿O bien un padre, una esposa, una hermana habían decidido plantar allí, delante del lago, una cruz en su memoria
porque era un lugar agradable, relajante, porque era el lugar donde
el hijo, el marido o el hermano jugaba de pequeño con sus amigos
a tirarse al agua?

La voz de Ursula hizo que me volviera:

—¡Mamá!

Heike se despertó sobresaltada.

—¡Mamá, Mathias se ha metido muy adentro y se está ahogando! —gritó Ursula.

Me precipité a la orilla, Heike me siguió.

—No sé nadar —dijo—. Ve a buscarle, te lo ruego.

Me metí en el agua. Probé a llamar a Leni, que era un puntito muy lejano y no me oía. Ella era mejor nadadora que yo, yo no tenía técnica, me movía lentamente y me cansaba enseguida, ¿dónde se había metido Ulla?

Encadené una brazada tras otra.

—¡Tranquilo! —le gritaba Heike a su hijo, y Ursula la imitaba.

Nadé lo más deprisa que pude, veía la cabeza de Mathias hundirse y emerger. Se agitaba y tragaba agua. No quería asumir yo sola semejante responsabilidad. ¿Por qué no volvía atrás la negada de Leni? ¿Y Ulla? ¿Con quién estaba coqueteando para no darse cuenta de nada? Me faltaba el aliento, y la cabeza de Mathias seguía estando lejos. Descansé un momento, solo un momento, ahora voy, después Mathias se hundió y no volvió a salir. Me impulsé hacia delante con todas mis fuerzas, y mientras avanzaba vi a un hombre nadar velozmente, sumergirse, y al poco reaparecer con el niño sobre la espalda. En pocos minutos lo arrastró hasta la orilla.

Cuando dejé de jadear, yo también la alcancé.

Mathias, tumbado de espaldas en el batiente, ya había recuperado el color.

—¿Por qué te has metido tan adentro? —lo riñó Heike—. ¡Te he dicho que no te alejaras!

—Quería ir con Leni.

—¡Eres un inconsciente!

—Tranquilízate, no le ha pasado nada —dijo Ulla.

Junto a ellos, dos chicos de pie, con los brazos cruzados, observaban la escena. Uno de ellos debía de ser el que había salvado a Mathias.

—Gracias por haberme adelantado —dije—. Ya estaba muy cansada.

—De nada —me respondió el más alto. Después se dirigió al niño—: Si quieres, te enseñaré a nadar como es debido. Pero a condición de que no vuelvas a ir tan lejos hasta que hayas aprendido bien.

Mathias asintió y se levantó, de repente recuperado.

—Me llamo Heiner —dijo el chico tendiéndole la mano.

El niño también se presentó.

—Y yo Ernst —dijo el otro. Después le dio un puñetazo amistoso en el hombro a Heiner—. Estás en forma, sargento.

Eran dos jóvenes militares de la Heer. Heiner era un apasionado del cine, y en el frente había pasado la mayor parte del tiempo detrás de la cámara, aunque también había hecho de proyeccionista.

—El verdadero arte cinematográfico de hoy en día es el documental —nos dijo poco después, sentado en la toalla de Heike. Nos apiñamos, incluida Leni, de vuelta de su largo baño, durante el cual no se había enterado de nada—. Cuando acabe la guerra —dijo Heiner—, seré director de cine.

Ernst, en cambio, siempre había soñado con combatir en la Luftwaffe, diseñaba y construía aeroplanos desde niño, pero a causa de un defecto congénito de la vista había tenido que contentarse con el ejército de tierra.

Habían montado una sala de cine cerca de la Guarida del Lobo. Una tienda donde proyectaban la clase de películas permitidas: pocas, efectivamente. Entre ellas, sin embargo, había auténticas joyas, explicó Ernst, y mirando la piel lunar de Leni, que el bañador negro dejaba al descubierto, dijo:

—Estaría bien que un día vinierais a ver una película con nosotros.

Ulla mencionó una serie de títulos en los que trabajaba Zarah Leander:

—Y *La golondrina cautiva*, ¿lo tenéis? ¿Y *Magda*? ¡Es mi preferida!

Nos hicimos amigos, sobre todo por Leni, que había aceptado el interés de Ernst sin planteárselo, sin preguntarse si lo deseaba. Correspondió al deseo de él como si aceptara un encargo que no podía rechazar. Era la víctima ejemplar, Leni. Si no hubiera tenido tanto miedo, de entre todas nosotras habría sido la catadora perfecta.

Con Ziegler, yo no me había comportado de manera diferente a ella.

Por las mañanas, la mirada de Herta parecía espiarme y el silencio de Joseph encubrir su disgusto. En Krausendorf, los de la SS me cacheaban con celo excesivo, y yo pensaba que era mi propio cuerpo el que les daba permiso, porque era un cuerpo obsceno. Después, en el comedor, Elfriede me escrutaba como el día en que llegué con el vestido de rombos —cuánto hacía que no lo sacaba del armario—, hasta intuir lo que yo sabía ocultar. O, sencillamente, puede que yo estuviera convencida de que no iba a salir indemne de aquella historia.

A menudo, por las tardes, buscaba huellas de Albert en el granero. No tenía motivo para entrar y confiaba en que Herta no se diera cuenta, ocupada como estaba horneando panes a pesar del calor; Joseph se hallaba en el castillo cuidando el jardín donde Maria jugaba con Michael y Jörg cuando la institutriz no se ocupaba de ellos.

Abría la vieja puerta y el olor seco del granero me azuzaba el olfato. En el futuro, siempre asociaría ese olor a Ziegler, y cada vez que lo oliera sentiría que se me derretían las caderas. Caderas que se derriten, que se aflojan. No sé describirlo de otra manera, el amor.

Ningún rastro de Albert, de nosotros; los utensilios, los muebles en desuso, todo estaba en su sitio. Todo seguía idéntico, nuestros encuentros no dejaban ningún residuo en el mundo. Sucedían en un tiempo suspendido, una escandalosa bendición.

## 30

—Albert, ¿has oído? —Se había dormido, lo zarandeé.

Con la boca pastosa, tragó antes de musitar:

—No, ¿qué?

—Ruidos. Como si alguien empujara la puerta.

—Puede que sea el viento.

—¿Qué viento, si no corre ni gota de aire?

Es Joseph, pensé. Lo sabe, hace semanas que lo sabe, se ha cansado de disimular. Ha sido Herta, lo ha instigado, he osado ofenderla en su propia casa: en mi propia casa, Joseph, ¿te das cuenta?

Me puse el camisón, me levanté.

—¿Qué haces? —dijo Albert.

—¡Vístete! —Lo toqué con el pie desnudo. No soportaba que al abrir la puerta mis suegros se precipitaran en la indecencia.

Cuando Albert se puso de pie busqué instintivamente una manera de esconderlo, de escondernos. Pero ¿dónde? Alguien seguía arañando la puerta. ¿Por qué no la abrían de una vez?

Habían acudido llevados por la rabia, pero una vez frente al granero se habían quedado paralizados. No querían asistir a semejante espectáculo. Quizá sería mejor volver a la cama; yo era lo más parecido a un hijo que tenían, podían perdonarme, o incubar un rencor sordo, sin escándalos, sin rendición de cuentas —el rencor silente de todas las familias.

El ruido seguía oyéndose.

—¿Lo oyes ahora?

—Sí —contestó, y su voz me pareció rota por la ansiedad.

Como yo quería ponerle fin, me abalancé hacia la puerta, la abrí.

Al verme, Zart maulló. Había cazado un ratón, lo apretaba, casi decapitado, entre sus dientes puntiagudos. El asco me hizo retroceder. Herta y Joseph no estaban.

—¿Un regalo inesperado? —susurró Albert. Veía que estaba fuera de mí, procuraba tranquilizarme.

—El gato sabía que estaba aquí.

Al final, alguien se había dado cuenta; no, no podíamos salir indemnes de aquello. Zart conocía nuestro secreto. Había atrapado un ratón y nos lo había traído. Más que un regalo, parecía una advertencia.

Albert tiró de mí hacia dentro, cerró, me abrazó con dulzura, luego con fuerza. Se había asustado. No por él —¿qué podía temer?—, sino por mí. No quería que sufriera a causa de nuestra relación, no quería que sufriera, y basta. Le estreché, deseaba cuidar de él, demostrarle que me preocupaba por él. En ese instante pensé que nuestro amor tenía su dignidad, no valía menos que los demás, que cualquier otro sentimiento que tuviera cabida sobre esta Tierra, que no era equivocado, reprobable, si abrazarle era como volver a respirar. Despacio, igual que Pauline en Berlín, en la cama conmigo.

# 31

Escuchándolo con los ojos cerrados, el sonido del comedor habría podido resultar agradable. El tintineo de los tenedores en los platos, el rumor del agua al verterse, el repicar del cristal sobre la madera, el rumiar de las bocas, el taconeo de los pasos, el solaparse de voces, trinos de pájaros y perros que ladran, el rugido distante de un tractor que nos llega por las ventanas abiertas. No habría sido más que el sonido de un grupo de personas que comen juntas; inspira ternura la necesidad humana de comer para no morir.

Pero si abría los ojos veía a los guardias uniformados, sus armas cargadas, los límites de nuestra jaula, y el rumor de la vajilla volvía a retumbar descarnado, el sonido comprimido de algo que está a punto de explotar. Pensaba en la noche anterior, en el terror a que me hubieran descubierto, en el ratón decapitado. No podía seguir mintiendo, era como si diera a conocer la mentira cada vez que estaba con alguien, y me sorprendía que el otro no la viera, pero eso no me aliviaba: tarde o temprano la vería; yo vivía en estado de alerta.

Aquella mañana, mientras salía a esperar el autobús, el gato se restregó contra mis tobillos y me aparté con brusquedad. Conozco tu secreto, me amenazaba, no estás a salvo. ¿Por qué lo tratas así?, me preguntó Herta, y me sentí morir.

Las demás se marcharon fuera, yo me quedé sentada. El ruido del comedor cesó; el de Zart arañando la puerta con sus garras, en cambio, seguía torturándome,

—Berlinesa —dijo Elfriede, que se sentó junto a mí, el codo apoyado en la mesa, la barbilla apoyada en la palma de la mano—, ¿no has hecho la digestión?

Procuré sonreír.

—Es que el veneno me provoca un poco de ardor de estómago, ¿sabes?

—En ese caso, la leche te ayudará. Pero ahora no vayas a robarla, por favor.

Reímos. Elfriede giró la silla de lado para poder ver el patio.

Heike estaba en el columpio y Beate la empujaba, dos colegialas en la hora del recreo. Quizá de niñas jugaban a lo mismo.

—Son muy amigas —dije al ver que Elfriede también las miraba.

—Sin embargo —repuso—, Beate no estaba cuando Heike tuvo aquel problema.

Era la primera vez que mencionaba el aborto, aunque evitó nombrarlo.

—Pero fue Heike la que no quiso implicarla —objeté—. A saber por qué.

—Porque no quería contarle lo del chico de diecisiete años. —Así que Elfriede también lo sabía. Heike debía de habérselo confiado durante el camino, en el bosque—. Siguen juntos —añadió—. La gente justifica cualquier comportamiento con el amor.

Aquella frase fue como una puñalada. Volví a ver la puerta del granero, a Albert poniéndose nervioso, el ratón muerto entre los dientes de Zart. Tuve que armarme de valor para decir:

—¿Y tú crees que es un error?

—La cuestión, Berlinesa, es que cualquiera puede justificar cualquier cosa. Siempre se encuentra una excusa. —Se volvió hacia mí—. Si de verdad creyera que hizo lo correcto, Heike hablaría de ello directamente con su mejor amiga. ¿Sabes por qué con nosotras no se avergüenza? Porque le importamos menos que ella. —Levantó los ojos hacia la izquierda, como si siguiera reflexionando—. O bien, Heike intuye que Beate no está lista para saber la verdad. Que no quiere saberla. A veces, saber es una carga. Y ella prefiere que ella no tenga que asumirla. En todo caso, ha tenido la suerte de poderlo compartir con nosotras.

Me había desenmascarado, era de mí de quien hablaba, estaba pidiéndome que confesara. No era necesario que llevara la carga yo sola, podía compartirla con ella. Ella no era Beate, ella lo comprendería.

¿O me diría que estaba comportándome peor que Heike?

Ya no me importaba; al menos con Elfriede quería ser sincera, hacerme la ilusión de ser mejor que la persona en que me había convertido. Ella me diría que el ratón muerto no era un mal presagio, y yo la creería.

Se levantó, se acercó a un guardia y le dijo que necesitaba que la acompañaran al baño. Era una señal, quería que la siguiera, como en otras ocasiones. ¿O había intentado sugerirme lo contrario? Nunca me lo confieses, no me conviertas en tu cómplice.

La falda le ceñía las piernas hasta mitad de la pantorrilla, los músculos se tendían y se relajaban en el alternarse de punta y tacón. Su andar recto, altanero, me dejaba embelesada. Elfriede me había causado ese efecto desde el primer momento: si mi mirada la interceptaba, quedaba prendida a su persona. Quizá por eso acabé corriendo tras la estela que trazaban sus pasos, alcanzando al guardia y diciéndole:

—Yo también necesito ir al baño.

Una vez en el baño, Elfriede hizo ademán de encerrarse tras una de las puertas, pero la intercepté.

—¿No se te escapa? —preguntó.

—No, puedo esperar, tengo que hablar contigo.

—Pero yo no puedo esperar...

—Elfriede...

—Escucha, Berlinesa, disponemos de poco tiempo, ¿sabes guardar un secreto? —Los órganos me rebotaron unos contra otros. Elfriede se metió una mano en el bolsillo con mucha delicadeza, y sacó un cigarrillo y una caja de cerillas—. Vengo aquí a fumar a escondidas. Secreto desvelado.

Se acuclilló en el rincón de uno de los retretes, encendió el cigarrillo, aspiró. Sonriendo, me echó el humo a la cara. Yo estaba apoyada en el marco de la puerta, y aquella desenvoltura que Elfriede mostraba a veces, en vez de disuadirme, aumentó mis ganas de contárselo todo. Ella lo entendería, me tranquilizaría.

De fuera llegó una voz femenina, Elfriede tiró de mí y cerró la puerta rápidamente. Dio una última bocanada, apagó el cigarrillo contra las baldosas y llevándose un dedo a los labios dijo «Chis» mientras una mujer entraba y se cerraba en uno de los retretes libres.

Estábamos muy cerca, como la primera vez, pero ahora Elfriede no pretendía intimidarme; me miraba con unos ojos astutos que nunca le había visto, con el cigarrillo entre los dedos y la mano izquierda agitándose en el aire para disipar el olor a tabaco. El clima de transgresión la divirtió; su nariz gruñía y ella se la tapaba, hundiendo el cuello entre los hombros. Estábamos muy cerca, la una frente a la otra, y a mí también se me escapaba la risa, como reflejo. Por un instante olvidé dónde la había conocido, lo que me había conducido a ella; por un instante la sensación de plenitud que me daba habitar el mismo espacio que ella desató en mí una euforia adolescente. Éramos dos chicas, Elfriede y yo, escondidas en aquel retrete, compartiendo un secreto inocuo, uno que no valía la pena añadir al inventario.

En cuanto la mujer salió del baño, Elfriede acercó su cara a la mía, su frente rozó mi frente.

—Vuelvo a encenderlo —me dijo—. ¿O crees que es peligroso?

—Seguramente el guardia estará preguntándose qué nos ha pasado —respondí— y dentro de poco vendrá a llamarnos...

—Exacto.

Sus astutos ojos brillaban.

Sacó la caja de cerillas.

—Pero si quieres fumar, me quedo contigo hasta que te lo acabes.

—¡No me digas!

—Dos bocanadas, al menos.

La cerilla crepitó, la llama quemó el papel.

—Pues una la das tú —dijo poniéndome el cigarrillo en la boca.

Aspiré el humo algo cohibida, más que aspirarlo me lo tragué, me provocó una ligera náusea.

—Ni un golpe de tos, muy bien.

Elfriede sonrió cogiendo el cigarrillo.

Aspiró el humo profundamente, entornando un poco los ojos. Estaba tranquila, eso parecía.

—Y si por casualidad nos descubren, Berlinesa, ¿qué harás?

—Permaneceré a tu lado —respondí poniéndome teatralmente la mano sobre el pecho.

—Total, si nos descubren, me castigarán a mí. ¿Qué tienes tú que ver?

En ese momento, el guardia llamó a la puerta.

—¿Salís?

Elfriede arrojó la colilla al váter, tiró de la cadena, abrió la puerta del retrete en que nos habíamos escondido, después la del baño, y se puso en marcha.

Volvimos a la sala en silencio, Elfriede concentrada de repente en algo que yo no podía adivinar; los ojos habían dejado de brillarle, ya no reía, la intimidad de antes se había evaporado. Yo sentía algo parecido a la vergüenza.

No éramos adolescentes que se esconden para fumar, y yo no entendía a aquella mujer.

En el comedor, se acordó:

—Ah, Berlinesa. ¿De qué querías hablarme?

Si yo no la entendía a ella, ¿por qué iba ella a entenderme a mí?

—De nada importante.

—No, por favor. No era mi intención interrumpirte, lo siento.

Era demasiado peligroso contar lo de Ziegler, a cualquiera, había sido absurdo pensar que podía hacerlo.

—No tiene importancia, de verdad.

—Como quieras.

Pareció decepcionada. Se dirigió al patio y, casi para retenerla, para que se quedara otro rato conmigo, dije:

—De pequeña, mientras mi hermano dormía, me incliné sobre su cuna y le mordí la mano con fuerza. —Elfriede no respondió, esperó a que acabara—. A veces pienso que ya no me escribe por eso.

## 32

Sabía que Albert tenía mujer e hijos, pero cuando me dijo que la segunda semana de julio se iría a su casa, en Baviera, fue como si me enterara en ese momento. Durante los meses que llevábamos liados nunca se había marchado de permiso; su familia era un concepto abstracto. No era más real que un marido desaparecido, o muerto, o sencillamente, decidido a no volver conmigo.

Me acurruqué de lado, aislándome en la oscuridad. Albert me tocó, mi espalda intentó rechazarlo, él no se rindió. ¿Qué me pensaba yo? ¿Que renunciaría a irse para no dejarme sola imaginándomelo mientras arropaba a los niños y después se metía en la cama con ella?

Al principio me resultaba fácil pensar en separarme de él; es más, lo necesitaba. Lo imaginaba con otras mujeres. Veía a Ulla oscilando sobre él, Albert la sujetaba tan fuerte por las caderas que le dejaba las marcas de sus uñas en la piel, y estiraba el cuello para chuparle los pechos puntiagudos. Veía a Leni desencajada por los dedos de Albert entre sus piernas, una masacre de venillas sobre su cara mientras él la desfloraba. Fantaseaba con que había sido Albert quien había dejado embarazada a Heike. Y no sufría, sino que me sentía aliviada. Una especie de exuberancia: podía perder a ese hombre.

La noche en que me contó lo del permiso, en cambio, fue como si me diera con la puerta en las narices. Albert cerraba de un portazo y se encerraba en la habitación con su mujer, con su vida al margen de la mía, y no le importaba que me quedara fuera esperándolo.

—¿Qué debería hacer? —preguntó, la mano aún sobre mi espalda.

—Lo que quieras —respondí sin volverme—. Yo me iré a Berlín cuando acabe la guerra. Así que, si quieres, puedes olvidarte de mí desde ahora mismo.

—Pero no puedo.

Me entraron ganas de reír. Ya no eran las risas despreocupadas de los amantes. El declive había empezado y yo me reía con saña.

—¿Por qué te comportas así?

—Porque eres ridículo. Estamos relegados aquí, impacientes por irnos. Y tú, además, eres un miembro de la SS que se acuesta con una que no tiene elección.

Apartó la mano de mi espalda. La pérdida de contacto hizo que me sintiera en peligro. Él no replicó, tampoco se vistió ni se durmió, se quedó quieto, agotado. Esperé que me volviera a tocar, que me abrazara. No quería dormir ni ver amanecer.

Volví a pensar que nosotros no teníamos derecho a hablar de amor. Habitábamos una época amputada, que abatía todas las certidumbres y deshacía a las familias, alteraba cualquier instinto de supervivencia.

Después de lo que acababa de decirle, podía llegar a la conclusión de que lo llevaba al granero por miedo, y no por la intimidad que había entre nosotros, que parecía venir de lejos.

Entre nuestros cuerpos se daba una especie de fraternidad, como si hubiéramos jugado juntos de pequeños. Como si a los ocho años nos hubiéramos mordido la muñeca el uno al otro para dejar las marcas de un «reloj», la señal de nuestros arcos dentales brillantes de saliva. Como si hubiéramos dormido en la misma cuna, al punto de que el aliento cálido del otro era el olor mismo del mundo.

Y sin embargo, esa intimidad no era una costumbre, sino un constante vuelco. Pasaba un dedo por la ensenada del centro de su pecho y mi historia personal quedaba arrasada, el tiempo se retorcía, una duración sin progreso. Le apoyaba la mano en el vientre y Albert abría mucho los ojos, arqueaba la espina dorsal.

Nunca pensé que podía fiarme de lo que decía, porque decía poco, o lo decía a medias. De sus palabras se filtraba un sentimiento de exclusión. No estaba en primera línea, por un soplo en el corazón había quedado exento, pero el rigor y la fidelidad con que había servido a Alemania le habían permitido escalar muchos escalafones en la Waffen-SS. Después, un buen día, pidió que le asignaran otra clase de funciones. ¿A qué te refieres con lo de otra clase?, le pregunté una vez. No me respondió.

Aquella noche, en cambio, después de haberlo rechazado, mientras le daba la espalda, en el silencio dijo:

—Se suicidaban. Estábamos en Crimea.

Me volví hacia él.

—¿Quién se suicidaba?

—Los oficiales de la SS, los oficiales de la Wehrmacht, todos. Los había deprimidos, alcoholizados, impotentes. —Una mueca hizo que su cara me resultara extraña—. Y los que se suicidaban.

—¿Qué hacíais allí?

—Algunas mujeres eran guapísimas, estaban allí de pie, desnudas. Tenían que desnudarse: se lavaba la ropa y se guardaba en maletas, sería reutilizada. Les sacaban fotografías.

—¿Quiénes? ¿De qué mujeres hablas?

Estaba inmóvil, miraba las vigas del techo, como si no hablara conmigo.

—La gente venía a curiosear, hasta acudía con niños, y sacaba fotos. Algunas eran guapísimas, dejar de mirarlas era imposible. Uno de mis hombres no pudo aguantarlo, una mañana se desplomó, sobre su fusil. Se desmayó. Otro me confesó que no podía dormir... Hay que cumplir con el deber con alegría —dijo levantando la voz. Le tapé la boca—. Es lo que se espera de nosotros —prosiguió con mi mano sobre la boca; no me la apartó, fui yo quien la retiró—. ¿Qué más podía decirle? Lo sabía, sabía que se las habían follado. Se las follaban a todas, aunque estuviera prohibido, pero, total, ellas ya no podrían contarlo. Doble ración de rancho: liberarse de cincuenta personas al día es un trabajo duro, incluso para nosotros. —La cara de Albert se contrajo. Cincuenta personas al día. Tuve miedo—. Después, una mañana, uno se volvió loco. En vez de apuntar contra ellas, giró el fusil hacia nosotros y abrió fuego. Nosotros respondimos.

En ese momento, habría podido enterarme de las fosas comunes, de los judíos que yacían boca abajo, pegados unos a otros, esperando un tiro en la nuca, de la tierra con ceniza e hipoclorito de calcio arrojada sobre sus cuerpos para disimular el hedor, de la nueva capa de judíos que se tumbaban sobre los cadáveres y que a su vez ofrecían la nuca. Habría podido enterarme de los niños a los que alzaban por el pelo y fusilaban, de las filas de judíos o de rusos —«son asiáticos, no son como nosotros»— de un kilómetro de longitud, preparados para caer en las fosas o para subirse a los camiones que los conducían a morir gaseados con monóxido de carbono. Habría podido enterarme antes de que acabara la guerra. Habría podido preguntar. Pero tuve miedo, las palabras no me salieron de la boca, y no quise saber.

¿Qué sabíamos entonces?

En marzo de 1933, la inauguración del campo de concentración de Dachau, con sus cinco mil plazas, se anunció en los periódicos. Campos de trabajo, decía la gente. A nadie le gustaba hablar de eso. Un tipo que ha vuelto de allí, refunfuñaba la portera, dice que los presos tenían que cantar el «Horst Wessel Lied» mientras los azotaban. Ah, por eso los llaman «campos de concierto», bromeaba el barrendero, y seguía a lo suyo. Podría haber puesto la excusa de la propaganda enemiga —todo el mundo lo hacía, para cortar por lo sano—, pero no había sido lo bastante oportuno. Además, todos los que volvían de allí solo decían: por favor, no me hagas preguntas, no puedo contarlo, y entonces la gente sí se preocupaba. El tendero aseguraba: un sitio para criminales, sobre todo si había clientes delante. Un sitio para disidentes, para comunistas, para quien no sabe tener la boca cerrada. «Dios mío, hazme callar, que a Dachau no me quiero trasladar»: se había convertido en una oración. Los obligan a ponerse las botas nuevas destinadas a la Wehrmacht, decía la gente, y las llevan un tiempo para ablandarlas, así a los soldados no les salen ampollas en los pies. Una cosa menos. Un instituto de reeducación, explicaba el herrero, allí te hacen el lavado de cerebro: cuando sales, seguramente se te han pasado las ganas de criticar. ¿Cómo decía la canción? «Diez pequeños criticones»: la sabían hasta los niños. Si no te portas bien, te mando a Dachau, amenazaban los padres. Dachau en vez del hombre del saco; Dachau, el lugar del hombre del saco.

Yo vivía aterrorizada por si se llevaban a mi padre, él no sabía tener la boca cerrada. La Gestapo te vigila, le advirtió un compañero de trabajo, y mi madre puso el grito en el cielo, difamación del Estado nacionalsocialista, ¿te suena? Mi padre no le respondía, daba un portazo. ¿Qué sabía él, el ferroviario? ¿Había visto los trenes abarrotados de gente? Hombres, mujeres y niños amontonados en los vagones para el ganado. ¿Él también creía que el único plan era reubicar a los judíos en el Este, como se rumoreaba? Y Ziegler, ¿estaba al corriente de todo? De los campos de exterminio. De la solución final.

Busqué el camisón a tientas, porque estaba desnuda y me sentía amenazada; temía que se diera cuenta y se enfadara. Se volvió hacia mí.

—Decían que no había ningún impedimento, que podían destinarnos a otras misiones. Y yo fui uno de los que se marcharon. Había una gran reserva de gente disponible, por eso obtuve el traslado. Total, no cambiaba nada. Podía permitirme no dirigir a mis hombres personalmente porque otros lo harían en mi lugar.

Me deslicé a hurtadillas, lentamente, como si no tuviera permiso para moverme.

—Está amaneciendo —dije poniéndome de pie.

Asintió con el mentón, como solía hacer.

—De acuerdo —dijo—. Vete a la cama.

—Buen viaje.

—Nos vemos dentro de veinte días.

No respondí. Me había pedido ayuda, pero yo no lo entendí; es más, se la negué.

Podía hacer el amor con Ziegler sin saber quién era: en el granero solo existían nuestros cuerpos, nuestras bromas, y aquel niño con quien había estrechado una alianza, nada más. Nadie más. Podía hacer el amor con Ziegler a pesar de haber perdido a un marido en el frente, un marido que a su vez había matado a soldados y civiles, que quizá también se había vuelto insomne o impotente, o que se había follado a las rusas —«son asiáticas, no son como nosotros»—, porque había aprendido a hacer la guerra, y sabía que la guerra era eso.

Años después imaginé a Ziegler sentado en el catre, en Crimea, los codos sobre las rodillas, la frente que descansa sobre los dedos entrelazados. No sabe qué hacer. Quiere irse, pedir un traslado. Teme que eso pueda comprometer su carrera. Si deja los Einsatzgruppen, seguramente perderá la posibilidad de ascender. No es un dilema moral. Los rusos, los judíos, los gitanos siempre le han dado completamente igual. No los odia, pero tampoco siente amor por el género humano, y seguro que no cree en el valor de la vida.

¿Cómo otorgar valor a algo que puede acabar de un momento a otro, a algo tan frágil? Se le da valor a lo que tiene fuerza, y la vida no la tiene; a lo indestructible, y la vida no lo es. Tanto es así que alguien puede pedirte que la sacrifiques, tu vida, por algo que tiene más fuerza. La patria, por ejemplo. Gregor lo había hecho, al alistarse.

No se trata de fe: Ziegler ha visto con sus ojos el milagro de Alemania. A menudo ha oído decir a sus hombres: Si Hitler muriera, yo también querría morir. En el fondo, la vida cuenta muy poco, ofrecérsela a alguien le da sentido. Incluso después de Stalingrado, los hombres han seguido fiándose del Führer, y las mujeres enviándole cojines con esvásticas y águilas bordadas por su cumpleaños. Hitler ha dicho que su vida no acabará con la muerte: que empezará justo entonces. Ziegler sabe que tiene razón.

Se siente orgulloso de pertenecer al bando que tiene razón. A nadie le gustan los perdedores. Y nadie siente amor por el género humano en su conjunto. No se puede llorar la existencia truncada de miles de millones de individuos, empezando hace seis millones de años. ¿Acaso no era ese el pacto original: que toda existencia sobre la Tierra tenía que interrumpirse tarde o temprano? Oír con los propios oídos el relincho desesperado de un caballo resulta más desgarrador que pensar en un hombre desconocido muerto, porque de muertos está hecha la Historia.

No existe una piedad universal, solo la compasión por el destino de cada ser humano. El anciano rabino que reza con las manos sobre el pecho, porque sabe que va a morir. La hermosísima mujer judía, a punto de ser desfigurada. La rusa que te ciñe la cintura con sus piernas y que ha hecho que por un instante te sientas protegido.

O Adam Wortmann, el profesor de matemáticas al que arrestaron delante de mis ojos. La víctima que entonces encarnaba para mí a todas las demás, a todas las víctimas del Reich, del planeta, del pecado de Dios.

Ziegler tiene miedo de no ser capaz de acostumbrarse al horror, de pasar las noches sentado en el catre sin pegar ojo. Tiene miedo de acostumbrarse al horror y de dejar de sentir piedad por todos, hasta por sus hijos. Tiene miedo de enloquecer; debe pedir el traslado.

Su *Hauptsturmführer* se sentirá decepcionado: precisamente Ziegler, que nunca se había echado atrás, que había seguido adelante a pesar de los problemas de salud. ¿Quién se lo explica ahora a Himmler? Le habías causado una muy buena impresión, no admitirá haberse equivocado.

La sangre le silba, a Ziegler, en vez de fluir en silencio, sin molestar a nadie: le parece oírla circular, cuando tumbado en el catre no logra dormirse. Y entonces pide que lo trasladen y lo planta todo, pero su corazón no deja de silbar. Está defectuoso, no puede arreglarse, no existe remedio para lo que nace imperfecto. La vida, por ejemplo, no tiene remedio, la muerte es su meta, ¿por qué los hombres no deberían sacar provecho de eso?

Cuando llega a Krausendorf, el *Obersturmführer* Albert Ziegler sabe que siempre será teniente, no hay más grados que escalar. Le mueve la sed de revancha del fracasado, por eso impone el mismo rigor que lo llevó tan lejos; sin embargo, siente que está desmoronándose. Después, una noche, llega hasta mi ventana y empieza a mirarme.

Durante años creí que sus secretos —los que él no podía confesar, los que yo no quería oír— me habían impedido quererlo de verdad. Qué estupidez. No es que supiera mucho más de mi marido. Solo vivimos un año bajo el mismo techo, después se fue a la guerra; no, no lo conocía. Por otra parte, el amor nace precisamente entre desconocidos, entre extraños impacientes por forzar los límites. Nace entre personas que se dan miedo. No fue a los secretos, sino a la caída del Tercer Reich a lo que el amor no sobrevivió.

## 33

En verano, el olor de la ciénaga se volvía tan intenso que parecía
que cuanto me rodeaba se hallara en estado de descomposición:
me preguntaba si yo también acabaría pudriéndome al cabo de
poco. No me había echado a perder Gross-Partsch, estaba podrida
desde el principio.

Julio de 1944 nos vertió encima días de bochorno —la humedad nos pegaba la ropa a la piel— y pelotones de típulas: nos acosa-
ban, se ensañaban con nosotros.

No tenía noticias de Albert desde su marcha. Todos desaparecían
y nadie me escribía.

Un jueves, al salir del trabajo, Ulla, Leni y yo fuimos a ver una
película con Heiner y Ernst. El calor era insoportable: en la tienda,
sin ni siquiera una ventana por donde entrara el aire, nos ahogaría-
mos. Pero Ulla insistía, la idea de ir al cine después de comer la
electrizaba, y Leni, que quería estar con Ernst, repetía vamos, por
favor, vamos.

La película era de hacía casi diez años y había tenido un éxito
increíble. Estaba dirigida por una mujer, una que siempre había
hecho lo que le venía en gana, al menos eso decía Ulla, que entendía
de gente del espectáculo. Quizá lo hubiera leído en las revistas que

había empezado a hojear hasta en el cuartel, o quizá fuera cosa suya, pero estaba convencida de que había algo entre el Führer y la directora. Por otra parte, era bastante mona.

—Se llama como tú —le dijo Ernst a Leni, abriendo la tienda para dejarla pasar—. Leni Riefenstahl.

Leni sonrió y echó un vistazo a la sala en busca de sitio. No había visto la película, a diferencia de mí.

Casi todos los bancos estaban ocupados; los soldados apoyaban las botas sucias de barro en los bancos de delante. Al vernos entrar, algunos se sentaron bien y sacudieron la madera con el dorso de la mano para limpiarla; otros se quedaron arrepanchigados, el hombro contra la pared, la espalda torcida, de brazos cruzados, no tenían ninguna intención de poner fin a la modorra que les hacía bostezar sin parar. También estaban Sabine y Gertrude, las reconocí por las trenzas enrolladas a los lados de la cabeza: se volvieron, y aunque nos vieron, no se dignaron saludarnos.

Nos sentamos en los sitios que nuestros acompañantes encontraron para nosotras. Ernst y Leni en la fila de la derecha; Heiner, Ulla y yo, a su izquierda.

Entusiasta de toda clase de innovación tecnológica, Heiner decía que *El triunfo de la voluntad* era una película de vanguardia. Le encantaban los planos tomados desde el aire, el avión que hendía las nubes, penetrando en su masa blanca y tiznada sin miedo a quedarse encallado.

Yo leía los intertítulos que aparecían en las imágenes —«Veinte años después del estallido de la Guerra Mundial», «Dieciséis años después del principio del sufrimiento alemán», «Diecinueve meses después del renacimiento de Alemania»— y tenía la impresión de que se me echaban encima, las nubes, de que me cegaban. Desde allí arriba, con sus campanarios enhiestos, Nuremberg se veía muy bonita; la sombra del avión se proyectaba sobre sus casas, su gente, era una bendición, no una amenaza.

Miraba a Leni: los labios entreabiertos, la lengua entre los dientes, se esforzaba por entender cuanto hubiera que entender. Quizá, antes de que acabara la película, Ernst la cogería de la cintura. Quizá la barbilla tendida de Leni era una señal de espera, un ofrecimiento.

Yo me abanicaba con las manos, y cuando Heiner anunció: «Mirad, ahora aterriza», para que Ulla y yo atendiéramos, resoplé. En la pantalla, la nuca del Führer estaba demasiado desnuda, miserable como cualquier nuca al aire; el júbilo de Wagner como fondo musical no lograba redimirla. El Führer correspondía al saludo simultáneo de miles de brazos alzados, pero con el codo doblado y la mano le colgaba de la muñeca —como si se excusara, no tengo nada que ver con todo esto.

Yo no podía saber, solo me enteraría más tarde, que en ese mismo instante, no muy lejos de la tienda que los soldados habían destinado para el cine, otra mano estaba trajinando con un maletín. Aunque privada de dos dedos, la mano aferró frenética un par de tenazas y rompió una cápsula de cristal para liberar el ácido que corroería el hilo: un hilo fino de metal, diez minutos y se consumiría.

El coronel apretó los dientes y dilató las aletas de la nariz. Tenía que enrollarlo todo en la camisa y volver a meterlo en el maletín, bien oculto entre los documentos, y para hacerlo contaba con una sola mano, o mejor dicho, con tres dedos. Su frente goteaba de sudor, y no por el bochorno.

Ya no quedaba tiempo. Habían adelantado la reunión a las doce y media a causa de la inminente visita de Mussolini, y el Feldmariscal

Keitel, que esperaba fuera de su alojamiento en la Guarida del Lobo, alojamiento en que el coronel había vuelto a entrar con una excusa cualquiera, le gritó que se apresurara. Había perdido la paciencia: la primera vez que se había permitido llamarlo lo había hecho con el respeto que se le debe a un mutilado de guerra como era el conde Claus Schenk von Stauffenberg. El fascinante coronel que tanto le gustaba a Maria.

Stauffenberg salió con el maletín en la mano; Keitel lo escudriñó. Nada más normal que presentarse en una reunión con un maletín repleto de documentos; sin embargo, le dio la impresión de que Stauffenberg lo sujetaba con demasiada fuerza, y eso a Keitel no le encajaba.

—Están todos aquí —dijo el coronel—. Los documentos sobre las nuevas divisiones de los *Volksgrenadier*, de las que informaré al Führer.

El *Feldmariscal* asintió y se puso en marcha. Cualquier cosa que desentonara pasaba a un segundo lugar ante la urgencia de asistir a la reunión en la *Lagebaracke*.

Yo sudaba en aquella dichosa tienda a la que había acudido únicamente para contentar a Leni, que hablaba con Ernst sin parar y se reía, las mejillas salpicadas de rojo, y las orejas, y el cuello, como si las venillas hubieran invadido cada centímetro de su piel.

Ulla los observaba de reojo en vez de ver la película, y Heiner repiqueteaba con los dedos sobre el banco. Los discursos de los jerarcas lo aburrían, no por lo que decían, sino por la repetición de los encuadres. Tamborileaba con el índice sobre la madera como si apremiara a los oradores, pero en el congreso del Partido Nacionalsocialista del 5 de septiembre de 1934 todos querían opinar. Rudolph Hess, al que Hitler todavía no había declarado loco, gritaba desde la pantalla: «¡Usted nos ha dado la victoria, usted nos dará la paz!».

Quién sabe si el general Heusinger estaría de acuerdo con ese pronóstico. Entonces yo no podía saberlo, solo más tarde me enteré de que cuando Stauffenberg entró en la sala de conferencias, el sub-jefe del Estado Mayor, Heusinger, a la derecha de Hitler, estaba le-yendo un informe desalentador, en que se comunicaba que, tras la última ruptura del frente central ruso, la posición de los ejércitos alemanes peligraba. Keitel le dirigió una mirada torva a Stauffen-berg: la reunión ya había empezado. Las 12.36, pensó el coronel, seis minutos más y el ácido corroerá el hilo.

Hitler, de espaldas a la puerta, sentado a una sólida mesa de roble, jugueteaba con la lupa que le servía para estudiar los mapas geográficos desplegados ante él. Keitel se acomodó a su izquierda; Stauffenberg, en cambio, se colocó al lado de Heinz Brandt. Mien-tras en nuestra tienda la voz grabada de Dietrich pretendía que la prensa extranjera dijera la verdad sobre Alemania, el coronel Stauf-fenberg volvió a dilatar las aletas de la nariz, tomó aire. Cualquiera que lo hubiera mirado a los ojos se habría dado cuenta. Pero él lle-vaba un parche en el ojo izquierdo y tenía la cabeza gacha. Temblan-do imperceptiblemente, empujó con el pie el maletín debajo de la mesa, lo deslizó en el suelo para que estuviera lo más cerca posible de las piernas del Führer, deglutió una gota de sudor que había res-balado sobre sus labios y, lentamente, un paso tras otro, salió. Nadie reparó en ello: estaban concentrados en los mapas que Heusinger señalaba con aire tétrico. Cuatro minutos, contó Stauffenberg, y el hilo se consumiría.

En el rudimentario cine improvisado por los soldados de la Wehr-macht, Ernst cogió la mano a Leni y ella no la retiró; es más, apoyó la cabeza en el hombro de él. Ulla apartó la mirada, se mordió una uña, y Heiner me dio un codazo, pero no para comentar el idilio.

—La segunda parte es espectacular, ¿te acuerdas de cuando el águila ocupa todo el plano, sin audio? —me preguntó, como si la calidad de la película fuera una cuestión de honor, el suyo.

Desde la pantalla, la voz de Streichen advirtió: «Un pueblo que no conserva la pureza de su raza decae».

Dentro del maletín de Stauffenberg el hilo metálico iba acortándose. El coronel avanzaba impasible para abandonar el edificio, el cuerpo levemente rígido. Por supuesto no podía correr, pero el corazón le latía como si lo hiciera.

En la *Lagebaracke*, Heinz Brandt se inclinó sobre el mapa para ver mejor —las palabras eran minúsculas y no tenía lupa— y su bota topó con aquel maletín abandonado. Lo apartó con un gesto automático para que no molestara, tan absorto estaba en el informe de Heusinger. Las 12.40. Stauffenberg no se detuvo, siguió caminando con el cuerpo rígido. Faltaban dos minutos.

«Hacer de los trabajadores alemanes unos connacionales libres, orgullosos y con los mismos derechos», la voz de Robert Ley retumbó en la tienda, y a aquellas alturas Ernst ya había pegado su cuerpo al de Leni, parecía resuelto a besarla; Heiner también se dio cuenta. Ulla hizo ademán de ponerse de pie y salir, pero él deteniéndola, le susurró al oído:

—¿Has visto a los tortolitos?

Yo pensé en mi padre, en cuando decía que el nazismo había eliminado la lucha de clases con la lucha entre razas.

Tieso en la pantalla, Adolf Hitler en persona saludó a un ejército de cincuenta y dos mil trabajadores en formación para el pase de revista.

«Palas en alto», gritó.

Las palas se irguieron como fusiles, y un estallido ensordecedor retumbó en el interior de la tienda, arrojándonos del banco. Sentí que me golpeaba la cabeza contra el suelo, después nada, ningún dolor.

Mientras moría, pensé que Hitler también estaba muriendo.

# 34

Después de la explosión, estuve sorda de un oído durante algunas horas.

Un pitido agudo me perforaba el tímpano, monótono, obsesivo como las sirenas de Berlín: fuera la nota que fuese, retumbaba en mi cráneo, aislándome del mundo exterior, del desbarajuste que se había creado.

La bomba había estallado en la Guarida del Lobo.

«Hitler ha muerto», decían los soldados corriendo de un lado a otro. El proyector, inclinado por la onda de choque, reproducía solo oscuridad, un zumbido constante, y Leni temblaba con la misma desesperación que el primer día en el comedor. Ya no le hacía ni caso a Ernst, que presa del pánico le preguntaba a Heiner:

—¿Qué hacemos?

Heiner no respondía.

—Ha muerto —dijo Ulla estupefacta, porque nadie habría creído jamás que Hitler podía morir. Había sido la primera en ponerse de pie, había mirado alrededor como sonámbula y había dicho, en apenas un murmullo—: Se acabó.

Boca abajo, yo había vuelto a ver la cara de mi madre, el camisón bajo el abrigo, había muerto vestida de manera ridícula, la abracé y todavía olía bien; había vuelto a ver a mi madre muerta bajo las bombas y una nota que no sabía reconocer me retumbaba en el tímpano: creía que era un castigo pensado adrede para mí.

Sin embargo, el Führer también sufría mi misma pena, y no solo esa. Para salir de entre los escombros de la sala de conferencias había tenido que apoyarse en un Keitel ileso, y con aquella de cara de deshollinador, la cabeza humeante, el brazo de marioneta y los pantalones hechos jirones como una faldita de rafia, resultaba mucho más ridículo que mi madre.

Pero a diferencia de ella, estaba vivo. Y tenía intención de vengarse.

Lo anunció por la radio hacia la una de la noche. Herta, Joseph y yo lo escuchamos sentados en la cocina, agotados, pero despiertos. No habíamos hecho otra cosa más que permanecer pegados a la radio, olvidándonos hasta de cenar. Ese día, el turno de tarde en Krausendorf había saltado, el autobús no había venido a buscarme, y aunque lo hubiera hecho no me habría encontrado en casa. Logré regresar muchas horas más tarde, a pie y sin palabras, después de dejar a Leni y Ulla, que no paraban de hacer conjeturas: ¿qué pasaría ahora que Hitler había muerto?

Pero Hitler estaba vivo, y se lo comunicó a la nación y a toda Europa a través de los micrófonos de la Deutschlandsender: que hubiera escapado a la muerte era la señal de que llevaría a buen fin la tarea que la Providencia le había encomendado.

Mussolini había dicho lo mismo. Cuando llegó a las cuatro de la tarde, a causa de un retraso del tren —a pesar de que la reunión se había anticipado para recibirlo—, se paseó entre los escombros en compañía del amigo maltrecho, que el año anterior había enviado un comando nazi al Gran Sasso para liberarlo de la prisión donde lo habían confinado. Hasta su yerno, Galeazzo Ciano, había votado en contra de Mussolini en julio: no cabía duda de que este no era un mes propicio para los dictadores. Pero Mussolini —optimista empedernido— había tenido la osadía de confiar en el rey, el mismo rey que lo había tildado de *Gauleiter* de Hitler en Italia.

Los italianos son así, flojos, algo perezosos, sin duda no los mejores soldados en circulación; pero son optimistas. Y Mussolini era un buen amigo. Tarde o temprano Hitler debía enseñarle lo bien que imitaba la risa de Víctor Manuel. Entre todos los estadistas que a Hitler le gustaba imitar, el enano de risa aguda arrasaba, hacía desternillarse de risa a cualquiera. Pero no era momento de bromas, tenía las pantorrillas quemadas y un brazo paralizado, y había acompañado a Mussolini entre los escombros solo porque si se metía en la cama, como le aconsejaba el médico, el mundo contaría un montón de patrañas sobre él.

Ante el peligro que había corrido su amigo, el Duce hizo gala del optimismo que cabía esperar: era imposible que perdieran después de ese milagro. Además, por si Hitler no lo sabía, el milagro se había obrado gracias a Mussolini. Al cambiar el horario de la reunión, los autores del atentado, cogidos por sorpresa, solo habían tenido tiempo de activar una bomba de las dos que habían planeado explotar, y una no había bastado. Mussolini le había salvado la vida.

El Führer gritó por la radio que los autores eran una panda de criminales, gente completamente ajena al espíritu de la Wehrmacht y al pueblo alemán. Los aplastaría sin misericordia.

Joseph mordió la pipa, la mandíbula le crujió. Había corrido el riesgo de perderme a mí también, además de al hijo al que no había enterrado; la postura inflexible en que estaba sentado, con el puño sobre el mantel, mantuvo a distancia incluso a Zart, agazapado debajo de la mesa.

El pitido en la cabeza seguía atormentándome; después Hitler pronunció el nombre de Stauffenberg: una puñalada en el oído, me tapé la oreja con la mano. El contraste entre el cartílago caliente y la palma fría me alivió por un instante.

Stauffenberg era el responsable del atentado, dijo el Führer, y pensé en Maria. Yo no podía saber que el coronel ya había sido fusilado, ni conocer el destino que le esperaba a mi amiga.

La ventana estaba abierta, aquella noche de julio. No había nadie en la calle, el granero estaba cerrado. Las ranas croaban imperturbables, ajenas al peligro que pocas horas antes había corrido su amo, sin saber ni siquiera que tenían amo.

«¡Ajustaremos cuentas del modo en que nosotros, los nacionalsocialistas, estamos acostumbrados a ajustarlas!», gritó Hitler, y la pipa de Joseph se partió en dos entre sus dientes.

# 35

Maria fue arrestada con su marido al día siguiente, conducida a Berlín y encarcelada. En el pueblo se supo enseguida: la noticia del suceso se propagó en la cola de la leche, en la del pozo, en los campos al amanecer, y llegó hasta el lago Moy, donde se bañaban los niños, y también los hijos de Heike, que ya habían aprendido a nadar. Todos se imaginaban el gran castillo vacío, ahora que los barones no estaban y la servidumbre había tenido que cerrar a cal y canto las contraventanas. Se imaginaban que entraban forzando la puerta, la de servicio quizá, y se veían rodeados de un lujo, de una magnificencia que nunca habían contemplado, para luego salir por la puerta principal, como de una fiesta, quizá con un botín oculto debajo de la camisa o en los pantalones. Pero el castillo estaba vigilado día y noche, nadie podía acceder a él.

Hasta Joseph se había quedado sin trabajo.

—Mejor que mejor —dijo Herta—, eres viejo, ¿no lo ves?

Parecía enfadada con él porque se hubiera relacionado con la baronesa durante años, pero solo estaba preocupada por si aparecían para interrogarlo, para detenerlo.

También se preocupaba por mí y me sometía a un interrogatorio de tercer grado: que qué había compartido con aquella mujer, si realmente sabía quién era, si había visto a alguien extraño en su casa. Maria se había convertido de repente en una mujer peligrosa, alguien de quien habría sido mejor mantenerse alejado. Mi malacostumbrada y solícita amiga: la habían encerrado en una celda sin partituras, le habían quitado el vestido cortado al bies que encargó, casi idéntico al mío.

Hitler estaba resuelto a acelerar el proceso, tribunal popular en vez de tribunal militar, juicios sumarios y ejecuciones inmediatas por ahorcamiento, un nudo corredizo alrededor del cuello con una cuerda de piano colgada del gancho de un matadero. No solo los sospechosos de haber tomado parte en el atentado, sino también todos sus parientes y amigos fueron rastreados y deportados; cualquiera que ofreciese asilo a los fugitivos era ajusticiado. Clemens von Mildernhagen y su mujer Maria eran viejos amigos del coronel Stauffenberg, lo habían hospedado varias veces en el castillo. Según la acusación, Stauffenberg había confabulado allí con los demás conspiradores: los barones de Gross-Partsch eran personas ambiguas.

¿Qué sabía la acusación del entusiasmo ecuménico de Maria, de sus pensamientos lisos, sin cumbres ni desfiladeros? Maria sabía de flores, canciones y poco más, justo de lo que le era necesario. Quizá el coronel había actuado a sus espaldas, usando el castillo como centro de operaciones a escondidas de ellos, quizá el barón era su cómplice y Maria era ajena a todo; en el fondo, yo no tenía ni idea, a él no lo había tratado. Pero sabía que Maria había querido a Stauffenberg y a Hitler, y ambos la habían traicionado.

En mi mesita de noche, al lado de la lámpara de petróleo, estaba el último libro que me prestó y que nunca le devolvería: los poemas de Stefan George. Se lo había regalado «su» Claus, como rezaba la dedicatoria de la portada. Debía de tener mucho valor para ella, pero aun así me lo había prestado. Pensé que Maria me había tomado más afecto, aunque fuera de esa manera suya superficial, del que yo le había tomado a ella, que, sobre todo, me sentía atraída por su etéreo modo de vivir.

Arranqué las páginas del libro una por una, las arrugué y encendí con ellas una pequeña hoguera en el patio trasero. Al ver chisporrotear las llamas, cada vez más altas y retorcidas, Zart huyó y se metió en la casa. Estaba quemando un libro, yo, sin banda de música ni carros, sin siquiera el cacareo de las gallinas para celebrarlo. Me aterrorizaba la idea de que los nazis vinieran a buscarme, encontraran la firma de Stauffenberg en el libro de poemas de George y me arrestaran. Quemaba ese libro para renegar de Maria. Pero aquella hoguera, que borraba cuanto me quedaba de ella, era también el torpe ritual con que me despedía de la baronesa.

Interrogaron a Joseph, lo soltaron pronto, y nadie se preocupó de mí. No sé adónde fueron a parar los hijos de Maria. No eran más que niños, y los alemanes, como todo el mundo sabe, quieren a los niños.

Las nuevas directivas para proteger al Führer también nos afectaron a nosotras, las catadoras. Nos obligaron a hacer las maletas y nos sacaron de nuestras casas. Herta me vio desaparecer, con la nariz pegada a la ventana, por detrás de la curva de Gross-Partsch, y la angustia la embistió como el primer día.

En el patio, además de cachearnos, los guardias registraron nuestras maletas; solo después pudimos entrar. Krausendorf se convirtió en comida, cena y dormitorio, se convirtió en nuestra prisión. Se nos permitía dormir en casa solo los viernes y sábados, el resto de la semana estaba consagrado al Führer, que había comprado nuestras vidas por entero, y por el mismo precio, no nos permitían negociar. Aisladas en el cuartel, éramos como soldados sin armas, esclavas de rango superior, éramos algo que no existe, y, en efecto, nadie fuera de Rastenburg supo nunca de nuestra existencia.

Ziegler volvió al día siguiente del atentado, se presentó en el comedor y anunció que a partir de ese momento nos vigilarían sin cesar, los hechos recientes eran la prueba de que no podían fiarse de nadie, y mucho menos de nosotras, mujerucas de pueblo acostumbradas a estar con los animales, qué íbamos a saber nosotras del honor o la fidelidad, eran conceptos que seguramente oíamos a través de los micrófonos de la radio alemana —«practica siempre la fidelidad y la honradez», cantaba la sintonía—, pero a nosotras, potenciales traidoras capaces de vender a nuestros hijos por un trozo de pan y de abrir las piernas ante el primero que pasa para obtener algo a cambio, nos entraba por una oreja y nos salía por la otra; ya se ocuparía él de encerrarnos como animales: ahora que había vuelto, las cosas cambiarían.

Los de la SS mantenían la cabeza gacha, me parecía que se avergonzaban de aquel discurso incongruente, del todo ajeno al atentado, que más bien era como un desahogo personal. Quizá el *Obersturmführer* había pillado a su mujer en la cama con otro, pensaban, o en casa mandaba ella —hay mujeres que te tratan a la baqueta—, y ahora necesitaba desquitarse, sacar pecho y alzar la voz: necesitaba a diez mujeres puestas en jaque para sentirse un hombre, le bastaba con dirigir un extraño cuartel para palpar su poder, para sentirse autorizado a abusar de él.

Eso lo pensaba yo.

A Elfriede se le atascaba la respiración en la nariz, y Augustine musitaba en voz queda maldiciones, corriendo el riesgo de que Ziegler se percatara. Yo lo miraba fijamente, a la espera de que nuestras miradas se cruzaran. Pero él lo evitó, y eso me convenció de que estaba dirigiéndose a mí. O bien había utilizado un repertorio de lugares comunes para improvisar un discurso eficaz, subyugante en su justa medida, como todo monólogo que no admite réplica. Quizá tuviera algo que ocultar, él, que había estado charlando con Stauffenberg y el barón aquella noche de mayo en el castillo: ¿sus compañeros lo habrían presionado, alguien habría dudado de él? ¿O a aquellas alturas, su posición era tan marginal que nadie había notado su presencia al lado del responsable de la conjura y sus presuntos cómplices? Ziegler estaba frustrado, rabioso: justo cuando ocurría algo clamoroso, él no estaba allí.

Pero después me decía a mí misma que era plausible que se hubiera ido aposta a Baviera, que nunca me había enterado de nada, ni respecto a él ni a Maria, que todos me habían engañado. Nunca supe la verdad, nunca la busqué.

Los catres estaban dispuestos en las aulas del primer piso, una zona del cuartel donde nunca habíamos estado. Tres catadoras por habitación, a excepción del aula más grande, donde habían alojado a cuatro. Nos permitieron elegir las camas y a nuestras compañeras de sueño. Yo escogí el catre pegado a la pared, al lado de Elfriede, y en el tercero estaba Leni. Me asomé por la ventana, vi a dos centinelas. Recorrían el perímetro de la escuela, la ronda duraba toda la noche. Uno se dio cuenta de que miraba y me ordenó que me acostara. El Lobo en su Guarida vigilaba alerta, herido y chamuscado, tocado sin remedio. Y Ziegler dormía en el anillo exterior de la Guarida, el corazón del cuartel general le estaba vedado.

—Te echo de menos —me dijo unas mañanas después, cuando se encontró conmigo en el pasillo.

Me había quedado rezagada, me había torcido el tobillo, se me había salido el zapato. El de la SS me vigilaba de lejos mientras apremiaba a la fila para que fluyera hacia el comedor.

—Te echo de menos.

Y levanté la cabeza, el pie todavía desnudo, el tobillo dolorido. El guardia se acercó para demostrar su celo, y me calcé el zapato, ayudándome con un dedo enfilé el talón, en equilibrio sobre una sola pierna. Tuve el impulso de apoyarme en Albert, y él de sujetarme, alargó una mano. Conocía su cuerpo y no podía tocarlo. No podía creer que era suyo ahora que ya no lo tocaba.

No existe un motivo para que un amor se trunque, un amor como aquel, sin pasado, promesas ni obligaciones. Se extingue por indolencia, el cuerpo se vuelve perezoso, se prefiere la inercia a la tensión del deseo. Habría bastado con volver a tocarle, el pecho, el vientre, mi mano sobre la tela del uniforme habría bastado para sentir que el tiempo se pulverizaba, para reabrir el abismo de aquella intimidad. Pero Albert se contuvo y yo me recompuse. Erguida, reemprendí mi camino sin responderle mientras el guardia de la SS ya estaba casi a mi altura, entrechocaba los tacones y lo saludaba extendiendo el brazo, y el *Obersturmführer* Ziegler bajaba el suyo.

# 36

Los sábados y los domingos pasaba con Herta y Joseph las horas que libraba. Recogíamos verduras en el huerto, paseábamos por el bosque, nos sentábamos en el patio a charlar o en silencio, agradecidos por poder estar los tres juntos, yo, huérfana de padres; ellos, de hijo: sobre esa pérdida común, sobre la experiencia misma de la pérdida, habíamos fundado nuestro vínculo.

Seguía preguntándome si sospechaban algo de las noches que había pasado con Ziegler. Haberles engañado hacía que me sintiera indigna de su afecto, pero no restaba sinceridad al mío. Que sea posible omitir partes de la propia existencia, que resulte tan fácil, siempre me ha desconcertado; pero solo desconociendo la vida de los demás mientras sigue su curso, solo gracias a esta fisiológica carencia de información, evitamos volvernos locos.

Mi sentimiento de culpa se extendió a Herta y a Joseph porque ellos estaban allí, en carne y hueso, mientras que Gregor era un nombre, el primer pensamiento al despertar, una foto en el marco del espejo o dentro de un álbum, un montón de recuerdos, un llanto nocturno que estallaba de repente, un sentimiento de rabia, de fracaso y de vergüenza; Gregor era una idea, ya no era mi marido.

Cuando no pasaba el tiempo libre con mis suegros, lo dedicaba a Leni, que quería verse con Ernst cuando salía, pero tenía miedo de ir sola. De modo que siempre iba acompañada por mí, por Ulla, por Beate o por Heike, con sus respectivos hijos; a veces también por Elfriede, aunque ella no soportaba a aquellos dos soldados de la Wehrmacht y no hacía nada para disimularlo.

—A ver, ¿soy o no soy una gran vidente? —dijo Beate un domingo a primera hora de la tarde, sentada a la mesa de un bar frente al lago Moy.

—¿Te refieres a Hitler? —la provocó Elfriede—. Dijiste que las cosas iban a ponerse feas para él. Y, como puedes ver, te has equivocado.

—¿Qué predijiste? —preguntó Ernst.

—Es medio bruja —terció Ulla—. Le hizo el horóscopo.

—Bueno, estuvo a punto de morir —comentó Heiner—. Casi lo adivinas, Beate. Pero nada ni nadie pueden con nuestro Führer.

Elfriede se quedó mirándolo, Heiner no se dio cuenta, se tragó una jarra de cerveza y se secó los labios con el dorso de la mano.

—Nosotros también estuvimos a punto de morir —dijo ella—. Casi morimos envenenadas y ni siquiera sabemos con qué.

—No era veneno —dije—. Era miel, miel tóxica.

—¿Y tú cómo lo sabes? —me preguntó.

Las piernas que ceden de repente, al borde del precipicio.

—No lo sé —balbucí—. Lo he deducido. Las que se encontraron mal comieron miel.

—¿Dónde estaba la miel?

—En el pastel, Elfriede.

—En efecto, es verdad —dijo Heike—. Beate y yo no vomitamos, ese día el pastel solo os tocó a vosotras dos.

—Sí, pero en el pastel también había yogur y, además, Theodora y Gertrude también se encontraron mal y no comieron pastel, sino lácteos. —Elfriede estaba tensa—. ¿Cómo puedes afirmar que fue la miel, Rosa?

—No lo sé. Repito: es una conjetura.

—No, no, lo has afirmado con mucha seguridad. ¿Te lo ha dicho Krümel?

—Pero ¡si Krümel ya no le habla! —dijo Ulla. Después se dirigió a los dos soldados y para hacerles partícipes les explicó—: Hizo una buena, nuestra Rosa.

Los chicos callaban, no entendían nada.

—Fue culpa de Augustine y de todas vosotras —dije volviéndome hacia Heike y Beate.

—No cambies de tema —se empeñó Elfriede—. ¿Cómo lo sabes? Dímelo.

—¡Ella también es una vidente! —bromeó Beate.

—¿Qué es una vidente? —preguntó la pequeña Ursula.

Las piernas sin un gramo de fuerza.

—¿Por qué te enfadas, Elfriede? Te he dicho que no lo sé. Se lo comenté a mi suegro, a lo mejor lo dedujimos juntos.

—Ahora que caigo —razonó Ulla—, dejaron de servir miel durante un tiempo. Qué lástima, el pastel que me hiciste probar a escondidas, Rosa, era un delicia.

—Exacto. ¿Lo ves? —Cogí la ocasión al vuelo—. Puede que lo dedujera del hecho de que no volvieron a darnos miel. De todas formas, ¿qué importa ya?

—¿Qué es una vidente? —repitió Ursula.

—Es una maga que sabe adivinar cosas —le dijo Beate.

—Mi madre sabe hacerlo —presumió uno de los gemelos.

—Sigue siendo importante, Rosa. —Elfriede no dejaba de mirarme y yo no sostenía su mirada.

—¡Dejadme seguir! —exclamó Beate alzando la voz—. No me refería al Führer. El horóscopo me sale peor que las cartas, y Ziegler me las quitó. —El sobresalto de siempre cuando alguien lo nombraba—. Me refería a Leni.

Leni despertó del encantamiento en que solía caer cuando estaba cerca de Ernst. Él la atrajo hacia sí y la besó en la frente.

—¿Predijiste el futuro de Leni?

—Vio a un hombre. —Lo dije en voz baja para que Elfriede no me oyera, para que se olvidara de mí.

—Y hay quien piensa que ha llegado —replicó ella.

Solo yo advertí el sarcasmo, o puede que haberle mentido distorsionara mi percepción.

Ernst acercó la boca a la oreja ya ruborizada de Leni:

—¿Soy yo? —Y rio.

Heiner también lo hizo, y Leni. Me esforcé en unirme a ellos.

Reíamos. No habíamos aprendido nada. Creíamos que todavía era lícito reír, creíamos que podíamos confiar. En la vida, en el futuro. Elfriede, no.

Miraba el poso del café sin que se le pasara por la cabeza leerlo. Ella había emprendido con el futuro una batalla hasta la última gota de sangre, pero ninguno de nosotros se había dado cuenta.

La noche en que el encantamiento de Leni se rompió, volvió el éxtasis. Mientras ella apartaba las sábanas en silencio y abandonaba la habitación descalza, Elfriede respiraba fuerte: no era roncar, era una especie de chillido. Yo estaba toda sudada, pero nadie me abrazaba.

Dormía profundamente, soñaba, y al principio yo no estaba presente en mi sueño. Había un piloto que tenía calor. Bebía un sorbo de agua, se aflojaba el cuello del uniforme, después se preparaba para trazar una curva perfecta con el avión, y por la ventanilla veía una mancha roja en la oscuridad, una luna de fuego o la cometa de Belén —pero esta vez, los Reyes Magos no la seguirían, no había ningún recién nacido al que adorar—. Sin embargo, en Berlín, una mujer joven de rostro aterciopelado, pelirroja, una mujer idéntica a Maria, acababa de ponerse de parto, y en la oscuridad de un sótano que se parecía al de Budengasse, una madre cuyo hijo estaba en el frente le dijo empuja, yo te ayudaré, e inmediatamente después el fragor de una bomba la lanzó hacia atrás. Los niños que dormían se despertaron llorando, los que estaban despiertos se pusieron a gritar, el sótano se convertía en la fosa común donde sus cuerpos se amontonarían cuando la falta de oxígeno los apagara. Pauline no estaba.

Cuando el latido de Maria se detuvo, el niño perdió la última oportunidad de venir al mundo, se quedó flotando en la placenta, sin saber que su destino era salir —qué extraño resulta pensar en un muerto que contiene otro muerto.

Fuera, en cambio, había oxígeno. Alimentaba las llamas que se alzaban por decenas de metros e iluminaban los edificios destechados. En la explosión, los techos surcaban el aire como la casa de Dorothy en *El maravilloso mundo de Oz*, en el aire se arremolinaban árboles, carteles publicitarios, y las grietas abiertas en las casas habrían mostrado, a quien hubiera escudriñado a través de ellas, los vicios y las virtudes de sus habitantes: un cenicero aún rebosante de colillas o un jarrón con flores que había quedado en pie, a pesar de que las paredes se habían derrumbado. Pero ni hombres ni animales estaban para espiar, permanecían en cuclillas en el suelo o ya estaban carbonizados, estatuas negras inmortalizadas en el gesto de beber, rezar, acariciar a tu esposa para hacer las paces después de haber discutido por una tontería. Los obreros del turno de noche se habían disuelto en el agua hirviendo de las calderas reventadas, los presos habían quedado sepultados en vida por los escombros antes de cumplir su condena, y en el zoológico leones y tigres, inmóviles, parecían embalsamados.

Diez mil pies más arriba, el piloto del bombardero podía seguir viendo desde la ventanilla aquella luz incandescente, y beber otro trago de agua, y desabrocharse un botón, podía fingir que aquella luz no era más que un conglomerado de estrellas: por eso continuaban brillando a pesar de estar muertas.

Después, de repente, el piloto del bombardero era yo. Yo pilotaba los mandos y, en el instante exacto en que lo entendía, recordaba que no sabía pilotar: me precipitaría. El caza había empezado a caer, los vacíos de aire me rodaban dentro del pecho y la ciudad estaba cada vez más cerca, era Berlín, o quizá Nuremberg, el morro afilado del avión apuntaba a ella, a punto de estrellarse contra el primer muro que encontrara, a punto de clavarse en el suelo; mis cuerdas vocales, anestesiadas, no lograban llamar a Frank para que me sacara del éxtasis, no lograba pedir ayuda.

—¡Ayúdame!

Desperté; una capa de sudor helado me cubría las extremidades.

—Ayúdame, Rosa.

Era Leni, lloraba. Elfriede también se despertó. Encendió la linterna: tenía una debajo de la almohada. Los de la SS no se habían preocupado de poner mesitas y lámparas en las aulas, pero ella había sido precavida. Vi a aquel pajarito arrodillado junto a mi cama, dije:

—¿Qué ha pasado?

Me incorporé para abrazar a Leni, pero no me dejó. Se tocó entre las piernas.

—¡Dime qué te ha pasado! —insistió Elfriede.

Leni abrió la mano: la palma era clara, las líneas, aserradas y profundas, dibujaban una reja de alambre de espino, que a saber cómo interpretaría Beate. Las yemas estaban manchadas de sangre.

—Me ha hecho daño —dijo desplomándose en el suelo; se ovilló, volviéndose tan pequeña que creí que iba a desaparecer.

Elfriede corrió descalza por el pasillo —los talones: golpes sordos, encarnizados— y se detuvo delante de la única ventana abierta, distinguió las tablas de una escalera de mano apoyada en la pared y, en el punto de fuga donde las rectas confluían, la silueta de Ernst, que acababa de poner los pies en el suelo.

—Pagarás por esto —le prometió asomándose, los dedos engarfiados en el antepecho.

Los guardias habrían podido oírla, le daba igual. ¿Dónde se suponía que estaban mientras un soldado del ejército se colaba en el cuartel? ¿Se habían distraído, habían hecho la vista gorda, se habían conchabado? Entra, compadre, pero mañana me toca a mí.

Ernst levantó la cabeza, no le respondió, salió corriendo.


Cuando él la citó a medianoche, en la tercera ventana del pasillo a la izquierda, Leni aceptó. Ya eres adulta, se dijo, no puedes echarte atrás. Además, a Ernst le gustaba tal como era, sin ocurrencias, con poca iniciativa, eterna principiante. Parecía que la diversión radicara justo en sacarla de continuo de su escondrijo, allí donde se había arrinconado, la leve presión de un dedo sobre su hombro para atraerla hacia sí sin sobresaltarla.

Leni no podía decepcionarlo, arriesgarse a perderlo, por eso dijo que sí, allí estaré, y a medianoche en punto, a pesar de la oscuridad, a pesar de la vigilancia, acudió a la ventana que había dejado entreabierta antes de cenar para poder abrirla sin hacer ruido mientras Ernst trepaba por la escalera de mano. En cuanto la franqueó y estuvo dentro, se abrazaron exultantes, unidos por el secreto, en romántica colusión, excitados por la urgencia de esquivar a los vigilantes, y buscaron un aula donde esconderse y estar juntos. Por desgracia, todas se hallaban ocupadas, porque en la única estancia libre de catres los de la SS están jugando a las cartas para matar el tiempo durante la guardia nocturna.

—Vamos a la cocina —propuso Ernst—, seguro que allí no irán los guardias a hacer la ronda.

—Pero hay que bajar las escaleras. ¡Nos descubrirán! —dijo Leni.

—¿Te fías de mí?

Ernst la abrazó, y sin darse cuenta Leni ya estaba en la escalera, y nadie los oía, nadie los obstaculizaba. Llevándolo de la mano, Leni guio al sargento hasta la cocina. Qué desilusión descubrir que Krümel había echado el cerrojo; por otra parte, allí se almacenaban provisiones propiedad del Führer, podía habérselo imaginado. El que a Krümel no respeta, no se merece la tarta de crema pastelera, decía el cocinero. Leni sentía gran consideración por él, y eso la mortificó. Quizá Ernst notó su pesadumbre y le acarició las mejillas, las orejas, el cuello, la nuca, la espalda, las caderas, los muslos, en un instante la arrimó a su cuerpo, la adhirió a él como nunca lo había hecho, sus protuberancias presionaban contra ella, la besó largamente y, caminando hacia atrás poco a poco, sin apartarse de ella, la condujo a la primera estancia que encontró abierta.

Era el comedor, pero hasta que él tropezó con una silla, a la débil luz que entraba por las ventanas, Leni no se dio cuenta. Al fin y al cabo, ¿qué más quería? Aquel lugar le era familiar, la mesa de madera gruesa, las sillas míseras, las paredes desnudas: hacía casi un año que pasaba muchas horas al día en aquella sala, era como su segunda casa, no podía tener miedo, ya no lo tenía, lo conseguiría, respira despacio, Leni, o mejor, respira hondo, ya eres mayor, no puedes echarte atrás. Ernst, de niño, lanzaba aeroplanos de papel desde la ventana de su clase en Lubeca y soñaba con volar, mientras que tú aprendías a leer señalando con el dedo cada letra, lo deslizabas mecánicamente sobre el papel deletreando las palabras hasta pronunciarlas por completo, y soñabas que un día serías la mejor, mejor que los compañeros que no necesitaban el dedo, ya leían tan rápido que se cansaban de esperarte. Y no sabías que os encontraríais, muchos años después, tú y aquel niño que quería ser piloto; eso es, del amor, lo que deja pasmado, los años en que ninguno de los dos sabía de la existencia del otro, y vivíais alejados, a cientos de kilómetros de distancia, y crecíais y os hacíais cada vez más altos, él más que tú, y a ti se te acumulaba la carne en las caderas y él ya se afeitaba y os poníais enfermos y os curabais y se acababa el colegio y era Navidad y tú aprendías a cocinar y a él lo llamaban a filas, y todo eso pasaba sin que os conocierais, habríais podido no conoceros nunca, qué peligro habéis corrido, se te encoge el corazón solo de pensarlo: habría bastado una tontería, la mínima desviación, un andar más lento, que te olvidaras de dar cuerda al reloj, una mujer más guapa que tú con quien se topa un instante antes de verte, justo un instante, Leni, o solo que Hitler no hubiera invadido Polonia.

Ernst aparta despacio las sillas, coge en brazos a Leni y la posa sobre la mesa, la misma sobre la que comemos las catadoras, la misma de la que Leni se apartó para vomitar el primer día, cuando su debilidad fue tan evidente que la elegí como amiga, o ella me eligió a mí. Tumbada sobre la madera —el camisón demasiado fino para no sentir que las vértebras se aplastan contra la superficie dura—, Leni no se opone, esta vez no pide salir de allí.

Ernst se tiende sobre ella: al principio su sombra la sumerge, después son sus músculos de joven soldado rechazado por la Luftwaffe los que le pesan cada vez más sobre las caderas, las rodillas que Leni no sabe abrir.

Tendrá que aprender, todas aprenden, ella también lo hará; una se acostumbra a todo, a comer cuando te lo ordenan, a tragárselo todo, a contener las arcadas, a desafiar el veneno, la muerte, el veneno, la sopa de avena, Heike, tienes que probarla, si no Ziegler se enfada, no necesitamos mujeres que no obedezcan, aquí se hace lo que yo diga, que, además, es lo dice el Führer, que, además, es lo que Dios quiere.

—¡Ernst! —suelta en un momento dado con voz entrecortada.

—Cariño —susurra él.

—Ernst, necesito salir. No puedo hacerlo aquí dentro, no puedo estar aquí, no quiero.

Fue en ese momento —mientras yo dormía y el éxtasis reaparecía, mientras Elfriede dormía y respiraba fuerte por la nariz, en nuestra habitación compartida en el piso de arriba, tres camas, una vacía, mientras las demás mujeres intentaban dormir a pesar de la preocupación por sus hijos, que se habían visto obligadas a dejar al cuidado de los abuelos, de una hermana, de una amiga, no podían llevárselos con ellas al cuartel, no podían escapar saltando por la ventana; si hubieran sabido que había una escalera...—, fue entonces cuando Ernst intentó convencer a Leni por las buenas y, como no lo logró, como ella se ponía nerviosa y armaba jaleo, le tapó la boca e hizo lo que quiso. Al fin y al cabo, ella había acudido a la cita, sabía lo que iba a pasar. No había ningún otro motivo para que él estuviera allí aquella noche.

## 37

Elfriede se levantó de la mesa y se dirigió hacia el Larguirucho. Leni reparó en su paso combativo y lo entendió, ella, tan poco intuitiva.

—¡Espera! —Elfriede no esperó—. No es asunto tuyo —dijo Leni levantándose a su vez—. No te metas.

—¿Tú crees que no tienes ningún derecho? —La pregunta desorientó a Leni, que ya estaba congestionada—. Un derecho es una responsabilidad —prosiguió Elfriede.

—¿Y?

—Si tú no sabes asumirla, alguien tiene que hacerlo por ti.

—¿Por qué la tomas conmigo? —La voz quebrada de Leni.

—¿Yo la tomo contigo? ¿Yo? —Elfriede sorbió, tomó aire—. ¿Te gusta la condición de víctima?

—No es tu problema.

—Es un problema de todas, ¿lo entiendes? —gritó Elfriede.

El Larguirucho gritó más fuerte: se apartó del rincón conminándolas a callar y a sentarse.

—Tengo que hablar —dijo Elfriede.

—¿Qué quieres? —repuso él.

Leni lo intentó por última vez:

—Te lo ruego.

Elfriede la apartó de un empujón y me levanté para ayudarla. No quería ponerme de su parte, pero Leni era la más débil, siempre había sido así.

—Tengo que informar al teniente Ziegler de algo que ha pasado en el cuartel —explicó Elfriede—, algo que ofende al cuartel mismo.

La mueca del Larguirucho podía ser de estupor. Ninguna de nosotras había osado nunca tener una entrevista con Ziegler, ni siquiera las Fanáticas. Seguramente, el Larguirucho no sabía si una petición semejante era lícita, pero las palabras de Elfriede lo habían confundido. Además, aquella discusión entre dos catadoras tenía que significar algo.

—Todas al patio —ordenó con cierta satisfacción por su rápida operatividad.

Arrastré a Leni conmigo, que murmuraba:

—Es algo personal. ¿Por qué tiene que enterarse todo el mundo? ¿Por qué tiene que humillarme?

Las demás se encaminaron cada una por su lado.

—Tú quédate aquí —indicó el Larguirucho, y Elfriede se pegó a la pared.

—¿Estás segura? —le pregunté en voz baja para que no me oyera el guardia, que salía.

Elfriede respondió con un gesto afirmativo de la barbilla, después cerró los ojos.


Leni se dejó caer al suelo: no creo que fuera un acto premeditado, pero se sentó justo en el centro de la rayuela desleída, el perímetro mágico que no la había protegido de nada. Me dejé caer junto a ella; las demás no la dejaban en paz, la acribillaban a preguntas, sobre todo Augustine.

—Basta —dije—. ¿No veis que está fuera de sí?

Espiaba el comedor con el rabillo del ojo, pero no veía a Elfriede. En cuanto la aglomeración alrededor de Leni se disipó, me acerqué a la puerta. Un tableteo de pasos me hizo retroceder. «Vamos.» Era la voz del Larguirucho. Los pasos se duplicaron; solo cuando su sonido asincrónico, desfasado, estuvo lejos, me asomé. Elfriede recorría el pasillo con el guardia.

Contra todo pronóstico, el teniente aceptó recibirla. Debió de vencerlo el aburrimiento de las semanas que siguieron al atentado, al que él no había asistido: buscaba distracción. O puede que fuera por el endurecimiento de las nuevas disposiciones. Él tenía que estar al corriente de cuanto ocurriera. Me sentí en peligro, como si al entrar en su despacho, Elfriede pudiera ver en Albert lo que yo había visto, pudiera verme tras sus pupilas, descubrirlo todo.

Elfriede se presentó ante Ziegler para denunciar a Ernst Koch, suboficial de la Heer. Le contó que la noche anterior, y a pesar de que el acceso estaba prohibido, el sargento se había introducido en el cuartel, donde dormían las catadoras, mujeres alemanas al servicio del Führer; pese a ser un representante del Reich, un hombre del ejército que tenía el deber de defendernos del enemigo, había violado a una de las chicas, una alemana como él.

Ziegler se informó sobre quién estaba de guardia aquella noche, y convocó a todos los implicados, incluidos Ernst y Leni. Estaba impaciente por castigar a quien fuera, debió de ser eso.

A las preguntas del *Obersturmführer*, en la penumbra de su despacho, al principio Leni —me lo contó ella misma— reaccionó con el mutismo, después farfulló que había sido culpa suya, el sargento Koch la había malinterpretado, ella no había sido clara, lo había citado en el cuartel, pero se había arrepentido casi al momento. Habían tenido relaciones sexuales, ¿sí o no? Leni no desmintió la versión del Elfriede. Ziegler le preguntó si le había dado su consentimiento. Leni negó rápidamente con la cabeza, balbuciendo que no, que no se lo había dado.

A pesar de la incoherencia de sus declaraciones, Ziegler no archivó la cuestión y señaló a Ernst Koch a las altas esferas de la Wehrmacht, que tras una serie de interrogatorios y comprobaciones decidirían si juzgarían al joven ante un tribunal militar.

Leni buscó a Heiner para tener noticias de Ernst; aquel se mostró amable, pero frío, como si temiera que encontrarse con la víctima, o mejor dicho, con la acusación, fuera una imprudencia. No justificaba a su amigo, pero prefería no hablar abiertamente de ello. Le he destrozado la vida, decía Leni.

No hablé con Elfriede porque tenía miedo de ponerme en evidencia, como había pasado con la miel. Perdóname, me había dicho aquel domingo por la tarde mientras caminábamos de vuelta al cuartel, es que me pone nerviosa recordar el día en nos envenenaron (bueno, que nos intoxicaron con la miel, como dices tú). No te preocupes, le había respondido yo, al fin y al cabo, quién sabe si habrá sido la miel.

Yo era una cobarde. Por eso no entendía lo que la había impulsado a hacerse cargo de un asunto que no le concernía, y encima contra la voluntad de la interesada. Aquel gesto de justiciera era absurdo. Hacía años que el heroísmo se me antojaba absurdo. Me sentía incómoda ante cualquier impulso, cualquier fe; un residuo de idealismo romántico, un sentimiento ingenuo, postizo, sin base real.

La noticia circuló entre las catadoras. Las Fanáticas no renunciaron a hacer comentarios: ¿primero lo deja entrar a escondidas en el cuartel y después dice que es culpa suya? Ah, no, querida, así no vale.

Augustine intentó consolar a Leni, hacerle ver que Elfriede había tenido un gesto digno de admiración, que debía estarle agradecida. Leni no se dejaba convencer. ¿La llamarían a declarar ante un tribunal? Ella no abría la boca ni siquiera cuando la sacaban a la pizarra, ¿por qué una amiga le había infligido esta tortura?

Me armé de valor y fui a hablar con Elfriede, que se mostró arisca hasta conmigo.

—Proteger a quien no quiere ser protegido es una agresión —le dije irritada.

—Ah, ¿sí? —Se quitó el cigarrillo apagado de los labios—. ¿Pensarías lo mismo de un niño?

—Leni no es una niña.

—No puede defenderse —replicó—, es como una niña.

—¿Quién de nosotras puede defenderse aquí dentro? ¡Sé realista! Hemos aceptado todo tipo de abusos. No siempre hay elección.

—Tienes razón.

Aplastó el cigarrillo contra la pared como si quisiera apagarlo, hasta que el tabaco salió del papel arrugado. Después se alejó, la conversación había terminado.

—¿Adónde vas?

—No se puede huir del propio destino —dijo sin darse la vuelta—, esa es la cuestión.

¿De verdad había pronunciado una frase tan retórica?

Pude haber ido ir tras ella, no lo hice: total, no hacía caso a nadie. Arréglatelas tú sola, pensé.

Yo no sabía decir si Elfriede había hecho bien o no en denunciar a Ernst, contra la voluntad de Leni. Pero había algo en aquella historia que hacía que me sintiera incómoda, algo que me provocaba una oscura sensación de malestar.

## 38

Atisbé a Ziegler en el pasillo y me torcí el tobillo adrede. El pie se salió del zapato, la rodilla capituló, caí al suelo. Él vino hacia mí y me tendió la mano, la agarré, me ayudó a levantarme. El guardia también se había acercado.

—¿Todo en orden, teniente?

—Le duele el tobillo —dijo Ziegler. No rechisté—. La acompaño al baño para que se eche agua fría.

—No, no se moleste teniente, puedo decírselo a...

—No importa.

Ziegler se puso en marcha. Lo seguí.

Cuando llegamos a su despacho, cerró la puerta con llave al instante, me cogió la cara entre las manos con tanto ímpetu que me comprimió las mejillas y me besó. Pensé que lo nuestro nunca acabaría, que bastaría con tocarle el pecho con un dedo para volver a caer.

—Gracias por lo que hiciste.

Había preferido proteger a una de nosotras que cubrir a un suboficial. Me parecía que estaba de nuestra parte, de la mía.

—Te he echado de menos —dijo levantándome la falda hasta dejar al descubierto los muslos.

Nunca lo había tocado a plena luz del día, nunca había visto con tanta nitidez las arrugas que el deseo marcaba en su frente, la mirada temerosa de que todo pueda desvanecerse de un momento a otro, una urgencia adolescente. Nunca habíamos hecho el amor en un lugar que no me perteneciera, o mejor dicho, que no perteneciera a la familia de Gregor. Había profanado el granero y ahora estábamos profanando el cuartel. Era de Hitler, ese lugar. Era nuestro.

Llamaron a la puerta. Ziegler se abrochó rápidamente los pantalones, yo bajé del escritorio e intenté alisarme la falda con las manos, atusarme el pelo. Permanecí de pie mientras él hablaba con el de la SS, que echaba ojeadas en mi dirección. Agaché la cabeza, después me puse de lado, volví a atusarme el pelo, miré los papeles que había encima del escritorio para escapar a su interés. Entonces reparé en el dosier.

En la primera página ponía: «Elfriede Kuhn / Edna Kopfstein». Se me heló la sangre.

—¿Dónde lo habíamos dejado? —musitó Ziegler abrazándome por detrás. Había despedido al guardia, pero no me había dado cuenta. Me hizo girar sobre mí misma, me atrajo hacia él, me besó los labios, los dientes, las encías, las comisuras de la boca, dijo—: ¿Qué te pasa?

—¿Quién es Edna Kopfstein?

Se separó de mí, y después de rodear el escritorio con desgana, se sentó. Cogió el dosier.

—Déjalo correr. —Lo metió en un cajón.

—Dime de qué se trata, por favor. ¿Qué tiene que ver esa mujer con Elfriede? ¿Por qué tienes un dosier con su nombre? ¿También disponéis de uno sobre mí?

—No puedo compartir esa información contigo.

No estaba de nuestra parte. Había denunciado a un suboficial solo porque tenía el poder de hacerlo, y él quería ejercer ese poder.

—¿Y qué puedes compartir conmigo? Hace un instante me abrazabas.

—Por favor, vuelve al comedor.

—Ahora me tratas como a una subordinada. No estoy a tus órdenes, Albert.

—En realidad, sí.

—¿Por qué estamos en tu estúpido cuartel?

—No te pongas tonta, Rosa. Haz como si no lo hubieras visto, es mejor para todos.

Me incliné sobre la mesa y le agarré la solapa del uniforme maldiciendo.

—No pienso hacer como si nada. ¡Elfriede Kuhn es amiga mía!

Ziegler me acarició el dorso de la mano, los nudillos.

—¿Estás segura? Porque no existe ninguna Elfriede Kuhn, y si existiera no es la persona que tú conoces. —Me soltó bruscamente de su solapa. Me tambaleé hacia atrás, me sujetó por los brazos—. Edna Kopfstein es una *U-Boot*.

—¿Qué es eso?

—Tu amiga Elfriede es una clandestina, Rosa. Una judía.

No podía creerlo. Había una judía entre las catadoras de Hitler.

—Déjame ver el dosier, Albert.

Se levantó y vino hacia mí.

—No te atrevas a decírselo a nadie.

Entre nosotras había una judía, y era Elfriede, justo ella.

—¿Qué le pasará?

—Rosa, ¿me estás escuchando?

—Tengo que decírselo, debe escapar.

—Mira que eres graciosa. —Se le escapó la misma mueca que le había entrevisto una vez en el granero—. ¿Te pones a planear su fuga y encima me lo cuentas?

—¿La echarás de aquí? ¿Adónde la llevarán?

—Este es mi trabajo. Nadie me impedirá hacerlo, ni siquiera tú.

—Albert. Si puedes, ayúdala.

—¿Por qué debería ayudar a una judía clandestina que nos ha tomado el pelo? ¡Se ha ocultado durante todo este tiempo, ha cambiado de identidad, se ha alimentado con nuestra comida, ha dormido en nuestras camas, ha creído que podía engañarnos! Pues no: está muy equivocada.

—Te lo ruego. Haz desaparecer ese dosier, por favor ¿Quién te lo ha dado?

—No puedo hacer desaparecer un dosier.

—¿No puedes? ¿Admites que no pintas nada aquí dentro?

—¡Ya basta!

Me tapó la boca. Le mordí la mano, me empujó contra la pared, me golpeé la cabeza. Apreté los párpados esperando a que el dolor se propagase y alcanzase su ápice, para atenuarse después. En el instante en que remitió, le escupí a la cara.

Me encontré con el cañón de la pistola contra mi frente. Ziegler no temblaba.

—Tú harás lo que yo te diga.

Eso mismo me había dicho la primera vez, en el patio, cuando sus ojos pequeños, tan juntos que parecía bizco, no llegaron a infundirme miedo. Me miraban los mismos iris color avellana, ahora que el metal marcaba un círculo frío en mi piel. El nervio facial estaba tenso, no podía tragar, tenía la garganta cerrada, el lagrimal retuvo dos gotas, no lloraba, pero no podía respirar.

—De acuerdo —dije en un suspiro.

Y de repente Ziegler apartó la pistola, la introdujo con poca habilidad en la funda, sin dejar de mirarme. Después me abrazó con fuerza, su minúscula nariz en mi cuello, me pidió perdón, me palpó, las clavículas, los fémures, las costillas, como si quisiera asegurarse de que estaba entera, era patético.

—Perdóname, por favor —decía—. Pero tú me has obligado —se justificaba. Y volvía a repetir inmediatamente—: Perdóname.

Yo no podía hablar. Era patética. Éramos patéticos.

—Si se escapa será peor —dijo, con la cara entre mi pelo. Permanecí en silencio, y él añadió—: No debes decírselo. Haré lo que pueda, te lo prometo.

—Por favor.

—Te lo prometo.


Cuando volví al comedor, las chicas quisieron saber dónde había estado.

—Menuda cara traes —dijo Ulla.

—Es verdad —confirmó Leni—. Estás muy pálida.

—Estaba en el baño.

—¿Todo este rato? —preguntó Beate.

—Dios mío, no me digas que tenemos a otra más —dijo Augustine mirando a Heike de reojo.

Ella bajó la cabeza. También lo hizo Beate, que tenía que fingir no haberlo oído.

—La misma metepatas de siempre, Augustine —dije tratando de desviar la atención de mi persona.

Heike me miró, después miró a Elfriede, luego volvió a agachar la cabeza.

Yo también miré a Elfriede, me pasé la comida mirándola. Cada vez que me sorprendía haciéndolo, sentía que el corazón se me encogía como un fuelle.

Mientras subía al autobús, alguien me sujetó por el brazo. Me volví.

—¿Qué te pasa, Berlinesa? ¿Aún te impresiona la vista de la sangre?

Elfriede sonreía. No me había pinchado con un alfiler ni me habían sacado sangre, pero aquella broma, que solo nosotras comprendíamos, nos devolvía al principio de nuestra amistad.

Tenía que decírselo, aunque me fiara de Ziegler no podía fiarme de un teniente de la SS: Elfriede debía enterarse de lo que pasaba. Pero ¿qué haría? ¿Escaparía? ¿Cómo podía ayudarla? Solo Ziegler podía, no había elección. Me lo había prometido. Si se escapa será peor, había dicho. Debía creerle. Éramos peones en sus manos. Tenía que callarme, era la única manera de salvar a Elfriede.

—Nunca me he acostumbrado a la sangre —le respondí.

Después me senté junto a Leni.


Al día siguiente, las chicas insistieron en que me notaban rara, ¿acaso había vuelto a tener noticias de Gregor, otra carta de la oficina central para las familias de los militares? No. Menos mal, ¿sabes?, estábamos preocupadas. Entonces ¿qué te pasa?

Quería confiarme con Herta y Joseph, pero si lo hacía me preguntarían cómo sabía lo que sabía, y no podía confesárselo. La tarde en que Ulla me había puesto los bigudíes y Elfriede y Leni habían tomado el té en casa, cuando se fueron, Herta me dijo que no acababa de situar a Elfriede. Tiene algo, confirmó Joseph mientras usaba el atacador para acomodar el tabaco en la cazoleta de la pipa, como una pena.

Pasé la semana aterrorizada por si venían a llevarse a Elfriede, que su arresto fuera tan inevitable como el del profesor Wortmann. Nunca miraba por la ventana, ni los pájaros ni las plantas, nada podía distraerme, tenía que estar alerta, vigilar a Elfriede. Ella estaba allí, sentada al otro lado de la mesa, y comía patatas al horno con aceite de semillas de lino.

Llegó el viernes. Nadie vino a buscarla.

## 39

Ziegler entró mientras estábamos acabando de probar el desayuno. No habíamos vuelto a encerrarnos con llave en su despacho, no había habido ningún contacto entre nosotros.

Comíamos pastel de manzana, nueces, cacao y pasas, que Krümel había bautizado como «pastel del Führer». No sé si el Führer había inventado la receta o si el cocinero había mezclado en un único dulce todo lo que le gustaba a su jefe para homenajearlo. Desde aquel día, no he vuelto a comer pasas.

Erguido en el umbral de la sala, las piernas separadas, las manos en las caderas, la barbilla alzada, Ziegler llamó:

—Edna Kopfstein.

Levanté la cabeza de golpe, conteniendo la respiración. Él me evitó.

Las demás miraron alrededor confundidas: ¿quién era la tal Edna? Ninguna de nosotras se llamaba así, ¿qué significaba? Kopfstein, había dicho el teniente. Era un apellido judío. Dejaron el tenedor sobre el mantel, o al borde del plato, entrelazaron los dedos sobre el regazo. Elfriede también, a pesar de que ya había pinchado un pedazo de pastel con el tenedor, pero, tras vacilar brevemente, volvió a cogerlo, se lo llevó a la boca y siguió comiendo despacio. Su descaro me dejó atónita: Elfriede se comportaba siempre así, fingía ser la que no tiene miedo, la que no le permitía a nadie, ni siquiera a uno de la SS, ofender su amor propio.

Ziegler la dejó acabar. ¿A qué jugaba?

Cuando Elfriede vació el plato, repitió:

—Edna Kopfstein.

Me levanté con tanto ímpetu que la silla se volcó.

—No me robes la escena, Berlinesa —dijo Elfriede, y se dirigió hacia el teniente.

—Vamos —dijo él, y ella lo siguió sin mirar atrás.

Era sábado, esa noche volvíamos a casa.


El autobús salió sin Elfriede.

—¿Dónde está? —me preguntó Leni—. No ha venido a comer ni a cenar.

—Mañana nos lo contará todo —procuré tranquilizarla.

—¿Quién es Edna Kopfstein? ¿Qué relación tiene con ella?

—No lo sé, Leni, ¿cómo voy a saberlo?

—¿Crees que le han hecho más preguntas sobre Ernst?

—No, no creo.

—¿Por qué te has levantado de esa manera, Rosa?

Me volví hacia el otro lado; Leni lo dejó correr. Estábamos trastornadas. A veces, desde su asiento, Augustine me buscaba. Negaba con la cabeza, como queriendo decir no, no es posible, no puedo creérmelo, una judía, Rosa, pero ¿tú lo sabías? Como queriendo decir y ahora que la han descubierto, ¿sabes qué hay que hacer?

Al día siguiente, en el punto de la carretera donde Elfriede solía esperar el autobús, ni siquiera había una colilla que dejara constancia de su paso.

En el comedor nos avisaron de que el Führer se marcharía el lunes y que no volvería antes de diez días, diez días sin ir al cuartel. Ziegler no se dejó ver por mi ventana, ni esa noche ni las siguientes. De Elfriede, ninguna noticia.

Hablando con un grupo de militares con quienes seguía viéndose —no sé si Heiner se encontraba entre ellos, pero el suceso ya era de dominio público—, Ulla descubrió que Ernst había dicho: ¿Creéis en la palabra de esa? ¿Sabéis lo que ha hecho? Ha llevado a abortar a una de las catadoras a casa de un hombre que vive oculto en el bosque, y nadie sabe quién es ni por qué se esconde. Podría ser un desertor o un enemigo del Reich.

Se lo había contado Leni. Quizá le pareció una audacia —una fanfarronada, un intento de seducción—. Se fiaba de Ernst.

Ziegler había ido a casa de Heike y la había interrogado durante horas. Cuando empezó a amenazar a sus hijos, ella habló. Dijo: En el bosque de Goerlitz, cerca del lago Tauchel.

El hombre estaba indocumentado, pero al Servicio de Seguridad no le costó enterarse de que era un médico judío, uno de los que habían inhabilitado para ejercer la profesión; había logrado esconderse todo ese tiempo. Elfriede lo conocía de toda la vida: era su padre.

La madre, una alemana de pura cepa, se había divorciado de él. Elfriede, medio judía, no había querido abandonarlo, a pesar de que no vivía con él. Años antes, cuando todavía estaba en Gdansk, una amiga de la familia le había cedido su documento de identidad. Juntas, habían modificado la fecha de nacimiento con el líquido corrector, habían despegado la foto, cambiándola por otra, y por último habían calcado con un pincel muy fino los cuatro sellos, perfilando las alas del águila y el círculo alrededor de la esvástica, y Edna Kopfstein se había convertido en Elfriede Kuhn.

Había logrado engañar a la SS durante un año. Tenían a una enemiga en casa, le servían a diario manjares suculentos, convencidos de que era una de ellos.

Debió de vivir en un continuo estado de alerta, Elfriede, con cada bocado el miedo a ser desenmascarada, con cada viaje en autobús el sentimiento de culpa por los que habían deportado en los trenes y no volverían, por quienes habían sido menos astutos, menos hábiles en mentir: no todo el mundo posee ese don.

A lo mejor, acabada la guerra, recuperaría su nombre, sus documentos, recordaría el período de clandestinidad con la actitud digna del que ha logrado salvarse, a pesar de que esos años aflorarían por las noches en sus pesadillas. Para exorcizarlos, hablaría de ellos a sus nietos durante la comida de Janucá —o quizá no, guardaría silencio sobre aquel período, como yo.

Si no la hubieran llamado para ser catadora, quizá habría sobrevivido. Sin embargo, a Elfriede la deportaron, junto con su padre.

Me lo dijo Herta, lo había oído en el pozo, lo contaban las mujeres en la cola del agua. La historia de la judía que había engañado a la SS había corrido por todo el pueblo. En Gross-Partsch, en Rastenburg, en Krausendorf, ¿conocían desde siempre nuestra existencia y sabían a qué nos dedicábamos?

«Deportada», confirmó Herta, y no se mordió el labio superior, no puso cara de tortuga: pareció solo una madre. En su vida había cabida para una única gran pena, la pérdida de Gregor, no podía sufrir por nadie más.

Salí de casa dando un portazo. Era de noche, y Joseph me preguntó: «¿Adónde vas?», pero yo ya no lo escuchaba. Me puse en camino sin una meta, con un frenesí en las piernas que solo el esfuerzo físico podía aplacar o agudizar.

Nidos en las torres, ninguna cigüeña. No volverían aquí, a Prusia Oriental, no era un lugar salubre, solo pantanos y hedor a podrido, cambiarían su ruta, se olvidarían de este páramo para siempre.

Andaba sin detenerme un instante, pensaba ¿por qué lo hiciste? Pudiste haber callado. ¿Qué necesidad tenías de vengar a Leni, que ni siquiera quería que la vengaran?

Fue un suicidio: el sentimiento de culpa del superviviente. Elfriede ya no podía seguir soportándolo. O quizá fue un paso en falso, una inconsciencia pasajera, que le resultó fatal. El mismo impulso que no supo reprimir conmigo, cuando me empujó contra aquella pared de juntas ennegrecidas. Solo ahora me daba cuenta de que se sentía acosada, que vivía con la angustia de que la descubrieran. ¿Me puso a prueba aquel día en el baño? O, como un animal enjaulado, ansioso por salir, ¿buscaba un motivo cualquiera para que abrieran los cerrojos, incluso a costa de que no los abrieran para liberarla? Sencillamente, puede que fuera la única manera que ella, atrincherada y orgullosa, encontró de acercarse a mí.

No nos había tocado en suerte el mismo destino. Yo me hallaba a salvo. Me fie de Ziegler y me traicionó. Era su trabajo, eso diría él. Al fin y al cabo, cada trabajo comporta un compromiso. Cada trabajo es una esclavitud: la necesidad de ocupar un papel en el mundo, de ser encauzado en una dirección determinada para no descarriarse, para eludir la marginalidad.

Yo había trabajado para Hitler. Como Elfriede, que había acabado en la Guarida del Lobo y aun así tenía la esperanza de salir de allí con vida. Yo no alcanzaba a comprender si estaba tan acostumbrada a la clandestinidad que se sentía a salvo, tan a salvo para atreverse a dar un paso en falso, o si se había entregado a un destino que ya no podía sortear sin sentirse indigna.

Todas habíamos acabado en la Guarida del Lobo sin quererlo. El Lobo nunca nos había visto. Había digerido la comida que nosotras habíamos masticado, había expulsado los desechos e ignorado nuestra existencia. Permanecía ovillado en su guarida, la Guarida del Lobo, el principio de todas las cosas. Yo quería penetrar en ella, que me engullera definitivamente. A lo mejor Elfriede estaba allí, encerrada en un búnker, esperando hasta que decidieran qué iban a hacer con ella.

Deambulé a lo largo de las vías ferroviarias, entre la hierba alta que me irritaba las piernas; crucé el paso a nivel, un tronco fino con dos tablas clavadas en cruz, pintadas de blanco y rojo, y seguí sin mirar atrás. Las vías discurrían impertérritas, engastadas en una maraña de flores violáceas: no era trébol de los prados, no había nada hermoso capaz de hacerme volver en mí. Caminaba como una sonámbula, con su misma determinación, seguía mi curso, hasta la última frontera, quería cruzarla, hundirme en el corazón palpitante del bosque, formar parte de él de una vez por todas, del hormigón de los búnkeres, las algas y las virutas del enlucido mimético, de los árboles sobre los tejados. Quería que todo eso se me tragara: a lo mejor, miles de años después, la Guarida del Lobo me expulsaría, y yo no sería más que abono.

Un disparo rasgó mi sopor, caí hacia atrás.

—¿Quién anda ahí? —gritaron.

Me acordé de las minas de las que hablaba Ziegler. ¿Dónde estaban? ¿Por qué yo no había saltado por los aires?

—¡Manos arriba!

¿Había recorrido otro camino, uno libre de minas? ¿Dónde estaba Ziegler?

—¡No te muevas!

Un disparo al aire, solo una advertencia, fueron indulgentes.

La SS salió a mi encuentro apuntándome con las armas; levanté los brazos, estaba de rodillas, pronuncié despacio mi nombre:

—Soy Rosa Sauer, trabajo para el Führer, estaba paseando por el bosque, no me hagáis daño, soy una de las catadoras de Hitler.

Me agarraron, me encañonaron por la espalda con sus fusiles, gritaban, no me acuerdo qué decían, solo de la colisión rabiosa de sus voces contra mis oídos, la grieta de sus bocas abiertas, la indelicadeza de sus manos sobre mí, el ensañamiento con que se me llevaron de allí. Puede que me condujeran a la Guarida del Lobo, que me encerraran en el búnker también.

¿Dónde estaba Joseph? ¿Estaría buscándome? Herta esperaría sentada en la cocina con los dedos entrelazados, aquellos dedos deformes. Me esperaría a mí, o solo a Gregor, el resto de su vida. Pero ya era de noche, su hijo no volvería hambriento a casa, y yo ya no tenía hambre.

Me condujeron al cuartel de Krausendorf. Qué ingenuidad por mi parte creer que iban a dejarme entrar en un lugar reservado a los elegidos del Führer. Me ordenaron que me sentara a la mesa del comedor. Nunca había estado sola allí. Leni había perdido la virginidad sobre aquella mesa. Qué tiene de malo, pensaría Ernst. Leni parecía estar conforme, te lo juro. Todos parecían estar conformes en Alemania. Cerraron la puerta, me quedé contando los asientos vacíos, un guardia vigilaba la salida al patio.

Al cabo de una media hora, quizá cincuenta minutos, apareció Krümel.

—¿Qué haces aquí?

Me sentí aliviada.

—¿Qué hace usted, Miga? ¿No estaba de vacaciones?

Yo necesitaba compasión.

—No haces una buena.

Le sonreí, me temblaba la barbilla.

—¿Quieres comer algo? —dijo sin preocuparse de la presencia del guardia.

No me dio tiempo a responder: llegó Ziegler. Lo habían llamado para resolver una lamentable situación: una de sus catadoras había intentado introducirse ilegalmente en el primer anillo de la ciudad-búnker.

Krümel hizo una obsequiosa reverencia al teniente y se despidió de mí con un gesto de la cabeza, no me guiñó el ojo como cuando, muchos meses antes, cotilleábamos juntos en la cocina. Ziegler despidió también al guardia y cerró la puerta.

Sin sentarse, dijo que me acompañaría a casa, pero que la próxima vez las cosas no quedarían así.

—¿Qué pretendías? ¿Puedes explicármelo? —Se acercó a la mesa—. Mañana tendré que responder personalmente de lo sucedido, tendré problemas por tu culpa. Les diré que estabas paseando, que fue un error, pero no va a ser sencillo, ¿lo entiendes? Después de lo que ocurrió en julio, cualquiera puede ser un traidor, un espía, un infiltrado...

—¿Como Elfriede?

Ziegler no respondió.

—¿La buscabas a ella? —me preguntó luego.

—¿Dónde está?

—La hemos alejado.

—¿Dónde está?

—Donde te imaginas. —Me extendió un trozo de papel—. Puedes escribirle —dijo—. Hice lo que pude, créeme. Está viva.

Le miré la mano que sujetaba el papel, no lo cogí.

Ziegler lo arrugó, lo lanzó sobre la mesa, hizo ademán de salir. Quizá creía que lo mío fuera un desplante, que si me dejaba sola me metería la dirección en el bolsillo. No tenía bolsillos ni llevaba mi bolso de piel.

—No quiero escribir nunca más a alguien que no me responderá.

Ziegler se detuvo, me miró con compasión. Era lo yo que quería, pero no me consolaba.

—Te esperan ahí afuera. —Me levanté lentamente, cansadísima. Cuando pasé por su lado dijo—: No tenía más remedio.

—¿Te han ascendido? ¿O siguen considerándote el pobre inepto que eres?

—Vete. —Empujó la manija.

En el pasillo tuve la impresión de andar sobre el agua. Ziegler se dio cuenta, volvió a estar a punto de sujetarme por instinto, pero me aparté, prefería caerme. No me torcí el tobillo, seguí caminando.

—No es culpa mía —lo oí decir mientras alcanzaba a los de la SS, que esperaban en la puerta del cuartel.

—Sí que lo es —respondí sin darme la vuelta—. Es culpa nuestra.

# 40

La desaparición de Elfriede me sumió en un estado catatónico. No podía odiar a Leni, pero tampoco perdonarla. Su mortificación era para mí como el sentimiento de culpa de un chiquillo que ha hecho una travesura y teme que lo pillen, no me bastaba. Deberías haberlo pensado antes, quería decirle, pero me callaba, no hablaba con nadie. En el comedor las voces se atenuaron, pero aun amortiguado aquel murmullo me resultaba insoportable. Elfriede se merecía un poco de respeto. Y yo necesitaba silencio.

Mis amigas comían cabizbajas, no se atrevían a preguntar qué sabía o por qué me había levantado de golpe de la silla aquel sábado. Notaba sus ojos clavados en mí, y no solo los de las Fanáticas, que no se cansaban de sentenciar; una mañana, si Augustine no me hubiera parado, me habría abalanzado sobre Theodora, que había comido junto a Elfriede durante meses y no se sentía afectada por lo sucedido. Las Fanáticas también la habían tratado a diario, habían estado a punto de morir con ella, y con ella habían compartido la salvación, pero eso no era suficiente para sentir piedad. ¿Cómo era posible? Llevo muchos años preguntándomelo y sigo sin entenderlo.

Heike cayó enferma, esta vez de verdad. Presentó un certificado médico en que se leía «indispuesta» y se ausentó varias semanas. No sé si seguían pagándole el sueldo durante esos días; el pudor disuadía a Beate de repetir la cantilena de los hijos por criar. Yo confiaba en que Heike se recuperara lo más tarde posible para que me diera tiempo a aplacar la rabia —a lo mejor no se aplacaba nunca—. Tenía ganas de pegarle, de castigarla.

¿Cómo me atrevía? No era mejor que ella.

No llegó ninguna chica nueva a ocupar el sitio de Elfriede; su asiento al lado de Leni quedó vacío, como su cama al lado de la mía. Puede que lo hicieran adrede para que no olvidáramos lo que le ocurría a quien no se adaptaba. O puede que el Führer tuviera otras cosas en que pensar, estaban diezmando su ejército, cómo iba a preocuparse por una catadora menos.

Una tarde que tenía libre porque el Führer había vuelto a marcharse, Herta se acercó a mí cuando yo estaba tendiendo la colada. El olor de la ropa recién lavada era blasfemo, lo era el sol alto, el frescor de las prendas húmedas sobre los dedos.

En casa la radio estaba encendida, por la ventana abierta llegaban las voces y la música de la celebración del día de la Madre Alemana. Supuse que el Führer había ido a condecorar con cruces de honor a las madres prolíficas. Ya era 12 de agosto, pensé colgando un mantel del hilo, había perdido la cuenta de los días. Si Klara no hubiera muerto treinta y siete años antes, cuando Adolf todavía no era un hombre hecho y derecho, sino un hijo algo agitado que había perdido a su madre, el 12 de agosto sería su cumpleaños.

En vez de ayudarme, Herta se quedó bloqueada, parecía a punto de decir algo, pero no lo hacía; escuchaba la radio. El Führer iba a entregar una *Ehrenkreuz* de oro a las mejores, a las que habían parido hasta ocho hijos sanos, paciencia si después alguno de ellos moría de hambre o tifus mucho antes de que le saliera barba, mucho antes de ponerse el primer sujetador, y paciencia si otro moría en la guerra: lo importante era que hubiera nuevas quintas para el frente, nuevas hembras que preñar. Augustine decía que los rusos, ya cercanos, nos preñarían a todas. Ulla replicaba: Más vale un soldado Iván en las entrañas que un americano sobre la cabeza.

Miré el cielo, ningún avión, ni estadounidense ni soviético, lo surcaba; estaba velado por nubes de gasa entre las que el sol se filtraba con intermitencia. Herta me había dicho que si empezaban los bombardeos escaparíamos al bosque, llevaríamos víveres y mantas para pernoctar. En Gross-Partsch no había refugios antiaéreos, no habían construido búnkeres donde alojar a la gente del pueblo, no había galerías subterráneas en las que protegerse, y ella dormiría más tranquila con la cara apoyada en las raíces de un árbol que en nuestro sótano, que solo con pensarlo ya se ahogaba. Yo le había respondido de acuerdo, como quiera, y lo había repetido cada vez que ella sacaba el tema, a pesar de que tenía planeado quedarme en casa, en medio del estruendo, como mi padre, ahuecar la almohada y darme la vuelta.

Por otra parte, la radio disipaba cualquier preocupación: ¿por qué se te ocurren esos pensamientos tan desagradables precisamente hoy? Hoy es un día de fiesta, se rinde homenaje a los hijos del Reich. Los alemanes, como todo el mundo sabe, quieren a los niños, ¿y tú? Algunas mujeres se habían esforzado, pero no lo habían logrado, con seis hijos solamente obtendrían una cruz de plata. Mejor, la medalla les serviría de aliciente para seguir poniendo todo su empeño, a lo mejor al año siguiente escalaban la lista; como nos enseña el Führer, nunca hay que rendirse. Las demás tendrían que conformarse con una cruz de bronce, habían parido solo cuatro, no podían pretender más. Mi suegra, por ejemplo, no habría ganado nada, aunque hubiera querido, tres embarazos solamente, dos hijos se le habían muerto de pequeños y al otro lo había perdido. Los alemanes quieren a los niños, incluso a los que entierran o a los que desaparecen —y yo no tenía ni uno.

—¿Cuánto hace que no tienes la regla?

Dejé caer un trapo mojado en el barreño, apreté la pinza.

—No lo sé. —Reflexioné, no me acordaba. Había perdido la cuenta de los días, de todos los días que se me venían encima. Volví a coger el trapo, lo colgué del hilo solo para poder sujetarme en él—. ¿Por qué?

—He notado que no lavas los paños desde hace tiempo, no los he visto tendidos.

—No me había fijado.

Herta me apoyó una mano sobre el vientre, lo palpó.

—¿Qué está haciendo? —me aparté.

Sin el apoyo del hilo, me caía.

—Tú. ¿Qué haces tú? ¿Qué has hecho?

Me temblaban los labios, las aletas nasales. Herta estaba delante de mí, con los brazos extendidos, como si quisiera contener una barriga inexistente que a lo mejor crecería.

—No he hecho nada.

¿Estaba embarazada de Ziegler?

—Entonces ¿por qué has saltado?

¿Tendría que deshacerme del niño? Como Heike. Pero yo ya no podía contar con Elfriede.

—No he hecho nada, Herta.

Mi suegra no replicó. Yo siempre había deseado tener un hijo, era culpa de Gregor que las cosas hubieran salido así. Herta extendió de nuevo la mano. ¿Y si quisiera tener ese hijo?

—¿Qué está insinuando? —grité.

Un instante después, Joseph se asomó a la ventana.

—¿Qué pasa?

Había apagado la radio.

Esperé a que Herta respondiera, pero hizo ademán de dejarlo correr, desde que Elfriede había desaparecido yo estaba deprimida, tenía cambios bruscos de humor, ¿no lo sabía? Me precipité a mi habitación, donde permanecí hasta la mañana siguiente. Pasé la noche despierta.

Durante los meses en que me había visto con Ziegler había observado mi cuerpo como una novedad. Sentada en el váter, me inspeccionaba los pliegues de la ingle, la carne del interior de los muslos, la piel de las caderas, y no las reconocía, no me pertenecían, me despertaban curiosidad, como si fueran el cuerpo de otra; al lavarme en el barreño comprobaba el peso de los pechos, el armazón de los huesos, la adherencia de los pies al suelo, y olfateaba mi olor porque era el que Ziegler percibía —él no sabía que se parecía mucho al de mi madre.

Nos habíamos unido en el sueño, en lugar del sueño, a salvo de nuestras historias personales. Habíamos negado la realidad, creíamos que podíamos dejarla en suspenso, éramos obtusos. Nunca pensé que podía quedarme embarazada. Quería un hijo de Gregor, pero él había desaparecido, y con él la posibilidad de ser madre.

Tenía el pecho macizo, dolorido. En la oscuridad no podía verme las areolas para comprobar si habían cambiado de forma o color, pero sí palparme las glándulas, que eran racimos duros, nudos de cuerdas. Hasta el día anterior no me dolían los riñones, ahora sentía la parte baja de la espalda palpitante de latigazos.

Mientras el mundo entero soltaba bombas y Hitler construía una máquina de exterminio cada vez más eficaz, Albert y yo nos habíamos abrazado en el granero como si fuera un sueño, era igual que dormir, un lugar lejos de allí, paralelo, nos habíamos encontrado sin un motivo, nunca existe un motivo para quererse. No existe ninguna razón para abrazar a un nazi, ni siquiera haberlo parido.

Después, el verano de 1944 había empezado a atenuarse, yo me había dado cuenta de que existía menos desde que Ziegler ya no me tocaba. Mi cuerpo había revelado su miseria, su imparable carrera hacia la descomposición. Había sido proyectado con esa finalidad, todos los cuerpos están proyectados con esa finalidad: ¿cómo es posible desearlos, desear algo cuyo destino es descomponerse? Es como desear a los gusanos que un día llegarán.

Pero ahora ese mismo cuerpo volvía a existir, y siempre a causa de Ziegler, a pesar de que él había salido de mi vida, de que no le echara de menos. Tendría un hijo, ¿por qué no debía tenerlo? ¿Y si Gregor acaba volviendo? Pues entonces —que Dios me perdone—, quizá sea mejor que no vuelva, cambio la vida de Gregor —pero ¿qué dices?— por la de mi hijo. ¿Te das cuenta de lo que estás diciendo? Pero yo tengo derecho a desear ese hijo, tengo derecho a salvarlo.

Cuando salí para ir al cuartel, Herta estaba recogiendo la colada: había acabado de tenderla ella y ya se había secado. No nos dijimos nada en ese momento y tampoco por la tarde, después del trabajo. Luego, el autobús vino a recogerme y el domingo tocó a su fin; esa noche me quedaría en Krausendorf, no volvería hasta el viernes siguiente.

Tumbada en la cama de la pared, extendía un brazo hasta rozar el colchón de Elfriede. Estaba vacío, y yo sentía que algo se me desgarraba por dentro. Leni dormía mientras yo buscaba soluciones: me pasé toda la semana reflexionando. Decírselo a Ziegler, aceptar su ayuda. Encontraría un médico para interrumpir el embarazo, quizá uno del cuartel general. Le pagaría para que no dijera nada, y él haría lo que había que hacer en el baño del cuartel —¿y si grito de dolor?, ¿y si ensucio de sangre las baldosas? No era el sitio adecuado—. Ziegler me subiría al coche y me introduciría en la Guarida del Lobo, arrebujada en varios estratos de mantas militares y oculta en el maletero. Los de la SS percibirían mi olor a través de las mantas, eran perros guardianes perfectamente adiestrados, detectarían mi presencia. Lo mejor sería que el teniente guiase al médico hasta un lugar del bosque, donde yo los esperaría, con las manos en la barriga, no, todavía no ha empezado a crecer y, sin embargo, ha ocurrido. Como Heike, expulsaría a mi hijo sujetándome a un árbol, pero estaría sola: el médico tendría prisa en marcharse y Ziegler lo acompañaría de vuelta. Cavaría un hueco a los pies de un abedul, lo cubriría de tierra, grabaría una cruz en su corteza, sin iniciales, mi hijo no tendría nombre, qué sentido tiene darle uno si no nacerá.

O bien, contra todo pronóstico, Ziegler podría desear que lo tuviera. He comprado una casa, me diría, una casa para nosotros, aquí, en Gross-Partsch. No quiero quedarme en Gross-Partsch, quiero vivir en Berlín. Toma, estas son las llaves, diría, poniéndomelas en la palma de la mano, y después, cerrándomela, esta noche dormiremos juntos. Esta noche dormiré en el cuartel, como ayer, como anteayer, como mañana. La guerra acabará tarde o temprano, replicaría él, y me parecería muy ingenuo en su esperanza. A lo mejor era una trampa: me obligaría a dar a luz y después se llevaría el niño a Munich, me lo arrebataría, y obligaría a su mujer a ocuparse de él. No, nunca admitiría ante su familia, ante la SS, que era el padre de un bastardo. Se libraría de mí: arréglatelas, ¿quién me asegura que es mío?

Estaba sola. No podía confesárselo a Herta, a Joseph ni a las chicas y, de todas formas, nadie podía ayudarme. Por eso contemplaba la posibilidad de aliarme con Ziegler. Estaba loca, me sentía enloquecer. Si al menos hubiera tenido a Gregor..., necesitaba hablar con él. No pasa nada, me diría mientras me abrazaba, estabas soñando.

El castigo había llegado por fin: no era el veneno, no era la muerte. Era la vida. Qué sádico es Dios, papá, me castiga con la vida. Ha cumplido mi sueño y ahora, desde el cielo, se ríe de mí.

El viernes, cuando volví, Herta y Joseph ya habían cenado: estaban a punto de acostarse. Ella llevaba una rebeca sobre los hombros, había refrescado; me saludó a duras penas. Él se mostró amable, como siempre, y no indagó acerca de la frialdad de su mujer.

En la cama me retorcí debido a los calambres. Los riñones me quemaban y sentía un punzada insistente en el pezón izquierdo, como si alguien hubiera decidido coserlo, cerrarlo. No amamantarás a tu hijo: roba la leche de Krümel si tanto te importa que nazca. La cabeza, comprimida por las cucharas de un fórceps, martilleaba. Al día siguiente me levanté agotada.

Al frotarme los ojos, noté una mancha oscura en la sábana. El camisón también estaba manchado. Una hemorragia. ¡Estaba perdiendo al niño! Caí de rodillas y hundí la cara en el colchón. El hijo de Ziegler, lo había perdido. Me abracé el vientre para retenerlo —no te vayas, no hagas como todos, quédate conmigo—. Me palpé el pecho, estaba blando, no me dolía. Solo una molestia imperceptible, opaca, en sordina: una molestia familiar.

Nunca había estado embarazada de Ziegler.

Son cosas que pasan, diría Elfriede. Me asombras, Berlinesa, ¿acaso no lo sabías? Basta un disgusto importante, o que el organismo se debilite por agotamiento, y el ciclo de menstruación cambia. Basta el hambre, pero tú, a diferencia de mí, no tienes hambre. A mí tampoco me ha venido, aquí abajo. Estamos sincronizadas, como decía Leni.

La mejilla contra el colchón, lloré por Elfriede, sollocé hasta que empapé las sábanas, hasta que oí la bocina. Me puse un paño y lo sujeté con un imperdible, me vestí deprisa, dejé destapada la mancha roja para que Herta pudiera verla.

En el autobús apoyé la sien contra el cristal y seguí llorando. Por el hijo que nunca tendría.

# 41

Beate no se había equivocado. Las cosas estaban poniéndosele feas para el Führer. No solo le habían traicionado algunos de los suyos, en julio, y había corrido el peligro de quedarse tieso, sino que, al cabo de poco más de un mes, había perdido medio millón de hombres en el frente occidental, y escaseaban las guarniciones y los cañones mientras los aliados liberaban París. En el frente opuesto, Stalin jugaba con neta ventaja: había conquistado Rumanía, hecho capitular a Finlandia, obligado a Bulgaria a retirarse oficialmente de la guerra y atrapado cincuenta divisiones alemanas en territorios bálticos. Cada vez estaba más cerca, los generales no hacían más que repetirlo, y los jefes del Estado Mayor soportaban la ira de Hitler cuando intentaban advertirle, pero él los desoía: sus ejércitos seguirían combatiendo hasta que el adversario se rindiera por agotamiento, como decía Federico el Grande. Los agotarían, manteniendo alto el honor, no habría otro 1918, no mientras él viviera —y para jurarlo se golpeaba el pecho con la mano derecha, mientras que la izquierda, oculta detrás de la espalda, era presa de un temblor ya habitual, para el que Morell no tenía todavía un diagnóstico adecuado—. Ya está bien de esa idiotez de que el soldado Iván está a las puertas; es propaganda.

Nosotros no sabíamos todo eso, no con claridad. Estaba prohibido escuchar la radio enemiga, y si alguna vez Joseph lograba sintonizar la inglesa o la francesa, entendíamos poco o nada. Lo que estaba claro es que Hitler mentía, que había perdido el control, que estaba precipitándose y que nos arrastraría a todos con él antes que admitirlo. Muchos empezaron a odiarlo entonces. Mi padre lo odió desde el principio. Nunca fuimos nazis. No hubo ningún nazi en mi familia, aparte de mí.

En noviembre me convocaron al despacho de Ziegler, esta vez sin ninguna estratagema. El guardia que me acompañó fue tan discreto que las demás pensaron que yo iba al baño. Me preguntaba que querría Ziegler ahora —hacía meses que no hablábamos— y apretaba los puños de rabia.

Es verdad que había vuelto a verlo después de la noche en que me negué a coger el papel: lo había visto por los pasillos o en el comedor. Sin embargo, ese día me pareció diferente. Con entradas incipientes. La piel de la cara, tirante, brillaba de grasa a los lados de la nariz y en la barbilla.

Me colgué de la manija, lista para salir de allí.

—Tienes que ponerte a salvo.

De quién iba a ponerme a salvo, si no me había salvado de él.

Se levantó del escritorio, se detuvo a dos metros de distancia, casi por cautela. Se cruzó de brazos. Dijo que los soviéticos estaban llegando, que saquearían, destruirían las casas, que teníamos que irnos. El Führer se había negado a hacerlo hasta el final, no quería alejarse del frente oriental, su presencia, decía, era un faro para los soldados, pero los aeroplanos seguían sobrevolando el cielo de la Guarida del Lobo, quedarse allí era una locura. Al cabo de un par de días, Hitler partiría para Berlín con las secretarias, los cocineros y algunos colaboradores, y poco a poco irían evacuando a todos los demás, pero antes harían saltar por los aires los búnkeres y los tinglados.

—Y entonces ¿qué me aconsejas que haga? ¿Le pido a Hitler que me lleve?

—Rosa, ya está bien, por favor. ¿No te das cuenta de que es una derrota total?

El fin había llegado. Había perdido a un padre, a una madre, a un hermano, a un marido, a Maria, a Elfriede, e incluso al profesor Wortmann, por nombrarlos a todos. Solo yo seguía ilesa, pero ahora el fin estaba a la vuelta de la esquina.

—Hitler se marchará el 20 con el alto mando de la Wehrmacht. Pero todos los demás, los civiles que trabajan en el cuartel general, tendrán que ocuparse de las cuestiones logísticas antes de irse: documentos, suministros militares... Subirán a un tren unos días después. Te marcharás con ellos.

—¿Y por qué deberían admitirme?

—Encontraré un modo de esconderte.

—¿Quién te dice que estoy dispuesta a esconderme? ¿Qué me harán si me encuentran?

—Es la única solución. La gente empezará a irse cuando se dé cuenta de que no se puede hacer otra cosa. Tienes la oportunidad de marcharte ahora. En tren.

—No subiré a ningún tren. ¿Adónde quieres enviarme?

—A Berlín, ya te lo he dicho.

—¿Por qué debería fiarme de ti? ¿Por qué debo salvarme yo mientras las demás se quedan? ¿Solo porque me he acostado contigo?

—Porque eres tú.

—No es justo.

—No todo es justo en la vida. Pero, eso al menos, no lo he decidido yo.

No todo es justo, ni siquiera el amor. Alguien quiso a Hitler, le quiso sin reservas, una madre, una hermana, Geli, Eva Braun. Él le decía: Tú, Eva, eres quien me ha enseñado a besar.

Solté un leve suspiro, sentí la piel de los labios agrietarse.

Ziegler se acercó, me rozó una mano. La retiré con violencia.

—¿Y mis suegros?

—No puedo esconderos a todos, sé razonable.

—No me iré sin ellos.

—No seas tozuda, hazme caso, aunque sea por una vez.

—Te he hecho caso otras veces y acabó muy mal.

—Solo quiero ayudarte.

—No puedo más, no quiero seguir sobreviviendo, Albert. Tarde o temprano, quiero vivir.

—Entonces, vete.

Suspiré, dije:

—¿Tú también te irás?

—Sí.

Alguien estaba esperándolo, en Baviera. En Berlín nadie me esperaba. Estaría sola, sin un lugar donde dormir, en medio de las bombas. La inutilidad de esa existencia me ofendía: ¿para qué tanto empeño en protegerla? Como si fuera una obligación (¿hacia quién seguía teniendo obligaciones?).

Es un instinto biológico, nadie puede eludirlo, objetaría Gregor con su acostumbrado sentido común. No te creas diferente al resto de la especie.

Yo no sabía si el resto de la especie prefería vivir como un miserable que morir; si prefería pasar privaciones, sufrir de soledad en vez de hundirse en el lago Moy con una piedra al cuello; si considera la guerra un instinto natural. Es una especie tarada, la especie humana: no hay que secundar sus instintos.

Joseph y Herta no me preguntaron quién era la persona que tenía la potestad de esconderme en un tren nazi. Quizá siempre lo supieron. Deseaba que me impidieran marcharme, tú te quedas, ha llegado el momento de pagar. Herta, en cambio, me acarició la cara, dijo:

—Ten cuidado, hija mía.

—¡Vengan conmigo!

Convencería a Ziegler, encontraría un modo de esconderlos también a ellos.

—Ya soy vieja —respondió Herta.

—Si no vienen conmigo, me quedo, no les dejaré solos —dije, y pensé en Franz. En cuando me despertaba trastornada por el éxtasis, le cogía las manos, y su tibieza me tranquilizaba. Me metía en su cama y me pegaba a su espalda—. No, no les dejaré solos.

La casa de Herta y Joseph era cálida, como mi hermano.

—Tú te vas en cuanto sea posible —sancionó Joseph con un tono autoritario que nunca le había oído—. Tienes la obligación de ponerte a salvo.

Hablaba como su hijo.

—Cuando vuelva Gregor —dijo Herta—, te necesitará.

—¡Nunca volverá! —dije con voz chillona, sin poder contenerme.

A Herta se le desfiguró la cara. Se alejó de mí, abandonándose en una silla. Joseph apretó la mandíbula y salió al patio trasero, indiferente a la temperatura.

No fui tras él, no me levanté para atender a Herta, sentí que nos habíamos distanciado unos de otros, que ya estábamos solos, cada uno a su manera.

Pero después, cuando reapareció en la puerta, me disculpé. Herta no me miró.

—Perdónenme —repetí—. Llevo un año viviendo aquí, son la única familia que me queda. Tengo miedo de perderles. Sin ustedes, tengo miedo.

Joseph echó leña a la chimenea para alimentar las llamas, y se sentó.

Seguíamos juntos, los tres, las caras caldeadas por el fuego, como cuando soñábamos con la llegada de Gregor y organizábamos la cena de Navidad.

—Mi hijo y tú volveréis a vernos —dijo Herta—. Prométemelo.

No tuve más remedio que asentir con la cabeza.

Zart saltó a mi regazo, arqueó el lomo y estiró las patas. Después, ovillado sobre mis piernas, inició una larga sesión de ronroneo, casi un adiós.

Al cabo de tres días, el autobús no se presentó. Hitler se había marchado. Mis compañeras no sabían que el Führer no volvería. No me despedí de Leni ni de las demás, no podía. Durante mi última semana en Gross-Partsch, con la excusa del frío, salí muy poco.

Una noche me despertó un ruido de uñas sobre el cristal. Encendí la lámpara de petróleo y fui a la ventana. Allí estaba Ziegler, de pie, muy cerca. Por efecto de la luz, vi mi cara reflejada en el cristal sobreponiéndose a la suya. Me eché el abrigo por encima y salí. Me explicó dónde y a qué hora tenía que encontrarme, al día siguiente, con un tal doctor Schweighofer: estaba al corriente de todo y era un hombre de confianza. Se cercioró de que me había quedado todo claro y me dio las buenas noches apresuradamente, encogiéndose de hombros, como solía hacer.

—Hasta mañana, entonces —dije—. En la estación.

Asintió.

La tarde del día siguiente, en el umbral de casa, Herta me abrazó con fuerza mientras Joseph se acercaba tímidamente, nos ponía las manos en los hombros y nos rodeaba con sus brazos a las dos. Cuando nos separamos, mis suegros me vieron desaparecer por última vez detrás de la curva de Gross-Partsch, a pie.

Estábamos a finales de noviembre y me marchaba a Berlín con el tren de Goebbels. Goebbels no viajaba en él; Albert Ziegler tampoco.

## 42

Me imaginaba el tren de Goebbels como el *Amerika*, o mejor, como el *Brandenburg*, del que me había hablado Krümel. ¿Se marcharía él también esa noche? ¿Me lo encontraría en el andén? No, seguramente ya se había ido con Hitler: de lo contrario, ¿quién le prepararía la sopa de sémola? El Führer sufre del estómago, siempre le pasa lo mismo, viajar lo pone nervioso, no digamos ahora que está perdiendo la guerra —pero la sopa de sémola es una panacea, verás, Miga te cuidará.

Me presenté a la cita con el doctor Schweighofer en un bar sin nombre de Gross-Partsch a las seis en punto de la tarde, como me había dicho Ziegler. En el bar no había nadie, el dueño retiraba los granos de azúcar esparcidos por la barra con una mano y los recogía con la otra. Hasta que acabó no me sirvió una taza de té, que ni siquiera toqué. Ziegler me había dicho que reconocería al médico por el bigote, que era idéntico al de Hitler. Una vez, en el granero, me contó que a menudo le aconsejaban que se lo afeitara: él objetaba que no podía, tenía la nariz demasiado grande. La de Schweighofer, en cambio, era fina, y el bigote, claro, ligeramente amarillento, puede que por el humo de los cigarrillos. Al entrar echó un vistazo rápido a las mesas vacías y me vio. Se me acercó, pronunció mi nombre, yo pronuncié el suyo, le tendí la mano, la estrechó expeditivo, vámonos.

Durante el trayecto en automóvil me dijo que a esa hora, en la entrada, estaría de guardia una persona de confianza: me dejaría pasar a la estación de la Guarida del Lobo sin pedirme ningún documento.

—Cuando ya estemos dentro, sígame, no mire alrededor. Camine ligera, pero sin prisas.

—¿Y si alguien nos para?

—Estará oscuro y habrá bullicio. Con un poco de suerte, nadie se fijará en nosotros. Si ocurriera, diré que es usted una de mis enfermeras.

Por eso Albert no me escoltaba personalmente. Yo lo había tomado por otra señal de su mezquindad: a pesar del poder que su cargo le confería, era demasiado cobarde para acompañar a su amante a coger el tren de Goebbels, para imponer que se marchara junto con los trabajadores de la Guarida del Lobo, a pesar de no residir ni trabajar allí. Al hablar con el doctor comprendí que Ziegler, en cambio, me había puesto en manos de Schweighofer porque tenía un plan: hacerme pasar por un miembro del equipo médico. Podía funcionar.

Yo tiritaba de frío en la garita, el centinela nos dejó pasar casi sin mirarnos. Me encontré en medio de un trasiego de hombres que cargaban cajas de madera de varias dimensiones en los vagones mientras los de la SS y los soldados los vigilaban gruñendo órdenes y custodiando la mercancía. El tren estaba en la vía listo para partir, con el morro apuntando ya hacia otro lugar, en dirección contraria al cuartel general. Las esvásticas en los lados eran un oropel ridículo, como siempre lo son los rastros de los perdedores. Estaba ansioso por ponerse en marcha, eso me parecía: Goebbels no estaba, y el tren ya no respondía ante él, solo ante su propio instinto de conservación.

Schweighofer procedía con decisión y no se volvía para ver si le seguía el paso.

—Y ahora, ¿adónde vamos? —le pregunté.

—¿Lleva al menos una manta en esa bolsa?

Había metido en la maleta unos pocos jerséis (dentro de unos meses volveré a recoger lo demás, pensaba, y convenceré a mis suegros para que vengan conmigo a Berlín) y una manta: me lo había aconsejado Albert. Herta me había preparado unos bocadillos, el viaje duraría muchas horas.

—Sí, llevo una. Mire, quería saber si aunque no tenga documentación, ¿puedo decir que soy su enfermera? ¿Y si me la piden? —No respondió. Caminaba raudo, me costaba seguir su ritmo—. ¿Adónde vamos, doctor?, los vagones han acabado.

—A los de los civiles.

No lo entendí hasta que me hizo subir a un vagón de mercancías, en la cola del tren, lejos de la muchedumbre que bullía en el andén. Me empujó por la espalda para que rodara dentro. Después, él también se encaramó; haciendo caso omiso de mi estupor, empujó unas cajas, eligió mi sitio y me lo señaló, un hueco tras un montón de baúles.

—La protegerán del frío.

—¿Qué significa esto? —No era un buen plan, en absoluto: horas, días de viaje en un vagón de mercancías, encerrada en la oscuridad y corriendo el peligro de morir congelada. Yo seguía siendo el peón de Ziegler—. Doctor, no puedo quedarme aquí.

—Haga lo que crea conveniente. Yo he cumplido con mi parte, el acuerdo con el teniente era ponerla a salvo, y esto es cuanto puedo ofrecerle. Lo siento. No puedo ponerla en la lista de los civiles, los vagones van abarrotados, la gente irá de pie o sentada en el suelo. No podemos evacuar a todo el pueblo.

Saltó del vagón, se sacudió los pantalones con las manos, después me las tendió para ayudarme a bajar, pero la voz de un hombre lo llamó.

—Escóndase, deprisa —me dijo, luego se dirigió a la persona que lo había llamado—. Buenas tardes, *Sturmführer*. Estaba cerciorándome de que mi valioso instrumental se hallara bien colocado. De que no se hubiera roto nada.

—¿Y cómo puede cerciorarse? ¿Las cajas no están herméticamente cerradas? —La voz se volvía cada vez más nítida.

—Sí, en efecto. Ha sido una idea absurda, pero no he podido evitar comprobarlo por mí mismo —respondió Schweighofer—. Saber que están aquí, a salvo, me tranquiliza. —Intentó reír.

El *Sturmführer* le concedió una breve risa. Permanecí escondida detrás de los baúles mientras se acercaba. ¿Qué podía hacerme si me descubría? Fuera lo que fuese, yo ya no tenía nada que perder. Fue Ziegler quien insistió, yo no quería irme, estaba cansada de intentar salvarme. Pero la SS me imponía como el primer día.

El suelo del vagón tembló bajo mi cuerpo cuando el *Sturmführer* subió de un salto, las cajas retumbaron bajo sus palmadas. Contuve la respiración.

—Me parece que están bien estibadas, doctor. No es muy halagador por su parte haber dudado.

—De ninguna manera, era solo un exceso de celo...

—Quédese tranquilo; ya se sabe que los médicos son personas originales. —Otra risita—. Ahora vaya a descansar: el viaje será largo. Saldremos dentro de unas horas.

El suelo volvió a temblar y las suelas del de la SS aterrizaron en el andén. Yo tenía la cabeza metida entre las rodillas, cubierta con los brazos.

Después, un fragor metálico oscureció el vagón y me quedé a oscuras. Me puse en pie de un salto y busqué la salida, una grieta por la que penetrara un atisbo de luz, me moví descoordinada, sin puntos de referencia, silenciosa como cuando era presa del éxtasis, tropecé con los baúles y caí al suelo.

Pude haberme levantado, darme trompicones contra los embalajes hasta encontrar la puerta, aporrearla con fuerza, con los puños, gritar, tarde o temprano alguien me oiría, me abriría, qué podían hacerme, me daba igual, quería morir, hacía meses que lo deseaba. Sin embargo, me quedé tumbada en el suelo —era sumisión, miedo, o solo instinto de supervivencia, nunca se agotaba. Nunca estaba lo suficientemente harta de vivir.

Me puse las manos sobre el vientre, se calentó, y eso bastó, una vez más, para que desistiera, para que me resignara.

## 43

Me despertó el ajetreo, alguien estaba abriendo la puerta del vagón de mercancías. A gatas, llegué a mi hueco detrás de las cajas, recogí las piernas contra el pecho. Entró una luz débil y, una tras otra, varias personas, no sabría decir cuántas, subieron al vagón, dieron las gracias a quien los había conducido hasta allí y se acomodaron entre las cajas, murmurando algo que no pude descifrar. Me pregunté si habían advertido mi presencia y, para darme ánimos, sujeté las asas de la maleta. El estrépito de la puerta al cerrarse los acalló a todos. No sabía qué hora era ni cuándo se pondría en marcha el tren. Tenía hambre, un mal cuerpo que me impedía mantener los ojos abiertos. Sumida en la oscuridad, había perdido la noción del tiempo y el espacio; el frío me mordía la base del cuello y la zona lumbar, tenía la vejiga llena. Oía musitar a las demás personas, pero no podía verlas, fluctuaba en un sueño sin colores, un coma reversible, un abúlico aislamiento. No era soledad, era como si nunca hubiera existido nadie en el mundo, ni siquiera yo.

Relajé la vejiga y me hice pipí encima. El chorro caliente me consoló. Temí que la orina se escurriera por el suelo y alcanzara los pies de los demás pasajeros; pero, no, las cajas le cerrarían el paso.

A lo mejor, el olor que emanaba llegaba hasta mis compañeros de viaje, que lo achacarían al contenido de los baúles, a saber qué hay dentro —podía ser un tufo a desinfectante.

Con las piernas mojadas, me quedé otra vez dormida.

Era un llanto desesperado. Abrí los ojos en la oscuridad. Era el llanto de un niño. Se confundía con el traqueteo del tren en marcha, los sollozos ahogados contra el pecho de la madre, que seguramente lo estrechaba entre sus brazos, no podía verlo, mientras el padre murmuraba qué pasa, ya está bien, deja de llorar, ¿tienes hambre? Por lo que parecía, la madre intentaba darle de mamar, pero el niño rechazaba el pecho. En medio del estruendo, zarandeada por el vaivén del tren, saqué la manta y me la eché por encima. Dónde nos encontrábamos, cuántas horas había dormido, estaba en ayunas, hambrienta, pero no tenía ganas de comer: mi cuerpo se protegía durmiendo, un sopor viscoso. La angustia del niño lo rozaba sin llegar a hendirlo, era como un eco indescifrable, una alucinación. Por eso, cuando empecé a cantar, no reconocí mi propia voz, era igual que adormecerse, orinarse encima o estar hambrienta sin tener ganas de comer, un estado precedente a la vida, no tenía principio ni fin.

Canté la canción que había entonado para Ursula en casa de Heike, y también para Albert en el granero; la aprendí de mi padre. En la oscuridad, entre los berridos del niño y el chirrido del convoy, me dirigí al zorro que había robado la oca y le advertí que el cazador se la haría pagar, sin pensar en las caras de asombro de los demás pasajeros, quién diablos es, diría el padre, pero yo no lo oí, la madre encaraba al niño a su pecho y le acariciaba la cabecita, mi querido zorro, no necesitas oca asada, cantaba, conténtate con el ratón, y el niño dejaba de llorar, y yo volvía a empezar la cantilena desde el principio, canta conmigo, Ursula, ahora ya la has aprendido, la repetía bajo la manta, y el niño se adormecía o permanecía despierto, pero no se desesperaba —su llanto había sido un acto vital, como toda rebelión. Después él también había desistido, se había resignado.

Callé, hurgué en la maleta en busca de un bocadillo.

—¿Quién anda ahí? —preguntó la mujer.

Un fulgor desvaído proyectó una sombra en el suelo, la seguí deslizándome del hueco con cautela, me asomé por la barricada de cajas.

El niño estaba envuelto en varias mantas, el padre había encendido una cerilla y en la reverberación de la minúscula llama el rostro de la madre titilaba.


Christa y Rudolph me dieron las gracias por haber calmado al niño, ¿cómo lo has hecho? Se llamaba Thomas, solo tenía seis meses y no quería mamar, estaba demasiado aturdido.

—¿Os espera alguien en Berlín? —fue lo primero que se me ocurrió preguntar.

—No, nunca hemos estado. Pero este era el único modo de irse —contestó Rudolph—. Ya se nos ocurrirá algo.

A mí tampoco me esperaba nadie en Berlín. Podía ponerme en sus manos, esperar que se les ocurriera algo también para mí. Pregunté a mis compañeros si querían comer algo. Christa dejó al niño sobre un montón de mantas dobladas; por fin se había dormido. Rudolph encendió otra cerilla porque la primera se había apagado, y sacamos lo que llevábamos. Lo colocamos sobre dos trapos de cocina y comimos lo que teníamos, como si, entre seres humanos, incluso entre seres humanos apiñados en un espacio destinado a las mercancías, recluidos en un vagón de carga, siempre fuera posible compartir los alimentos. Así te haces amigo de alguien, cuando te aíslan.

Tengo pocos recuerdos de aquel viaje. Las paradas del tren: no había una hendidura por donde espiar ciudades, bosques o campos, nunca sabíamos dónde estábamos, o si era de día o de noche. Sobrevenía un silencio de nieve, y quizá había nevado realmente, pero no podíamos verlo. Nos acurrucábamos unos contra otros para darnos calor, suspirábamos de aburrimiento, a veces por ansiedad, yo escuchaba la respiración leve del niño dormido y pensaba en Pauline, a saber dónde estaría, cuánto habría crecido, quién sabe si volvería a verla en Berlín; temblábamos bajo las mantas, teníamos sed, el agua escaseaba, apoyábamos los labios en el borde de la cantimplora para humedecerlos, nos contentábamos con eso, contábamos las cerillas, cuántas nos quedan, Rudolph las encendía solo para que Christa pudiera cambiar al niño, el paño de algodón con las heces hecho una pelota en un rincón, nos habíamos acostumbrado al hedor; charlábamos en voz queda protegidos por la oscuridad. Incluso hubo tiempo de jugar con Thomas y de oírlo reír al hacerle cosquillas, de acunarlo en vez de Christa, exasperada por su llanto, de mecerlo con la cabeza sobre mi cuello, de masajearle la barriguita. De aquel viaje recuerdo los bocadillos masticados a oscuras, los bocados medidos, el pote de metal de Christa, donde la orina caía con la sonoridad de un collar de piedras desgranadas entre los dedos, el olor acre, que me recordaba al refugio de Budengasse, la dignidad con que cada uno de nosotros contuvo otras necesidades corporales hasta llegar a nuestro destino. La mierda es la prueba de que Dios no existe, había dicho Gregor, pero yo pensaba en cuánta compasión sentía por los cuerpos de mis compañeros, por su miseria inevitable y sin culpa, y esa miseria me pareció, entonces, la única verdadera razón para amarlos.

Cuando el tren se detuvo por enésima vez, no sabíamos que era la última, que estábamos en Berlín, que por fin habíamos llegado.

# TERCERA PARTE

## 44

La estación es bulliciosa, está abarrotada, la gente va tan deprisa que tengo miedo de que me arrolle, los de detrás me adelantan, los que vienen en mi dirección me esquivan en el último momento con un movimiento de cadera —yo estoy parada: un gato deslumbrado por los faros en medio de la carretera—. El peso de la maleta inclina mi andar a la derecha, pero apretar sus asas me da una especie de seguridad, es algo a lo que sujetarse.

Busco un baño: no he querido hacer pipí en el tren, pero ahora ya no puedo más. Como la cola no es muy larga, enseguida acabo. Después me miro al espejo. Los ojos flotan en la cuenca oscura de las ojeras, es como si mi cara hubiera sufrido un desprendimiento y los ojos hubieran resbalado un buen trecho antes de instalarse donde están, hundidos. Me ajusto una horquilla a la altura de la sien, me peino con los dedos, hasta me pinto los labios, un poco de luz en esta cara pálida. Siempre has sido vanidosa, decía Herta. Pero hoy es un día importante, vale la pena.

El gentío me desorienta. Hacía tiempo que no cogía un tren y el viaje me asustaba, pero tenía que hacerlo, quizá era la última ocasión.

Tengo sed, aquí también hay cola: de todas maneras, me pongo al final. Una mujer dice:

—Por favor, señora, pase usted.

Tiene menos de treinta años, pecas por todas partes, en la cara, en el escote, en los brazos. Los que están a su lado se vuelven.

—Faltaría más señora —dice un hombre—, pase delante de mí.

—¿Le hacemos sitio a esta señora? —dice en voz alta la chica pecosa.

Me aferro a la maleta.

—No hace falta —digo. Pero ella me empuja por la espalda y me acompaña. Mi cara caída y mis brazos como dos palillos: eso es lo que ven los demás.

Tras haber bebido y dar las gracias, encuentro la salida. El sol es muy fuerte, se refleja en la vidriera con tal violencia que borra el perfil de la ciudad que empieza fuera de la estación. Me pongo una mano delante de los ojos para cruzar el umbral, parpadeo repetidamente antes de ver, nítida, la plaza. A saber dónde se cogen los taxis. Los relojes colgados en las esquinas de la fachada, en las hornacinas que rematan la hilera de arcos, marcan la una y cuarenta.

Es agradable la estación de Hannover.


Le doy la dirección al taxista, bajo la ventanilla, apoyo la cabeza en el respaldo, miro la ciudad desfilar a mi lado, mientras las noticias de la radio recuerdan que hoy, en Schengen, se firmará el acuerdo para suprimir las fronteras entre Alemania Occidental, Francia, Bélgica, Luxemburgo y los Países Bajos.

—¿Dónde está Schengen?

—Creo que en Luxemburgo —responde el taxista. No añade más, él tampoco tiene ganas de conversar.

Me reflejo en el retrovisor. El contorno del pintalabios está algo corrido porque tengo los labios cuarteados, intento limpiar la mancha con la uña: quiero estar bien arreglada cuando me encuentre con él. La radio comenta el Mundial de Fútbol de 1990 en Italia; Alemania Occidental jugará contra Colombia por la tarde en Milán. Podría hablarle de eso, de fútbol. A él nunca le ha gustado y yo no sé nada del tema, pero el Mundial es diferente, todo el mundo lo ve. Por algo hay que empezar.

El taxi aparca, el conductor baja para sacar mi maleta y me la da. Lo primero que veo antes de entrar es mi cara reflejada en la puerta de cristal; el rojo destaca en la palidez, el pintalabios no define la línea de los labios con precisión. Saco un pañuelo del bolsillo y me los froto hasta quitármelo del todo.

En cuanto se abren las puertas del ascensor, reconozco la silueta de Agnes. Está esperando que una bebida caliente salga de la máquina expendedora. Tiene diez años menos que yo y los lleva muy bien, a pesar de la curva de la barriga, que tensa la tela de los pantalones azul marino hasta darle un aspecto algo ralo. Pero sus facciones todavía son suaves, la cara de Agnes no ha cedido. Coge el vaso, sopla mientras gira el bastoncito de plástico para mezclar el azúcar y me ve.

—¡Rosa, has llegado!

Yo estaba parada con mi maleta en la mano, un gato sorprendido por los faros de un automóvil.

—Hola, Agnes.

—¡Qué alegría que hayas venido! ¿Has tenido buen viaje? —Me abraza con cuidado de no quemarme con el vasito humeante—. ¿Cuánto tiempo ha pasado?

—No lo sé —respondo separándome de ella—. Demasiado.

—¿Quieres darme...? —Y extiende la mano libre.

—No, la llevo yo, no pesa. Gracias.

Agnes no me abre camino, se queda quieta.

—¿Cómo estás? —le pregunto.

—Como se puede estar en estos casos. —Baja la mirada por un instante—. ¿Y tú? —Sujeta el vasito con la mano, no bebe. Cuando se da cuenta de que lo miro, me lo ofrece—: ¿Quieres? —Y se arrepiente inmediatamente, se vuelve hacia la máquina—: Quiero decir si te apetece algo. ¿Tienes sed, hambre?

Niego con la cabeza.

—Estoy bien, gracias. ¿Y Margot y Wiebke?

—Una ha ido a buscar al niño al colegio, pasará más tarde. La otra trabaja, hoy no podrá venir.

Agnes no bebe; yo no tengo hambre ni sed.

—¿Y él cómo está? —pregunto al cabo de un rato.

Se encoge de hombros, sonríe, baja la mirada hacia el vaso. Espero en silencio a que lo apure. Después de haberlo tirado todo a la basura, se limpia distraídamente las manos en los pantalones.

—¿Vamos? —dice.

La sigo.


Él lleva un gotero, dos tubitos le entran por la nariz. Tiene la cabeza rapada, o quizá haya perdido todo el pelo; con los párpados cerrados, está descansando. La luz de junio que entra por la ventana le desdibuja las facciones, pero lo reconozco.

Agnes me dice que deje la maleta en un rincón, después se acerca a la cama, curva la espalda: el cinturón le corta en dos la barriga, pero todavía tiene las manos aterciopeladas, las mismas manos que acarician las sábanas.

—Cariño, ¿estás durmiendo?

Lo llama «cariño» delante de mí. No es la primera vez, ya había sucedido, hace demasiados años para que haya podido acostumbrarme. Lo llama «cariño» y él despierta. Son azules, sus ojos. Húmedos, ligeramente desvaídos.

Agnes pone una voz muy dulce mientras le dice:

—Tienes visita.

Y se aparta para que pueda verme sin levantar la cabeza de la almohada.

Los ojos azules me bloquean y no tengo nada a que agarrarme. Me sonríe; trago saliva, digo:

—Hola, Gregor.

# 45

Agnes le ha dicho que iba a aprovechar que yo estaba aquí para ir a tomarse un café. Acababa de beberse uno, era una excusa para dejarnos a solas. Me he preguntado si lo hacía por mí, porque temía que me sintiera incómoda, o si le daba apuro a ella quedarse en la misma habitación con la exmujer de su marido y con él, ahora que él estaba muriendo.

Antes de salir le ha dado de beber. Le ha puesto una mano en la nuca para levantarle la cabeza, y Gregor ha apoyado los labios en el borde del vaso, como un niño que todavía no ha aprendido a beber: un hilillo de agua se ha derramado de su boca y le ha mojado el pijama. Agnes le ha secado el cuello con un trozo de papel absorbente que ha arrancado de un rollo colocado en la mesita, le ha puesto bien las almohadas, le ha alisado el embozo de la sábana, le ha susurrado al oído algo que nunca sabré, le ha besado en la frente, ha bajado un poco las persianas para que la luz no le molestara, se ha despedido y ha salido de la habitación.

Me resulta extraño ver a otra mujer ocupándose de Gregor, no tanto porque ese hombre fuera mi marido, sino porque yo misma lo alimenté, lo lavé y calenté su cuerpo cuando volvió un año después de que la guerra acabara.

El día en que Gregor apareció, las patatas hervían en la cocina de Anne. Yo vivía con ella y con Pauline, era verano, como ahora. Pauline se había quedado jugando al escondite entre los escombros de la Budengasse mientras Anne y yo, de vuelta del trabajo, habíamos subido a casa para preparar algo de comer. Mi piso todavía era inhabitable, y Anne, que también estaba sin marido, me había ofrecido hospitalidad. Dormíamos las tres en la misma cama.

Pinché una patata con el tenedor para comprobar si estaba cocida. Como siempre, me dolían los pies. De casa al trabajo había una hora y media de trayecto a paso ligero, por suerte, después de cenar me haría un baño de pies, que Anne preparaba todas las noches; sumergíamos nuestros pies llenos de ampollas en un barreño, y suspirábamos. Pauline, en cambio, nunca se cansaba, aunque se pasara el día jugando con los demás niños entre la chatarra, mientras nosotras cargábamos con cubos, empujábamos carretillas, y apilábamos ladrillos por setenta *Pfennige* la hora y una cartilla de racionamiento especial.

Las patatas estaban listas, apagué el fuego.

—¡Rosa! —me llamó Pauline desde la calle.

Me asomé:

—¿Qué pasa?

Un hombre delgado se apoyaba en ella, parecía cojo. No lo reconocí.

Después, con voz apenas perceptible, el hombre dijo:

—Soy yo.

Se me partió el corazón.


Me siento al lado de la cama. Entrelazo las manos sobre el regazo, las separo y las coloco sobre las rodillas, me ajusto la falda bajo las piernas, vuelvo a entrelazar las manos: no sé dónde ponerlas. No me atrevo a tocarlo.

—Gracias por venir, Rosa.

Tiene la voz apagada, abatida, como la que oí desde la ventana de Anne, una tarde de hace cuarenta y cuatro años. La piel se ha retirado, por eso la nariz parece más ancha y se le marcan los huesos de la cara.

Busco restos de pintalabios con el índice, no quiero que me vea desaliñada; no tiene sentido, pero así es. Tenía miedo de que le preguntara a Agnes quién es esa mujer con los ojos hundidos y la cara arrugada que está de pie en mi habitación del hospital. Sin embargo, me ha reconocido enseguida, me ha sonreído.

—Tenía ganas de verte —digo.

—Yo también, pero no quería hacerme ilusiones.

—¿Por qué?

Gregor no responde. Me miro las uñas, las yemas de los dedos, no están manchados de pintalabios.

—¿Qué tal por Berlín?

—Bien.

Me esfuerzo, pero no se me ocurre nada que decir acerca de Berlín, de mi vida allí. Gregor tampoco dice nada.

—¿Cómo está Franz? —pregunta al rato.

—Por ahora, ocupado con sus nietas. Su hijo las ha traído a Alemania de vacaciones, y él se las lleva a la barbería mientras afeita a los clientes o les corta el pelo. Ellos, más por amabilidad que por interés, les preguntan: ¿cómo te llamas?, ¿cuántos años tienes? Y las niñas responden en inglés. Los clientes no las entienden, y Franz se divierte un montón. Está muy orgulloso de que sus nietas hablen otro idioma. Desde que es abuelo, chochea.

—No, tu hermano siempre ha sido así.

—¿Tú crees?

—¡Rosa, se ha pasado años sin escribir!

—Bueno, él dice que quería cortar con nosotros, que después de 1918 los alemanes estaban mal vistos, que algunos hasta cambiaron de apellido... Más tarde, cuando América entró en guerra, vivía con el terror de que lo internaran.

—Sí, sí, conozco la historia, ¿cuál era el plato acusado? Espera...

—¿El plato acusado? ¡Ah, el Sauerkraut! —Me rio—. El chucrut, le cambiaron el nombre por Liberty Cabbage. Por lo menos, eso dice él.

—Exacto, el Sauerkraut. —Él también se ríe.

Tose: una tos catarral, de pecho, que lo obliga a levantar la cabeza. Quizá debería sujetársela, ayudarlo.

—¿Qué tengo que hacer?

Gregor se aclara la garganta y sigue como si nada:

—¿Te acuerdas del telegrama que envió? —Está acostumbrado a toser y no quiere hablar de eso.

—Claro que me acuerdo —digo—. «¿Alguno de vosotros sigue vivo?» Solo eso, aparte del número del teléfono y la dirección.

—Eso es, y tú llamaste, sobre todo para comprobar que no era una broma.

—¡Sí, tienes razón! Y en cuanto oyó mi voz, Franz se quedó sin habla.

Gregor ríe otra vez; no creí que fuera a ser tan fácil.

—Cuando las niñas vuelvan a Pittsburg, a finales de mes, ya verás: se volverá loco. Por otra parte, fue él quien decidió regresar a Berlín. Algunas personas necesitan volver en un momento determinado, quién sabe por qué.

—Tú también volviste a Berlín.

—Yo me vi obligada a irme de Gross-Partsch. Mi caso no cuenta.

Gregor se calla, se vuelve hacia la ventana. Quizá esté pensando en sus padres, que murieron sin volver a verlo. Yo tampoco volví a verlos.

—Yo también los echo mucho de menos —digo, pero Gregor no me responde. Lleva un pijama de manga larga, la sábana le cubre la mitad del pecho—. ¿Tienes calor?

No responde. Permanezco sentada en la silla, entrelazo las manos. Me había equivocado: no es fácil.

—Si has venido —dice al cabo de un rato—, significa que estoy a punto de morir. —Esta vez soy yo la que no responde. Gregor acude en mi ayuda—: Solo faltaría que me muriera ahora que has vuelto.

Sonrío, y los ojos se me llenan de lágrimas.


Solo faltaría que dejara que te murieras ahora que has vuelto, le decía cada vez que se desanimaba. Ahora ya no puedes morirte, lo siento, no te lo permitiré.

Pesaba quince kilos menos que cuando se marchó. En el campo de prisioneros donde lo tuvieron había pasado mucha hambre y enfermado de pulmonía: le quedó una debilidad crónica. Tenía una pierna renqueante, no se la habían curado del todo porque, presa del delirio, escapó del hospital; como en los demás catres solo veía muñones, se convenció de que a él también iban a amputársela. El dolor lo ralentizaba y lo convertía en una presa fácil de capturar. Yo no podía creer que hubiera hecho algo tan imprudente, no era propio de Gregor.

—¿Y si hubiera vuelto a casa mutilado? —me dijo una vez.

—Era suficiente con que volvieras.

—Tenemos que celebrar la Navidad juntos, Rosa, no cumplí mi promesa.

—Chis, ahora duerme; duerme, que mañana ya tienes que estar bueno.

Puede que a causa de una infección intestinal, o sencillamente porque su aparato digestivo estaba muy debilitado después de meses de privaciones, no lograba ingerir casi nada. Le hacía caldo de carne, cuando la encontraba, y las cuatro cucharadas que sorbía las vomitaba de inmediato. Las heces líquidas, verdosas, desprendían un olor que nunca creí que pudiera emanar de un cuerpo humano.

Lo habíamos alojado en la habitación de Pauline, por las noches me quedaba a su lado en una silla. A veces, la niña se despertaba y venía a buscarme.

—¿Vienes a dormir conmigo?

—Tengo que estar con Gregor, cariño.

—Si no, ¿se muere?

—Mientras yo esté aquí, te juro que no se morirá.

Había mañanas en que me despertaba el sol sobre los párpados y la encontraba ovillada sobre él. No era nuestra hija, pero yo conocía muy bien su respiración cuando dormía.

El cuerpo debilitado de Gregor no tenía nada que ver con mi marido, su piel olía diferente —pero Pauline no podía saberlo—. Mantener con vida a aquel hombre era la única razón de mi existencia. Le daba de comer, le lavaba la cara, los brazos, el tórax, el pene, los testículos, las piernas y los pies, mojando un paño en el barreño para los pies, que ahora Anne preparaba por las noches solo para ella, porque yo había dejado de ir a recoger escombros a fin de que no se quedara nunca solo; le cortaba las uñas, lo afeitaba, le cortaba el pelo; lo acompañaba a hacer sus necesidades, lo limpiaba; a veces, sin querer, él regurgitaba, tosía o escupía en mi mano. No me daba asco; sencillamente lo quería. Se había convertido en mi niño, Gregor.

En cuanto se despertaba, también Pauline se despertaba. En voz queda, para que él no la oyera, me decía:

—Mientras estemos aquí, Rosa, te juro que no se morirá.

Y Gregor no murió. Se curó.


—Mira, cuando Agnes me dijo que te había llamado y que vendrías, me acordé de algo que pasó durante la guerra. Quizá ya te lo conté por carta.

—No creo, Gregor —digo fingiendo reproche—, no me contabas casi nada de la guerra.

Él capta que es un reproche fingido y se ríe.

—¡Sigues echándomelo en cara, es increíble!

Y al reír, tose. Las arrugas de la frente se multiplican. Las manchas oscuras de su cara tiemblan.

—¿Quieres agua?

Sobre la mesita hay un vaso medio lleno.

—No sabíamos lo que podía escribirse y lo que no, era peligroso mostrar desánimo, y yo estaba tan desanimado...

—Sí, lo sé, no te preocupes. Era broma. ¿Qué pasó durante la guerra?

—Dos mujeres vinieron a buscar a sus maridos. Habían recorrido no sé cuántos kilómetros a pie, por la nieve, durmiendo a la intemperie, para encontrarlos. Pero cuando llegaron, descubrieron que no estaban. Deberías haber visto sus caras.

—¿Dónde estaban ellos?

—No tengo ni idea. En otro campo, seguramente. Se los habrían llevado a Alemania, o habrían muerto, quién sabe. No estaban entre nuestros prisioneros. Las mujeres rehicieron el camino de vuelta, por la misma nieve y el mismo hielo, sin saber nada de ellos, ¿lo entiendes?

Si habla un poco más, se queda sin aliento. Quizá debería decirle que se callara, hacerle compañía en silencio, cogerle una mano —si al menos me atreviera a tocarlo...

—¿Y por qué te has acordado de eso? Yo no he llegado a pie por la nieve.

—Ya.

—Y tú ya no eres mi marido.

Qué frase tan desafortunada acabo de pronunciar. No quería ser brusca.

Me levanto, paseo por la habitación. Hay un armario donde Agnes habrá guardado las toallas, un pijama de repuesto, cuanto le hace falta. ¿Por qué Agnes no está de vuelta?

—¿Adónde vas? —pregunta Gregor.

—A ninguna parte, estoy aquí.

Tropiezo con sus zapatillas, a los pies de la cama, antes de sentarme de nuevo.

—Aunque no hayas caminado sobre la nieve, has hecho tres horas de viaje, como mínimo, para venir a verme.

—Pues sí.

—¿Por qué crees que las personas necesitan despedirse?

—¿A qué te refieres?

—Has venido aposta a Hannover: deberías saber por qué.

—Bueno... Puede que la gente necesite no dejar nada en suspenso. Creo.

—O sea, que has venido para cerrar el círculo.

La pregunta me coge desprevenida.

—He venido porque tenía ganas de verte, ya te lo he dicho.

—Rosa, tú y yo lo dejamos en suspenso en 1940.

Nos dejamos de mutuo acuerdo, y fue muy doloroso. Las personas suelen afirmar lo hemos decidido de mutuo acuerdo dando a entender que no han sufrido, o que han sufrido menos, pero no es verdad. Sin duda se sufre más si uno de los dos no se hace a la idea, si le causa daño al otro a propósito, pero en cualquier caso el dolor es inevitable. Sobre todo cuando las personas, contra todo pronóstico, han tenido una segunda oportunidad. Nosotros nos perdimos y después de la guerra volvimos a encontrarnos.

Duró tres años; después lo dejamos. No entiendo a quienes dicen: hacía tiempo que se había acabado. No es posible establecer con precisión el momento en que un matrimonio acaba, porque este acaba cuando los cónyuges lo deciden, o al menos cuando lo decide uno de ellos. El matrimonio es un sistema fluctuante, se mueve a oleadas, puede terminar en cualquier momento, y en cualquier momento puede volver a empezar, no sigue un curso lineal ni una trayectoria lógica; el punto de inflexión no determina forzosamente su fin: un día os hundís en el abismo y al día siguiente volvéis a recuperaros sin saber cómo. Y no recordáis un motivo, uno cualquiera, por el que deberíais separaros. Ni siquiera es una cuestión de pros y contras, de debe y haber. En definitiva, todos los matrimonios están destinados a acabar y cada matrimonio debería tener derecho a sobrevivir, el deber de hacerlo.

Durante una época, el nuestro se sustentó en la gratitud: habíamos sido premiados con un milagro y no podíamos estropearlo. Éramos los elegidos, estábamos destinados el uno al otro. Pero al cabo de un tiempo hasta el entusiasmo de los milagros se apaga. Nos habíamos volcado en la reconstrucción de nuestro matrimonio porque la contraseña era reconstruir. Dejar atrás el pasado, olvidar. Pero yo no olvidé, y Gregor tampoco. Si hubiésemos compartido nuestros recuerdos, me he dicho a veces... No podíamos. Teníamos miedo de estropear el milagro, intentábamos protegerlo, protegernos el uno al otro. En aquellos años, nos preocupamos tanto por protegernos que al final solo nos quedaron barricadas.

—Hola, papá.

Ha entrado una chica con el pelo largo y liso, la raya en medio, un vestido de hilo claro con tirantes y sandalias.

—Buenos días —me saluda al verme.

Me levanto.

—Hola, Margot —dice Gregor.

La chica se acerca y hago ademán de presentarme, pero en ese momento entra Agnes.

—Oh, cariño, ¿estabas aquí? ¿Y el niño?

—Lo he dejado en casa de mi suegra.

Parece acalorada, la hija de Gregor, un velo de sudor sobre la frente.

—Ella es Rosa —dice Agnes.

—Bienvenida.

Margot me tiende la mano; yo se la estrecho. Tiene los ojos de Gregor.

—Gracias. Me alegro de conocerte. —Sonrío—. Te había visto en foto, de recién nacida.

—¿Y tú has mandado por ahí fotos mías sin mi permiso? —le dice a su padre bromeando, le da un beso.

Gregor me envió fotos de su hija sin pensar que podía herirme, solo quería que siguiera formando parte de su vida, era un gesto de afecto. Ya no me protegía, se había olvidado de cómo se hacía. Se había casado con Agnes, asistí a su boda, les deseé lo mejor, y fui sincera. No importa que en el tren de vuelta a Berlín me sintiera triste. El hecho de que él ya no estuviera solo no aumentaba mi soledad.

Cuando el tren se detuvo en Wolfsburg me sobresalté. Wolfsburg, anunciaron por los altavoces, estación de Wolfsburg. ¿Cómo había podido pasarme inadvertida en el viaje de ida? Quizá estaba durmiendo. Había pasado por el pueblo del Lobo para separarme definitivamente de mi marido.

—Te he traído un regalo, papá.

Margot saca del bolso una hoja cuadriculada doblada y se la da a Gregor.

—Espera —dice Agnes—, te lo abro yo.

Es un dibujo hecho con pastel, hay un señor calvo tumbado en una cama bajo un cielo de nubes de color rosa. De entre las patas de la cama salen flores cuyos pétalos forman un arcoíris.

—De parte de tu nieto —dice Margot.

Yo estoy allí al lado y no puedo evitar leerlo. Pone: «Abuelo, te echo de menos, cúrate pronto».

—¿Te gusta? —pregunta Margot.

Gregor no responde.

—¿Se podrá colgar, mamá? ¿Lo colgamos?

—Mmm... Necesitaríamos una chincheta, o un trozo de celo...

—Papá, ¿no dices nada?

Él está demasiado conmovido para decir algo, se nota. Y yo me siento fuera de lugar, en ese momento, con esa familia que no es la mía. Me alejo, voy a la ventana, miro el patio a través de los resquicios de la persiana. Hay pacientes en sillas de ruedas empujadas por enfermeras. Personas sentadas en los bancos: es difícil saber si son enfermos o visitantes.

La primera vez que Gregor intentó hacer el amor conmigo, al cabo de todo aquel tiempo, me retraje. No dije que no ni inventé una excusa, sencillamente me puse rígida. Gregor me acarició con dulzura, creyendo que era pudor: hacía mucho que no nos tocábamos. El contacto con su cuerpo era una costumbre, lo manejaba con soltura, con practicidad. La guerra me había devuelto el cuerpo de un veterano, y yo era lo bastante joven y enérgica para ocuparme de él. Pero no habíamos vuelto a tocarnos con deseo; el deseo era un sentimiento que había olvidado. Teníamos que aprender de nuevo poco a poco, con un ejercicio progresivo, eso creía Gregor. Yo creía, en cambio, que el deseo generaba intimidad de manera inmediata, como de un tirón; pero quizá también era posible lo contrario, empezar por la intimidad, volver a hacerla nuestra hasta aferrar el deseo, como se intenta aferrar un sueño que acabamos de tener y que se desvanece nada más despertar: recuerdas su atmósfera, pero ni siquiera una imagen. Era posible, por qué no, sin duda otras mujeres lo habían logrado. De qué manera, no lo sé. Puede que nuestro método fuera equivocado.

## 46

El médico no lleva gafas. Cuando entra, miro el reloj: ya es tarde avanzada. Agnes y Margot charlan con él, hablan del Mundial de Fútbol, y del nieto, a quien el doctor debe de haber conocido en esta habitación. Es muy afable, con cuerpo atlético y voz de barítono. No me lo presentan, y él no repara en mí. Nos invita a salir de la habitación, tiene que examinar a Gregor.

—Te quedas a dormir en casa, ¿no? —me pregunta Agnes en el pasillo.

—Gracias, pero he reservado una habitación en una pensión.

—No lo entiendo, Rosa, ¿por qué? En casa hay sitio. Además, me harías compañía.

Sí, podríamos hacernos compañía, pero me he acostumbrado a vivir sola, no tengo ganas de compartir el espacio con nadie.

—Prefiero no molestar, de verdad. Ya la he reservado, la pensión está aquí cerca, es cómodo.

—Puedes cambiar de idea en cualquier momento; me llamas y voy a buscarte.

—Mamá, si no quieres estar sola puedes dormir en mi casa.

¿Por qué ha tenido que decir eso Margot? ¿Para que me sienta culpable?

El médico se une a nosotras, ha acabado. Agnes se informa del estado de Gregor, Margot escucha con atención y también pregunta. Yo no soy de la familia, vuelvo a la habitación.

Gregor está intentando bajarse una manga. El brazo derecho ya está desnudo, la manga enrollada para que no estorbe a las agujas del gotero que entran en sus venas; el otro, en cambio, se hallaba tapado por el algodón azul del pijama —el azul debe de ser el color preferido de Agnes—. Tal vez se haya arremangado para rascarse: tiene la piel seca, surcada por las señales blancas que han dejado las uñas.

—No lo dejamos en suspenso —le digo sin sentarme—. Seguimos adelante.

Gregor persiste, pero no logra bajarse la manga. No lo ayudo, no puedo tocarlo.

—Tú volviste, yo te cuidé, te curaste, volvimos a abrir el despacho, reconstruimos la casa, seguimos adelante.

—¿Eso es lo que has venido a decirme? —Se rinde, deja estar el pijama—. ¿Es esta tu manera de despedirte? —Tiene la voz ronca, rasposa.

—¿No estás de acuerdo?

Suspira.

—No volvimos a ser los de antes.

—Nadie volvió a ser el de antes, Gregor; cómo iba nadie a poder ser el de antes.

—Hubo gente que lo consiguió.

—¿Intentas decirme que los demás fueron mejores que nosotros?, ¿mejores que yo? Ya lo sabía.

—Nunca he creído que se tratara de ser mejor o peor.

—Pues te equivocaste.

—¿Has venido a decirme que me equivoqué?

—¡No he venido a decirte nada, Gregor!

—Entonces ¿por qué estás aquí?

—¡Mira, si no querías que viniera podías habérmelo dicho! Podía habérmelo dicho tu mujer por teléfono.

No quiero enfadarme; una vieja enfadada resulta patética.

Aquí llega su mujer, con expresión alarmada. Entra corriendo.

—Rosa —dice, como si mi nombre encerrara todas las preguntas. Se aproxima a Gregor, le baja la manga del pijama—. ¿Todo bien? —le pregunta. —Después se dirige a mí—: Os he oído gritar.

Yo soy la única que ha gritado; Gregor, con esos pulmones, no podría aunque quisiera. Agnes me ha oído a mí.

—No quiero que te canses —le dice a su marido.

Está dirigiéndose a mí, soy yo quien lo cansa.

—Disculpadme —digo, y salgo.

Paso al lado del médico y de Margot, no me despido, cruzo el pasillo, no sé adónde voy. Las luces de neón me provocan dolor de cabeza. Al bajar la escalera, tengo la sensación de caerme, en vez de sujetarme a la barandilla me agarro a la cadenita que cuelga bajo el cuello de mi blusa, la saco, la aprieto en el puño. El metal está duro y frío. La suelto cuando la escalera acaba: la alianza que llevo colgada me ha dejado la marca de un doble círculo en la palma de la mano.

Nunca había estado en su casa. Me bastó con empujar la puerta para entrar en una habitación oscura —una sola ventana, estrecha—, con una mesa y un sofá pequeño. Las sillas estaban volcadas entre platos y vasos hechos añicos; habían sacado los cajones del aparador y los habían dejado en el suelo. En la penumbra, los huecos que una vez habían ocupado parecían nichos a la espera de sus habitantes.

La SS lo había puesto todo patas arriba. Así era como erradicaba a las personas. Me quedaban los objetos, la necesidad de tocar lo que le había pertenecido, ahora que Elfriede ya no estaba.

Respiré hondo y avancé hasta una cortina; la aparté, vacilando, un sentimiento de profanación. En la habitación, la ropa de cama y sus vestidos estaban esparcidos por el suelo de madera. Las sábanas, arrancadas del colchón, eran un montón de harapos sobre los que se sostenía en vilo una almohada descosida.

El mundo se había resquebrajado tras la desaparición de Elfriede. Y yo me había quedado en aquel mundo sin siquiera un cuerpo que llorar, otra vez.

Me arrodillé sobre su ropa, la acaricié. Nunca había rozado su cara angulosa, sus pómulos, ni las moraduras que le habían hecho en las piernas por mi culpa. Permaneceré a tu lado, le juré en el baño del cuartel. Y en ese instante nuestra euforia de adolescentes se había apagado.

Me tumbé, dispuse los vestidos a mí alrededor, bajo el cuello, la cara aplastada contra el suelo. No desprendían ningún olor, no el suyo, o quizá ya lo había olvidado.

Cuando pierdes a alguien, el dolor que sientes es por ti mismo; porque no volverás a verlo, nunca más oirás su voz, crees que no lo resistirás. El dolor es egoísta: eso era lo que me daba rabia.

Pero mientras yacía entre aquellos vestidos, la enormidad de la tragedia se reveló por completo. Era un suceso tan grande, tan intolerable, que aturdió el dolor, lo sumergió, se expandió hasta ocupar cada centímetro del universo, se convirtió en la evidencia de lo que la humanidad era capaz.

Conocí el color oscuro de la sangre de Elfriede, con tal de no ver la mía. Y la de los demás, en cambio, ¿la soportas?, me había preguntado ella.

De repente, necesité aire. Me levanté y, casi para tranquilizarme, empecé a recoger los vestidos; los sacudí para quitarles las arrugas, los colgué en su sitio. Qué absurdo, poner en orden, como si sirviera de algo, como si ella fuera a volver. Doblé la ropa de cama, la guardé en los cajones del armario, extendí las sábanas sobre el colchón y las remetí; después me dediqué a la almohada destripada.

Di con ella al meter la mano en la funda de la almohada para ahuecar la lana. Algo duro y frío. Lo extraje de las madejas ásperas, y lo vi. Un anillo de oro: una alianza.

Me estremecí. ¿Elfriede también estaba casada? ¿Quién era el hombre al que quería? ¿Por qué no me lo había dicho?

Cuantas cosas nos habíamos ocultado. ¿Se puede querer a alguien en el engaño?

Miré fijamente la alianza un buen rato, después la dejé caer en una caja que había sobre la cómoda. De un cajón abierto asomaba una cajita de metal. Era una pitillera, la abrí: todavía quedaba uno, el último cigarrillo que no le dio tiempo de fumar. Lo saqué.

Lo observé entre mis dedos —el anular ceñido por la alianza que me había regalado Gregor un día de hacía cinco años— y recordé la mano de Elfriede al acercarse el cigarrillo a los labios, el índice y el medio extendidos pinzándolo, soltándolo por un instante, apretándolo otra vez, durante las horas en el patio, o el día que nos encerramos juntas en el retrete. Recordé su mano de dedos desnudos.

La necesidad de aire se hizo insoportable, tenía que salir de allí. En un impulso cogí la alianza de Elfriede, la apreté en el puño y me precipité afuera.

# 47

Cuando vuelvo, me encuentro a Gregor de nuevo solo, con los ojos cerrados. Me siento a su lado, como de noche en la habitación de Pauline.

—Perdona, no pretendía enfadarte —dice sin abrir los ojos.

¿Cómo sabe que soy yo la que ha entrado?

—No te preocupes, hoy estoy un poco sensible.

—Has venido a verme, querías pasar un rato tranquilo conmigo, pero no es fácil saber que se me acaba el tiempo.

—Lo siento mucho, Gregor.

Me gustaría tocarlo. Poner mi mano sobre la suya. Sentiría su calor, y eso bastaría.

Gregor abre los ojos, se vuelve. Está serio, o perdido, o desesperado, no lo sé.

—Fuiste inaccesible, ¿sabes? —Sonríe todo lo dulcemente que puede—. No es fácil vivir con una persona inaccesible.

Me clavo las uñas en las palmas de las manos, aprieto los dientes.

Una vez leí en una novela que no existe otro lugar donde el silencio se haya impuesto tan profundamente como en las familias alemanas. Cuando acabó la guerra, no podía contar que había trabajado para Hitler: habría pagado las consecuencias y a lo mejor no habría sobrevivido. Ni siquiera se lo dije a Gregor, no porque no me fiara de él, claro que me fiaba. Pero no habría podido hablarle del comedor de Krausendorf sin mencionar a las personas que habían comido conmigo a diario, a una chica con la cara con rojeces, a una mujer de hombros anchos y lengua larga, a otra que había abortado, a otra que se creía una pitonisa, a una chica obsesionada con las actrices de cine y a una judía. Habría tenido que hablarle de Elfriede, mi culpa. La que destrona a todas las demás en el inventario de las culpas y los secretos. No podía confesarle que me fie de un teniente nazi, el hombre que la envió a un campo de exterminio, el mismo del que me enamoré. Nunca dije nada y nunca lo haré. Todo lo que he aprendido de la vida es a sobrevivir.

—Cuanto más te decía que eras inaccesible, más te encerrabas en ti misma. También lo estás haciendo ahora. —Gregor tose de nuevo.

—Bebe, por favor.

Cojo el vaso, se lo acerco a la boca, y me acuerdo de cuando lo hacía en la habitación de Pauline, recuerdo su mirada atemorizada; Gregor apoya los labios en el borde y se concentra en la acción, como si le costara mucho trabajo, mientras le sujeto la cabeza; nunca había tocado su cabeza sin pelo. Hacía muchos años que no tocaba a mi marido.

El agua le gotea por la barbilla y él aparta el vaso.

—¿No quieres más?

—No tengo sed. —Se seca con la mano.

Me saco el pañuelo del bolsillo, le enjugo la barbilla; al principio da un respingo, después se deja hacer. El pañuelo está manchado de pintalabios, y Gregor se da cuenta. Me mira con una ternura insoportable.

# 48

El carrito con la cena colma el pasillo de ruido y aromas. Entra el personal, Agnes va detrás de ellos. Le dan la bandeja, que ella pone sobre la mesita, y les da las gracias. Cuando se van a la habitación siguiente, Agnes me dice:

—Rosa, no te encontrábamos, ¿estás bien?

—Sí, me duele un poco la cabeza.

—Margot quería despedirse, ha tenido que irse. De todas formas, dentro de poco nos harán salir a todos.

Arranca un trozo de papel absorbente, se lo mete en el cuello del pijama azul, como si fuera una servilleta, se sienta muy cerca de la cama y da de comer a Gregor; de vez en cuando apoya la cuchara para limpiarle. Él sorbe el caldo haciendo una especie de chasquido, a veces hunde la nuca en la almohada para descansar, hasta comer le cansa. Agnes desmenuza el pollo, yo me siento al otro lado, frente a ella.

Gregor hace el gesto de estar lleno.

—Voy al baño a lavarme las manos —le avisa Agnes.

—De acuerdo.

—Después me marcho a casa. ¿Estás segura de que no quieres venir, al menos a comer algo?

—No tengo hambre, gracias.

—De todas formas, si más tarde te entra hambre, está el comedor del hospital. Allí comen los médicos y las enfermeras, y también los familiares de los enfermos. Es barato y aceptable.

—Dime dónde está antes de irte.

Me quedo sola con Gregor, estoy agotada.

Fuera el cielo está inmóvil. El ocaso se toma su tiempo, al final acelera, se desploma.

—Si hubiera muerto en la guerra —dice él—, nuestro amor habría sobrevivido.

Sé que no es verdad.

—No se trata de amor.

—Entonces ¿de qué, Rosa?

—No lo sé, pero sé que lo que acabas de decir es una tontería. La vejez no te sienta bien.

Parece toser, pero se ríe. Yo también.

—Nos esforzamos cuanto pudimos, y no lo conseguimos.

—Pasamos unos años juntos: ya es mucho; y después, has tenido la posibilidad de crear una familia. —Sonrío—. Has hecho bien en sobrevivir.

—Pero tú estás sola. Desde hace mucho, Rosa.

Le acaricio una mejilla. Tiene la piel como papel de seda; algo áspera, o puede que sean mis yemas. Nunca había acariciado a mi marido de vieja, no sabía cómo era.

Le paso dos dedos sobre los labios, recorro su contorno con delicadeza; me detengo en el centro y aprieto despacio, muy despacio. Gregor abre la boca, la cierra un poco. Y los besa.

El bufet del hospital es más bien abundante. Hay verduras al vapor —zanahorias, patatas, espinacas, judías verdes— o salteadas, como calabacines. Hay guisantes con tocino y judías estofadas. Hay codillo de cerdo, pechuga de pollo a la plancha. Minestrone, filetes de solla empanados, si se quiere, con puré. Macedonia, yogur y hasta pastel con pasas, pero no he vuelto a comerlas.

Pido solo un plato de judías verdes, agua natural y una manzana, no tengo hambre. En la caja, junto con los cubiertos, también me dan dos rebanadas de pan integral y una porción de mantequilla. Busco un sitio libre, hay muchos. Entre las mesas de formica de color turquesa pálido, vacías, sucias de migas, o manchadas de aceite, se mueven flemáticos hombres y mujeres con bata, arrastrando los zuecos de plástico, con bandejas en la mano. Quiero ver dónde se sientan antes de elegir un sitio. Localizo una mesa bastante limpia, bastante alejada.

Espío a las personas sentadas, aunque desde esta distancia no veo bien. Quién sabe si alguien más está comiendo lo mismo que yo, esta noche. Observo los platos de todos y al final doy con ella: una chica morena, el pelo recogido en una cola de caballo, come con gusto su ración de judías verdes. Pincho unas cuantas judías con el tenedor, las pruebo, y siento que el pulso se acompasa. Bocados comedidos, uno tras otro, hasta que el estómago se expande. Una leve náusea, no es nada. Apoyo las manos en la barriga, la caliento. Y me quedó así, quieta, sentada, no hay casi nadie, apenas se oye un leve murmullo. Espero un rato, una hora quizá; después me levanto.

# Nota y agradecimientos de la autora

En septiembre de 2014 leí en un periódico italiano un breve artículo a propósito de Margot Wölk, la última catadora de Hitler que seguía con vida. Frau Wölk nunca había querido hablar de su experiencia, pero a los noventa y seis años decidió hacerla pública. Sentí el deseo inmediato de saber más de ella y de su caso. Cuando, meses más tarde, conseguí su dirección en Berlín, con la intención de enviarle una carta pidiéndole una entrevista, me enteré de que acababa de morir. Nunca hablaría con ella ni contaría su historia. Pero podía intentar descubrir por qué me había impresionado tanto. Por eso he escrito esta novela.

La anécdota de Adolf Hitler en la escuela, que cuento en el capítulo 26, está sacada del libro *He Was My Chief. The Memoirs of Adolf Hitler's Secretary*, de Christa Schroeder (Barnsley, Frontline Books, 2009). La frase original que el profesor escribió en el cuaderno de escolaridad era «Hitler ist ein Boesewicht, er spiegelt mit dem Sonnenlicht» («Hitler es muy travieso, juega con la luz del sol»), pero en vez de traducirla literalmente inventé otra análoga —«Hitler se hace el chulito jugando con el espejito» (p. 206)— para mantener la rima.

Gracias a Tommaso Speccher por la supervisión histórica.

Gracias a Ilaria Santoriello, Mimmo Summa, Francesco D'Ammando y Benedetto Farina por el asesoramiento científico.

Sin el apoyo de Vicki Satlow, esta novela no existiría. Por eso se la dedico a ella. Y a Dorle Blunck y Simona Nasi, que me ayudaron desde el principio. Por último, se la dedico a Severino Cesari, que ha leído todo lo que he escrito, pero que esta vez no ha llegado a tiempo.

Este libro terminó
de imprimirse
en octubre de 2018.

# Descubre tu próxima lectura

Si quieres formar parte de nuestra comunidad,
regístrate en **www.megustaleer.club**
y recibirás recomendaciones personalizadas

Penguin
Random House
Grupo Editorial

megustaleer

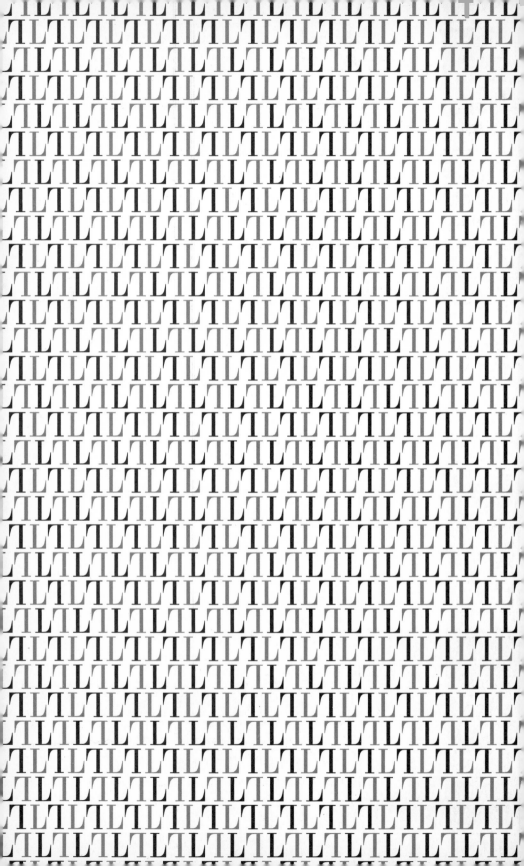